Tracy Wolff enseigne l'écriture à l'université et passe le plus de temps possible plongée dans les univers de son invention. Mariée depuis douze ans au héros de ses rêves, elle est l'heureuse maman de trois garçons qui s'appliquent à lui faire s'arracher les cheveux. Tracy a signé de nombreux romans relevant aussi bien de la fiction contemporaine que du paranormal ou du suspense érotique.

Du même auteur, chez Milady :

Backstage :
1. *Déchaîne-moi*
2. *Enlève-moi*
3. *Emporte-moi*

Hotwired :
1. *Dérapage contrôlé*

Ethan Frost :
1. *Dévastée*
2. *Enchaînée*
3. *Terrassée*

En grand format :

Ethan Frost :
1. *Dévastée*
2. *Enchaînée*
3. *Terrassée*
4. *Ravagée*

Extreme Risk :
1. *Enfiévré*
2. *Enflammé*

CE LIVRE EST ÉGALEMENT DISPONIBLE
AU FORMAT NUMÉRIQUE

www.milady.fr

Tracy Wolff

ENFIÉVRÉ

Extreme Risk – 1

Traduit de l'anglais (États-Unis) par Joëlle Touati

Milady

Milady est un label des éditions Bragelonne

Titre original : *Shredded*

ISBN : 978-2-8112-1925-3

Bragelonne – Milady
60-62, rue d'Hauteville – 75010 Paris

E-mail : info@milady.fr
Site Internet : www.milady.fr

À ma mère

Chapitre premier

Z

À MI-CHEMIN DU SOMMET, SUR LE TAPIS ROULANT, je m'aperçois tout à coup que la nuit est tombée. Les pistes vont fermer, merde, je vais devoir m'arrêter.

D'habitude, au bout de sept heures de glisse, mon corps réclame une pause, et là, ça fait déjà au moins une heure que je ne sens plus mes orteils. Mais je n'ai pas envie de rentrer. Pas tout de suite. Les souvenirs me rongent de l'intérieur et me vrillent le cerveau.

En quittant la remontée, je m'efforce de penser à autre chose. Je déchausse mon snowboard et vérifie soigneusement les fixations. J'ai fait une dernière descente d'enfer mais je me suis vautré sur les derniers rails. Ma planche a ramassé, je veux m'assurer qu'elle n'est pas endommagée.

Il se trouve que non, et je suis en train de la ranger dans le porte-skis à côté de la remontée quand Cam me rejoint, tout excitée.

— Ta dernière descente m'a fait halluciner ! Je ne t'avais jamais vu faire ce triple *backflip* !

— Parce qu'il y a trop de nazes sur les pistes, ici.

Je ne tiens pas à renverser un touriste qui fait n'importe quoi. C'est comme ça qu'on se retrouve en moins de temps qu'il n'en faut pour le dire dans une méchante galère. Mais aujourd'hui, j'avais trop envie de m'éclater. Dès l'instant où j'ai ouvert les yeux, ce matin, j'ai senti cette force gronder en moi, ce poids sur la poitrine et cette sensation de me noyer. Quand c'est comme ça, il n'y a que sur la poudreuse que je peux respirer.

Maintenant, la journée est terminée – Cam était la dernière à remonter –, et je recommence à me sentir oppressé, plus que jamais. Malgré le vent glacial, je suffoque.

Cam range son snow à côté du mien, et s'assoit sur le banc où nous avons l'habitude d'attendre Lucas et Ash. Je m'installe près d'elle mais aussitôt, j'ai des fourmis dans les jambes et un étau me broie la nuque.

Non, il ne faut pas que je reste immobile dans le noir. Un joint me calmerait mais j'ai laissé mon herbe à la maison. Quand je suis parti de chez moi, ce matin, je me suis dit que je n'en aurais pas besoin. Qu'aujourd'hui serait une journée tranquille.

Tu parles... J'ai l'impression que je vais imploser.

Je me relève. J'ai besoin de bouger pour canaliser les mauvaises vibrations. Mais Cam me tire par le bras et me force à me rasseoir.

— Sérieux, tu m'as épatée ! Ça fait combien de temps que tu bosses ce *trick* ?

— Je ne sais plus.

— Je parie que tu as commencé hier, dit-elle en secouant la tête, dégoûtée. Ce n'est pas juste... J'essaie de faire un 900 depuis des mois et je suis toujours aussi nulle.

Je me mords la langue pour m'abstenir de souligner qu'elle est une fille. Elle a beau être forte, elle a beau s'entraîner, elle ne sera jamais capable de faire les mêmes choses que moi. Non que je sois meilleur qu'elle, Cam assure grave en snowboard. Seulement, j'ai quelque chose qu'elle n'a pas : la testostérone. Physiquement, je suis plus costaud qu'elle, je peux prendre plus d'élan, faire des figures plus compliquées.

— Un de ces jours, poursuit-elle, je finirai quand même par y arriver, non ?

— Sûrement.

Elle me décoche un coup de poing dans l'épaule.

— Hé ! Ne me regarde pas de haut !

— J'ai l'air en mode frimeur ?

En vérité, je me sens tellement mal que je peux à peine parler, à peine respirer.

— Ça va ? me demande-t-elle, une main sur mon bras.

— Ouais, ouais, t'inquiète.

Je repousse sa main et je me lève. Je fais semblant d'être captivé par les perchistes s'affairant à fermer l'une des pistes noires de la station.

Cam n'est pas dupe. Elle se plante à côté de moi, son visage levé vers le mien, ses grands yeux bleus emplis d'une compassion dont je ne veux pas, dont je n'ai pas besoin. Et d'autre chose. Quelque chose qui transparaît de plus en plus souvent dans son regard, ces derniers temps. En général, je fais comme si de rien n'était – Cam est l'une de mes meilleures amies, sans compter que Luc est amoureux d'elle depuis quasiment toujours – mais là, l'espace d'une seconde, juste une seconde, j'ai envie de sauter sur l'occasion.

Sans réfléchir, je penche la tête vers elle. Nos lèvres se touchent presque, ses yeux s'élargissent, elle retient son souffle. Je la sens se tendre, j'entends son cœur accélérer.

Ce serait trop facile de l'embrasser.

Trop facile de l'emmener chez elle et de la baiser comme j'ai baisé des centaines de filles.

Trop facile d'oublier que c'est elle et de me perdre dans un corps.

Mais après ? J'ai déjà du mal à me regarder dans le miroir. Si je lui faisais ça, si je faisais ça à Luc, pour une heure de sexe oubliée sitôt finie, je serais encore plus minable que je ne le pense.

Je ne peux pas faire ça. Pas à elle. Pas à Luc.

Il y a suffisamment de nanas qui cherchent la même chose que moi. Et que je ne suis pas obligé de regarder en face le lendemain matin.

Je me retiens *in extremis*, et je fais un geste du menton en direction du chalet.

— Viens, allons nous mettre au chaud.

Elle me dévisage longuement et, cette fois, je ne lis plus dans ses yeux qu'une rage purement féminine. Un regard que je connais bien, et qui me soulage. Je préfère mille fois la colère de Cam à sa compassion et à ce truc tordu.

Elle ne m'insulte pas, et comme le vent est de plus en plus violent – la montagne ressemble à une boule à neige dans les mains d'un bambin surexcité –, elle ne proteste pas non plus. Tout du moins pas avant que nous ayons franchi les grandes portes vitrées du *Lost Canyon*. Dans l'entrée, une bande de mômes braillards nous bousculent et Cam s'étale de tout son long. Les petits monstres s'enfuient en courant avant que nous puissions les engueuler.

Je tends la main à Cam, elle la saisit et se relève, ses yeux bleus jetant des flammes.

— On fait quoi, exactement, là, Z ? Tu sais que je déteste cet endroit.

— Relax, Mike n'est pas là ce soir. Et quand bien même, je ne le laisserais pas t'approcher.

Elle se raidit à l'évocation de son ex, un abruti fini.

— Ce n'est pas lui qui m'inquiète.

— Ah, ouais ? Qui alors ?

Je regarde autour de moi. J'évacuerais volontiers ma tension en cassant la gueule à un connard qui la fait chier.

— Toi, Z. Je me fais du souci pour toi.

Merde. Cam, Luc, Ash et moi, on est potes depuis l'âge de cinq ans. On serait tous prêts à se coucher sous les roues d'une bagnole pour les autres et ça, ça fait chaud au cœur. Mais le revers de la médaille, c'est qu'on sait absolument tout les uns des autres, y compris les trucs pas très reluisants.

— Il ne faut pas. Je suis solide, je te l'ai déjà dit.

— C'est ça, ouais.

Elle enlève son bonnet, libérant une masse de boucles rousses. Avec ses frisettes et sa combinaison de snow turquoise, elle ressemble un peu à un Muppet. Un Muppet mignon, mais un Muppet quand même. Pour l'embêter – et pour détendre l'atmosphère – je lui ébouriffe les cheveux.

Elle me donne une claque, mais elle rit, si bien que je recommence. La gêne engendrée par ce lamentable baiser que nous avons failli échanger se dissipe aussitôt, et une vague de soulagement me submerge. J'ai suffisamment merdé dans ma vie. Son amitié et celle de Luc me sont trop précieuses, je ne voudrais surtout pas gâcher ça.

Cam se soustrait à ma main et m'envoie un coup de coude dans le ventre. Je l'encaisse sans broncher, car je m'interdis de montrer le moindre signe de faiblesse, même à mes amis les plus proches. Je lui ébouriffe de nouveau les cheveux, puis je fais un bond en arrière, juste pour lui prouver qu'elle ne m'a pas fait mal.

— Viens, allons nous installer.

— Pourquoi on n'attend pas dehors, comme d'hab ? demande-t-elle, de cette petite voix plaintive à laquelle j'aurais cédé avec plaisir.

Mais pas maintenant. Pas ce soir.

Si je ne peux ni *rider* ni fumer ni me battre, il ne me reste qu'une échappatoire. Et j'ai déjà frôlé le désastre.

— Ça caille dehors, au cas où tu ne l'aurais pas remarqué.

Elle me toise de la tête aux pieds.

— Tu as le top des vêtements de snow. Avec 3 000 dollars sur le dos, tu as peur de t'enrhumer ?

Je pointe un doigt vers les portes du bar. En quelques minutes, le vent a redoublé de violence et la neige vole dans tous les sens.

— Il fait hyper froid. J'ai cru que mes boules allaient geler.

Elle lève les yeux au ciel, avec un petit claquement de langue écœuré.

— Toujours très poétique, Z.

— Ben, quoi ? Tu voulais savoir, non ? dis-je en enlevant mon blouson.

À l'extérieur, le blizzard approche mais à l'intérieur du bar, le chauffage a été monté à fond. Ça fait du bien, après une journée en montagne, mais je ne voudrais pas me mettre à transpirer, surtout que nous n'allons pas tarder à ressortir.

— Tu as les lèvres bleues depuis au moins une heure. Je pensais que tu serais contente de te réchauffer.

— Ouais, c'est pour ça qu'on est là, dit-elle en se dirigeant finalement vers la seule table libre. Parce que tu as bloqué sur mes lèvres…

Je la suis sans répondre à travers la salle bondée. Durant tout l'hiver, Park City ne désemplit pas. Du débutant au rider acharné, en passant par tous les niveaux, tout le monde veut venir s'éclater sur les pistes de la station. Bien sûr, la plupart des touristes ne savent pas ce qu'ils font là – l'une des raisons pour lesquelles, normalement, comme presque tous les gens du coin, je fuis les hôtels comme la peste.

Si je m'écoutais, je ferais du hors-piste tous les jours, pas seulement les week-ends. Mais depuis que le *Lost Canyon* paie Luc et Ash pour qu'ils *rident* sur le domaine, quand ils sont là, je reste avec eux. OK, je passe peut-être mon temps à faire n'importe quoi mais même moi, je ne suis pas assez taré pour faire du hors-piste tout seul. Enfin… Sauf quand ça me prend.

Cam se glisse dans le box et me regarde avec l'air d'attendre quelque chose.

— Je voudrais un Power O, dit-elle.

Le cocktail des snowboarders, une boisson énergisante qui vous envoie une pure décharge d'adrénaline. Cam en raffole. Perso, le Power O ne m'a jamais fait beaucoup d'effet. Je préfère les montées d'adrénaline naturelles.

— Je croyais que c'était ta tournée.

— Cesse de me chercher, ricane-t-elle. On sait tous les deux pourquoi on est là.

— Ah, ouais ? (Je hausse un sourcil.) Pourquoi ?

— Pour la blonde aux gros nibards qui se la pète derrière le bar, répond-elle en posant son regard sur elle, puis en le fixant sur moi d'un air sarcastique. Tu as flashé sur elle dès l'instant où tu l'as aperçue, la semaine dernière. Je suis étonnée que tu aies attendu aussi longtemps pour passer à l'attaque.

En vérité, moi aussi. C'est vrai qu'elle m'a tapé dans l'œil, cette fille que je n'avais jamais vue, en jean moulant et manteau de ville, qui parlait avec le mec du tapis roulant. J'ai failli l'aborder, mais le temps que j'arrive en haut de la remontée, elle s'éloignait déjà.

Depuis, elle me trotte dans la tête. Du coup, hier, quand Ash a dit qu'il y avait une blonde canon, une nouvelle, qui bossait au café en haut des pistes, l'info n'est pas tombée dans l'oreille d'un sourd.

Je vais aller discuter avec elle pendant qu'on attend les autres. Lui demander comment elle s'appelle. Voir combien de temps il me faut pour la convaincre de prendre une pause, l'emmener dans un coin tranquille et la plaquer contre un mur.

Voilà qui résoudrait deux de mes problèmes : ça calmerait ma tension ; et Cam comprendrait que ce qui a failli se passer entre nous tout à l'heure ne signifie pas grand-chose pour moi.

— Qu'y a-t-il ? me lance-t-elle, voyant que je ne réagis pas à ses piques. Aurais-tu perdu ton pouvoir de séduction ?

C'est à mon tour de ricaner.

— Comme si ça m'était déjà arrivé…

— J'en sais rien, il faut une première à tout.

— De ce côté-là, pas de souci !

— Dans ce cas, va me chercher un Power O.

Son téléphone émet un signal et elle consulte le texto qu'elle vient de recevoir.

— Commande aussi pour Luc et Ash, ajoute-t-elle. Ils seront là dans dix minutes.

— Grand ou petit ?

— Tu es sûr de vouloir débattre maintenant de cette question ? rétorque-t-elle avec ironie. Je croyais que tu avais les boules gelées.

Je lui adresse un doigt d'honneur, qu'elle me retourne tandis que je me dirige vers le bar en pilotage automatique.

Toute mon attention est focalisée sur la fille derrière la caisse. Elle parle avec un client, un vieux qui tient une tasse de café dans chaque main et qui l'écoute avec un air béat. Elle a un sourire magnifique – bizarre que je ne l'aie pas remarqué la première fois où je l'ai vue. OK, son sourire ne vaut pas sa plastique, à tomber, mais il est charmant.

Elle a aussi de beaux yeux, d'un vert intense. Des grands yeux sexy, surtout quand elle jette des regards en coin, comme elle ne cesse de le faire en ce moment. Une bouche sensuelle, que j'imagine autour de ma bite, si bien que je ne vois pas Lila qui surgit devant moi et noue ses bras autour de ma taille, son corps svelte et ferme plaqué contre le mien.

J'essaie de me dégager, mais elle tient bon. La repousser serait vexant, même de ma part. Je me contente de sourire niaisement.

— Salut, Z ! Tu es classe, ce soir.

Elle respire fort et bat des cils à toute allure, au risque de perdre l'une de ses lentilles de couleur.

— Merci, toi aussi.

Je tente de délacer ses bras de pieuvre mais elle m'attrape les deux mains.

— Tu trouves ?

Pas vraiment.

— Si je te le dis... Ce pull te va très bien.

Elle se rengorge, et j'essaie de nouveau de me libérer, mais elle me tient fermement la main droite et me caresse les articulations avant d'ouvrir le poing que j'avais inconsciemment serré. Puis elle examine ma paume.

— Oh, ta ligne d'amour est hyper profonde, déclare-t-elle en la parcourant d'un long ongle rose vif. Tu sais ce que ça veut dire ?

— Pas la moindre idée.

Mon ton implique que je m'en fiche royalement, mais elle n'écoute pas, trop absorbée à déployer son plan de séduction. Je me balance sur les talons, résigné au pire qu'elle ait à offrir. Inutile de songer à échapper à Lila sans l'aide d'un commando d'élite.

Elle se colle contre moi, ses seins posés sur mon bras, et me chuchote au creux de l'oreille :

— Ça veut dire que tu es un super bon coup.

Traitez-moi d'imbécile mais...

— Tu le savais avant de me lire les lignes de la main, non ?

Son rire me fait l'effet d'un crissement d'ongles sur un tableau noir.

— Bien sûr, idiot. Je me rappelle chaque minute de notre nuit ensemble.

Pour ma part, je n'en ai aucun souvenir, alors que je n'étais même pas bourré. Ou tout du moins, je ne crois pas. Les séances de jambes en l'air et les filles commencent à se brouiller dans ma mémoire.

Encore une fois, je m'abstiens de révéler le fond de ma pensée et, finalement, je parviens à décrocher sa main de la mienne, mais je n'ai pas le temps de faire trois pas qu'elle se jette derechef devant moi.

—Ne t'en va pas comme ça. Viens t'asseoir avec nous, suggère-t-elle en m'indiquant une table de quatre filles qui me dévorent des yeux comme si j'étais un chou à la crème.

En temps normal, j'aurais sauté sur l'occasion mais là, il n'y a rien qui me tente moins.

À la caisse, la blonde rejette la tête en arrière et éclate de rire en réponse à un truc que le vieux lui a dit.

J'aime bien son rire. *Un son de clochettes.* Je me sens con de remarquer de tels détails, mais cette fille me fascine.

—Alors, Z, qu'est-ce que tu en penses ? Tu passes la soirée avec nous ?

Comprenant que je n'ai pas d'autre moyen de me débarrasser de Lila que de la rembarrer franchement, je la regarde droit dans les yeux. Elle glousse en battant des cils.

—Désolé, lui dis-je. J'ai d'autres plans.

Elle darde un regard venimeux en direction de Cam, qui pianote sur son téléphone.

—Avec elle ? S'il te plaît… Tu mérites mieux. Franchement, est-ce qu'elle aime les mecs, au moins ? Laisse-la tomber et je te promets que tu ne le regretteras pas.

Le peu de patience qui me restait m'abandonne aussi sec. Personne ne dit du mal de mes amis. *Personne.*

Cette fois, je ne prends pas de pincettes.

— Pour toi, je ne laisserais même pas tomber le coup d'une nuit, alors sûrement pas ma meilleure amie, dis-je en affichant ouvertement mon dédain. Oh, pardon, j'oubliais… Tu as été un coup d'une nuit.

Lila ne trouve rien à répondre et je m'éloigne, m'efforçant d'ignorer sa pâleur et les larmes qui brillent dans ses yeux. Elle me retient par le bras mais je la repousse brutalement. Tant pis pour elle. J'ai essayé d'être sympa – je déteste les mecs qui insultent les nanas juste pour le plaisir – mais elle n'aurait pas dû s'en prendre à Cam. Cette fille en a déjà assez bavé. Elle ne mérite pas qu'on la rabaisse, surtout après ce que je lui ai fait ce soir.

Il n'empêche que je n'aime pas faire pleurer les filles. Ça me fait trop penser à April, et je ne veux pas m'aventurer sur ce terrain.

Non, surtout ne pas penser à April.

Lorsque j'arrive devant le comptoir, la tension en moi a atteint un seuil critique. J'ai l'impression que je vais voler en éclats.

Le vieux est parti, Dieu merci, mais maintenant, une petite file s'est formée devant la caisse. Je me concentre sur la blonde et oublie tout le reste. Pendant que je la mate, au moins, je ne songe pas à ma pitoyable vie.

Elle est aussi canon vue de près que de loin. Même si elle porte un jean et un col roulé, ils sont suffisamment moulants pour que je devine son corps, parfait. Dommage qu'on vive dans le froid : cette fille ne devrait jamais mettre de manteau.

J'attends mon tour en imaginant ce que je lui ferai quand je serai seul avec elle.

Où je la toucherai.

Où je l'embrasserai, la lècherai. La mordrai.

Elle est tellement appétissante que je ne saurais pas par où commencer. Sa nuque, là où ses cheveux sont rassemblés en un chignon vite fait ? La marque de naissance à la droite de son cou, juste sous la mâchoire ? Ou cette petite fossette qui se creuse dans sa joue quand elle sourit ?

Peu importe où je commencerai, je sais exactement où je finirai. Cela dit, pour l'instant, je ne fais que me torturer, et lorsque je parviens enfin devant elle, je suis content d'avoir mon gros pantalon de snow. Sans quoi, tout le monde verrait qu'elle m'intéresse.

— Et pour monsieur, qu'est-ce que ce sera ? demande-t-elle, les doigts en suspens au-dessus de la caisse enregistreuse.

Elle a les ongles vernis en vert, presque exactement du même vert que ses yeux. Je ne m'attendais pas à ce qu'elle ait les ongles manucurés, avec ses airs de dure. En tout cas, j'aime bien la couleur, et je ne suis pas mécontent de découvrir que sous des apparences trompeuses se cache peut-être une autre femme.

Non que cela ait une grande importance. J'ai envie de coucher avec elle, pas de connaître ses qualités et ses défauts.

— Je ne sais pas…, dis-je en forçant le côté rauque de ma voix, avec ce demi-sourire qui me permet en général d'obtenir tout ce que je veux. Qu'est-ce que vous avez de bon ?

— Tout dépend de ce que vous aimez, répond-elle, exactement sur le même ton, mais avec une attitude purement professionnelle.

Second indice qu'elle me réserve peut-être des surprises.

Intrigué, malgré mes intentions moins qu'honorables, je m'appuie contre le comptoir et j'étudie la carte. Ce que j'ai envie de lui dire n'a rien à voir avec le café. Or quelque chose me souffle de m'abstenir de lui dévoiler mes fantasmes. Cette approche ne marchera pas avec elle, pas avec cette fille au visage délibérément inexpressif, à la voix provocante et…

Je regarde ses mains toujours en équilibre au-dessus de la caisse. Ses doigts aux ongles verts tremblent légèrement. Je réprime de justesse un sourire satisfait. À l'évidence, je la rends nerveuse – *meilleure nouvelle de la journée !*

— J'aime tout, dis-je enfin.

— Ouais, j'ai entendu parler de toi, réplique-t-elle platement.

— Ah bon ? Et que t'a-t-on dit exactement… (je jette un coup d'œil au badge épinglé à son pull) Ophelia ?

Elle lève les yeux au ciel.

— Tu sais très bien ce que les gens disent de toi, Z. Maintenant, tu comptes passer la nuit à me regarder avec des yeux de merlan frit ou tu veux commander quelque chose pour ton harem ?

— Mon « harem » ?

De la tête, elle indique Lila et ses copines, avec un air signifiant clairement que je ne l'impressionne pas le moins du monde. *Merde.* Ma réputation m'a précédé. À moins que ce ne soit Lila. Elle fait partie des habitués de la station qui ont plus de fric que de jugeote. Je doute qu'elle ait eu le bon sens – ou ne serait-ce que la politesse la plus élémentaire – de se montrer aimable envers la serveuse. En d'autres termes, je suis peut-être grillé.

Ce qui me contrarie plus que ça ne devrait. D'ordinaire, je me fiche de ce que les gens racontent sur moi – et ils en racontent des tonnes depuis qu'on est devenus pros, Luc, Ash et moi. Mais là, j'ai les paumes moites, ce qui ne m'arrive jamais et qui me fout vraiment les boules.

— Je les connais à peine, ces meufs.

— Tu crois que ça m'intéresse ?

— J'en sais rien. *(Les paroles les plus honnêtes que j'aie prononcées de la journée.)* Qu'est-ce qui t'intéresse ?

Elle me regarde avec dédain.

— Pas ce que tu as à m'offrir, en tout cas, répond-elle.

Super, la franchise… Voilà pourquoi je m'efforce de ne jamais être sincère – ça vous revient toujours dans les dents.

Déterminé à reprendre les rênes de la situation, je pose les mains sur le comptoir et je me penche vers elle, avec ce regard qui a fait craquer toutes les filles depuis que j'ai perdu ma virginité à l'âge de treize ans.

Les yeux d'Ophelia s'élargissent et le gobelet qu'elle vient de prendre tremble dans sa main. Cette fois, je ne dissimule pas mon sourire.

— Si tu me donnais quelque chose de doux…, dis-je au bout de plusieurs longues secondes de face-à-face.

— « Quelque chose… de doux » ? répète-t-elle d'une voix étranglée.

Quelques mèches se sont échappées de son chignon. J'en caresse une et je l'enroule autour de mon doigt.

— Ouais, quelque chose de doux et de chaud. Il fait froid dehors.

— Tu veux…

Sa voix se brise, et je sais que c'est dans la poche. Je ressens un petit pincement au fond de moi – comme un brin de déception, si tant est que je m'autorise à espérer quoi que ce soit – mais je l'ignore. Je suis parvenu à mes fins, après tout.

— Tu veux « quelque chose de doux et de chaud » ? répète-t-elle.

— C'est comme ça que j'aime le café.

Entre autres. J'évite en général de sortir des trucs aussi ringards, mais les sous-entendus m'amusent.

Ophelia paraît un peu troublée, mais elle acquiesce d'un hochement de tête et se tourne vers les machines à expressos. Puis elle s'active une minute ou deux, sans me regarder, et revient avec un gobelet de café frappé.

Décontenancé, je scrute tour à tour son visage et le gobelet.

— Ça n'a pas l'air très chaud…

— J'ai pris une initiative. J'avais l'impression que tu avais besoin de te rafraîchir les idées.

Là-dessus, elle se penche par-dessus le comptoir. *Maudit col roulé*, ai-je le temps de penser avant qu'elle renverse le café glacé sur mon pantalon.

Chapitre 2

OPHELIA

Il ne réagit pas immédiatement, et pas du tout comme je m'y attendais.

Est-ce dû à son pantalon isolant, à son attitude trop fière ? Toujours est-il que Z ne hurle pas, il ne pousse pas même un juron. Il se contente de me regarder fixement, son visage trop beau pour être vrai figé par la surprise. Que ce soit parce que j'ai renversé le café sur lui ou parce qu'il vient de comprendre qu'il ne me plaît pas, je n'en sais rien et ça m'est égal.

L'essentiel est qu'il ait capté le message et qu'il me fiche la paix.

Mon instinct me souffle toutefois qu'il n'y a pas grand-chose qui le surprenne. Que j'y sois parvenue me réjouit plus que de raison.

Puis un sourire étire ses lèvres et me conforte dans ma position. Car ce n'est plus ce sourire « viens-t'asseoir-sur-les-genoux-du-grand-méchant-loup-que-je-te-croque-mon-enfant » dont il me gratifiait il y a quelques instants, qui faisait flageoler mes jambes et fondre mes neurones, comme ceux de toutes les femmes à la ronde. Non, c'est un vrai sourire, sincère, amusé, dubitatif, et j'ai du mal à déchiffrer ce qu'il traduit vraiment.

Quoi qu'il en soit, je ne suis pas née de la dernière pluie et je sais que ce sourire n'annonce rien de bon. Cette rencontre se terminera mal. Tout du moins pour moi.

Mais avais-je le choix ? Aurais-je dû rester sans rien dire, le cœur battant et les genoux s'entrechoquant, telle une damoiselle en détresse, un fruit mûr attendant d'être cueilli ?

Me jeter dans les bras de Z, comme toutes les filles dans un rayon de cent kilomètres ?

Le laisser croire que je ne suis qu'une encoche de plus sur son snowboard ?

Sûrement pas !

J'ai fait ce qu'il fallait faire : couper court à son baratin totalement impersonnel avant que la situation ne dérape complètement. Non pas que je me sente en danger de tomber amoureuse – les beaux gosses friqués me donnent des boutons, surtout quand ils carburent à l'adrénaline, comme Z. Il n'empêche que je préfère ne pas prendre de risques.

Pas après ce qui s'est passé à La Nouvelle-Orléans.

À la simple pensée de la Louisiane, de Rémi, mon estomac se contracte et mon cœur se serre.

Je commençais tout juste à aller mieux.

À penser à moi.

À remettre de l'ordre dans ma vie.

À me renseigner sur les cursus des universités publiques, histoire de ne pas rester engluée éternellement dans ce job sans avenir, dans ce quotidien sans issue.

Jusqu'à ce que M. J'ai-la-queue-encore-plus-grosse-que-mon-compte-en-banque se pointe et décide de m'emmerder juste pour s'amuser. La colère fuse dans mes veines et je foudroie Z du regard. Je lui jetterais volontiers un autre café à la figure. Brûlant, cette fois. Seulement, j'ai besoin de cet emploi, et déjà, tout le monde m'observe. Si ma tante ou mon oncle débarque maintenant, je me ferai virer une fois de plus. Et vu qu'en douze jours, j'ai déjà été mise à la porte d'une boutique de souvenirs et d'un restau, je suis à court d'options.

Énervée mais résignée à limiter les dégâts, je prends un torchon propre sous le comptoir et le lance à Z.

— Tiens, essuie-toi.

— C'est bon, merci, je vais me débrouiller.

Son sourire s'élargit – mon courroux l'amuse, ce qui m'agace encore davantage. Enfin… jusqu'à ce qu'il empoigne l'arrière du col de son sweat et l'enlève d'un mouvement fluide. Lorsqu'il entreprend de s'en servir pour tamponner son pantalon noir, mon exaspération s'évapore. Et mes neurones aussi.

Impossible d'enrager, impossible de penser clairement face à un Z à demi nu.

Ce mec est un alien. Les humains n'ont pas un corps pareil. À part dans les magazines et dans les blockbusters américains. Et encore…

Bien qu'on soit en hiver, son bronzage doré atteste du temps qu'il passe dehors torse nu, malgré la neige. Les bras musclés, les épaules carrées et des abdos… *Oh, mon Dieu, ses abdos sont une œuvre d'art!* Oubliez la tablette de chocolat. Ce gars en a carrément deux ou trois, et l'espace d'une seconde, juste une seconde, je louche presque en imaginant ma langue parcourir cette merveille.

Il sent que je l'observe et ce n'est qu'alors que je remarque ses cicatrices – sur son bras, sa poitrine, en travers de ses côtes, sur sa taille. Beaucoup trop de balafres pour quelqu'un de normal. Cela dit, Z n'est pas quelqu'un de normal. C'est un snowboarder, connu pour prendre des risques de malade et faire des trucs inimaginables. Est-ce étonnant que son corps soit marqué?

En tout cas, ces cicatrices ne le défigurent pas. Au contraire, elles soulignent la beauté de cette musculature en béton et de cette peau hâlée. Tout comme ses tatouages. J'essaie de détourner le regard mais je ne peux pas. Je suis fascinée par le mur de flammes qui couvre la moitié droite de son buste. Dans le style tribal, tout en nuances de gris et de noir, elles naissent quelque part en dessous de sa taille et lui dévorent les pectoraux, l'épaule, pour redescendre le long de son bras droit. Le motif est magnifique, extrêmement bien dessiné, terriblement sexy. Des mots sont tatoués de l'autre côté de son torse, et je suis trop loin pour déchiffrer la calligraphie. Dommage. Je serais curieuse de savoir ce qu'un mec comme Z a pu se faire graver sur le corps à l'encre indélébile.

Soudain, quelque chose me chatouille le menton et je suis saisie d'une horrible crainte : pourvu que je ne sois pas en train de baver devant le physique sculptural de Z Michaels ! Je porte la main à ma mâchoire. Ouf ! Je n'ai pas perdu la maîtrise de mes glandes salivaires, ce n'est qu'une mèche échappée de mon chignon.

Soulagée, je reprends mes esprits. Quelques secondes trop tard, mais j'ai toujours adoré l'adage : « Mieux vaut tard que jamais. »

— Tu sais, on a un règlement intérieur au *Lost Canyon*, dis-je en claquant des doigts. Pas de chemise, pas de chaussures, pas de service. Tu devrais aller t'essuyer ailleurs.

Il me retourne un regard noir, empli d'incrédulité et peut-être – juste peut-être – d'un soupçon de respect. J'ai passé des journées entières à observer comment la population féminine se comporte avec ce type, et je suis presque sûre d'être la première, depuis qu'il a atteint la puberté, voire plus longtemps, à oser le rembarrer.

Il n'y a qu'à voir la fille avec qui il est arrivé. Au début, il n'en avait que pour elle, comme d'ailleurs chaque fois que je les ai aperçus ensemble ces derniers jours. Non pas que je l'espionne – mais bref. Et en moins de cinq minutes, il l'a délaissée pour une autre, une pimbêche au look vulgaire qui s'est jetée sur lui comme un kamikaze en mission.

Difficile de le blâmer, donc. Il était clair qu'elle n'aurait pas vu d'objection à ce qu'il lui saute dessus en plein milieu du bar. À vrai dire, j'ai été étonnée qu'il repousse les avances de cette petite Miss J'ai-hâte-d'écarter-les-cuisses.

Cela dit, ce ne sont pas mes affaires. En tout cas, je ne me sentais pas concernée jusqu'à ce qu'il vienne me draguer. Je me fiche que les autres soient prêtes à se damner pour le plus infime morceau de chair de Z où planter leurs griffes. Je ne fonctionne pas de cette manière, même quand je suis attirée par un mec. Ce qui n'est pas du tout le cas, en l'occurrence. Après ce qui s'est passé avec Rémi, je ne toucherais pas ce gars même avec une perche de deux mètres.

— Attends…, dit-il en recouvrant enfin l'usage de la parole. Tu refuses de me servir alors que c'est à cause de toi que je suis torse nu ?

— Premièrement, je t'ai donné un torchon. C'est toi qui as décidé d'enlever ton sweat. Deuxièmement, je suis généreuse, je ne te fais pas payer le café renversé. Et troisièmement, ce n'est pas moi qui ai pondu le règlement. Je me contente de l'appliquer, dis-je avec un revers de la main comme pour chasser un moucheron particulièrement agaçant. Alors bouge de là avant qu'un membre de la direction te foute dehors.

Il ricane, comme si cette éventualité était totalement surréaliste. En effet, il y a peu de risques qu'il se fasse virer du bar. Ma tante et mon oncle sont trop contents qu'il *ride* ici avec ses copains. L'autre soir, au dîner, ils se demandaient comment le convaincre de signer un partenariat avec eux, comme ses amis. À l'exception de parts dans le chalet, ils lui ont déjà fait toutes sortes d'offres, il les a toutes refusées.

Le sponsoring lui rapporte tellement gros, sans compter ce que sa famille lui refile, qu'il peut se permettre de snober un gros paquet de thune. Ça doit être cool.

— La direction me mettrait dehors ? demande-t-il, incrédule. C'est toi qui as renversé un verre dans mon futal.

Je me sens obligée de rectifier.

— Sur ton futal, pas dans ton futal.

— Je ne vois pas de différence.

— C'est ce que tu dis à toutes les filles, je présume.

— Seulement aux plus mignonnes, rétorque-t-il avec un sourire arrogant qui le rend encore plus sexy, à mon grand désarroi. Et pour ta gouverne, sache que si tu as envie de me voir à poil, il suffit de demander. Pas la peine de gaspiller du café.

Mon sang ne fait qu'un tour. Son orgueil n'a-t-il pas de limites ? À quoi bon être aussi beau gosse si c'est pour être aussi odieux chaque fois qu'il ouvre la bouche ?

— Si j'avais envie de te voir à poil, mon grand, je m'y prendrais autrement qu'en versant des glaçons dans ton froc, figure-toi.

Résolue à le remettre à sa place, je regarde fixement la partie concernée de son anatomie avant d'ajouter :

— Ça refroidit un peu les ardeurs, il me semble.

— Il en faut davantage pour refroidir les miennes, riposte-t-il, mais si tu ne me crois pas…

La main sur la braguette, il arque un sourcil provocateur. Je sais qu'il bluffe, qu'il cherche juste à me défier, si bien que je me contente de le dévisager, les bras croisés sur la poitrine. Il n'osera pas baisser son pantalon au milieu du bar, pas devant tout le monde, j'en suis certaine.

Quoique…

— C'est bon, arrête !

Quand il commence à le descendre, je saute par-dessus le comptoir et j'empoigne la taille de son pantalon, sans me soucier de ce qu'effleurent mes doigts.

Un grand sourire étire ses lèvres.

— Si on allait continuer dans un coin plus tranquille ? me nargue-t-il, ses mains sur les miennes.

Malgré tout le mépris qu'il m'inspire, je ne peux nier la vague de chaleur qu'il fait surgir en moi. Évidemment, je n'en montre rien.

— Dans une cellule de garde à vue ? L'attentat à la pudeur est contraire au règlement et à la loi.

— Je pensais plutôt à ta chambre, mais si tu as des tendances exhibitionnistes, je n'ai rien contre.

— Casse-toi.

Je dégage mes mains des siennes et les passe sous le distributeur de désinfectant posé près de la caisse. Dieu sait ce que je risquerais d'attraper en tripotant le bas-ventre de ce mec.

— Tu ne m'as toujours pas servi mon café. En plus, je voudrais trois Power O.

— Dois-je te répéter que tu n'as rien à faire ici torse nu ? dis-je dans un soupir.

Je regarde autour de moi, en priant pour qu'un client vienne commander quelque chose, ce qui mettrait un terme à cette scène ridicule. Malheureusement, personne n'a soif ni n'est pressé d'interrompre le spectacle.

— Tu n'es pas sérieuse, j'espère ?

— Je suis toujours sérieuse.

Il semble vouloir faire un commentaire mais avant qu'il ait pu ouvrir la bouche, la fille avec qui il est arrivé et deux types le rejoignent au bar. Ils me disent vaguement quelque chose et après les avoir dévisagés bêtement pendant une minute, je me souviens que ma tante me les a présentés, le jour où j'ai pris mon poste au café. Ils font partie du groupe de snowboarders et de skieurs sponsorisés par le *Lost Canyon*.

Guère étonnant qu'il m'ait fallu un certain temps pour les reconnaître. Ce jour-là, j'avais l'impression d'avoir atterri dans un univers parallèle, de débarquer dans une vie qui n'avait rien à voir avec la mienne. Il faut dire que tout a basculé si vite…

— Hé, tu fais quoi, là ? lance le grand blond à Z, me tirant d'embarras. Rhabille-toi, tu vas faire flipper la nouvelle.

— Arrête ce cirque, renchérit le brun. Tu veux que les cougars te glissent des biffetons dans le slip ou quoi ?

Z brandit un doigt d'honneur. Néanmoins, lorsque l'un de ses deux copains lui tend un tee-shirt, il le prend et l'enfile. J'éprouve un léger regret. Bien que j'aie fait toute une histoire parce qu'il était torse nu, je trouve presque dommage de cacher ce buste.

— Salut, je m'appelle Cam, se présente la fille en agitant une main devant mon visage.

Je plante mon regard dans le sien, gênée d'avoir été prise en flagrant délit de contemplation devant Z, mais elle ne semble pas s'en offusquer. Amusée, elle me tend la main.

— Ophelia, dis-je en la lui serrant.

— Joli prénom.

Ouais… Question de goût.

— Merci.

— Lui, c'est Ash, reprend-elle en désignant le grand blond aux cheveux longs. Et lui, Lucas. Tu as déjà fait connaissance avec Z. On *ride* tous ensemble.

— Ravie de vous connaître.

— Moi aussi. Difficile de ne pas admirer une fille qui ne se laisse pas embobiner par Z.

— Hé ! proteste-t-il. Tu es dans quel camp ?

L'ignorant, elle m'observe avec curiosité.

— Tu es d'où ?

— La Nouvelle-Orléans.

— C'est vrai ? J'adore cette ville ! s'exclame Lucas. C'est bizarre, tu n'as pas l'accent.

— Ah, ouais, tu trouves ? dis-je en exagérant l'intonation du Sud.

— Voilà qui est mieux, répond-il avec un hochement de tête. Je rêve d'aller à La Nouvelle-Orléans pour mardi gras, mais ça tombe toujours en pleine saison de compète.

— Et toi ? Quand on habite là-bas, on doit fêter le carnaval tous les ans, intervient Z, ouvrant la bouche pour la première fois depuis que ses copains l'ont rejoint.

Je me tourne vers lui, puis je regarde aussitôt ailleurs. Je n'aime pas la façon dont il fixe ses yeux sur moi, ce regard de prédateur, de chat sauvage jouant avec sa proie avant de la dévorer.

— Non, ce n'est pas mon truc.

Le mensonge manque de m'étouffer. Pendant des années, personne n'a adoré ces deux semaines de fête autant que moi – les parades, la foule, la musique, les colliers de perles, l'alcool coulant à flots.

Ils me dévisagent tous comme si j'étais folle.

— Hein ? s'écrie Z. Tu es de La Nouvelle-Orléans et tu ne sors pas t'éclater pendant le carnaval ?

Assaillie par les souvenirs, je suis si tendue que le moindre mouvement risquerait de me déchirer un muscle. J'essaie néanmoins de me maîtriser. Inutile de faire remonter le passé à la surface, ni de montrer combien ce sujet me stresse. Furieuse contre moi-même, contre Z, contre cette situation grotesque, je redresse la tête et j'affiche mon air « Excuse-moi-misérable-morpion-tu-as-quelque-chose-à-me-dire ? »

— Ben, ouais. Ça te dérange ?

— Non, répond-il, amusé. Pas vraiment.

Ne sachant que rétorquer, je me tais. Personne ne parle et un silence pesant s'installe. De nouveau, je regarde désespérément autour de moi, mais toujours pas de client en vue. Je fais comme si de rien n'était, comme si je n'avais pas horreur des silences gênants, comme s'il était parfaitement normal que Z et ses copains soient plantés là en face de moi à m'observer avec des yeux ronds.

— On va à une bringue ce soir, dit finalement Lucas. Tu veux venir ?

De Z ou de moi, difficile de savoir qui est le plus surpris par cette invitation. Mais peu importe, vu que je n'irai pas. Je travaille. En plus, je n'ai aucune envie de passer la soirée avec des gens que je ne connais pas, à regarder les filles se prosterner aux pieds de Z comme devant une idole sexuelle. Franchement, plutôt bouffer un cafard – ou même deux.

— Merci, dis-je, mais je travaille.

— Tu peux nous rejoindre quand tu auras fini, suggère Lucas en sortant son téléphone. Donne-moi ton numéro, je t'enverrai l'adresse par texto.

— Je… euh…

Du regard, j'appelle Z au secours. Il arbore un sourire narquois, comme s'il savait qu'il n'y avait aucun risque pour que cette petite coincée d'Ophelia donne son numéro à un snowboarder, encore moins qu'elle le rejoigne à une fête.

Du coup, j'énonce mon numéro. Lucas l'enregistre et, quelques secondes plus tard, mon téléphone me signale que j'ai reçu un SMS. Je jette un coup d'œil à Z, qui a l'air soudain furax, ce que je ne comprends pas, à moins qu'il ne veuille pas que je vienne à cette soirée.

Qu'à cela ne tienne, je n'ai de toute façon l'intention d'aller nulle part. J'ignore ce petit pincement au cœur que je n'ai aucune raison de ressentir. Ce n'est pas comme si je m'étais imaginé que Z me draguait parce que je lui plaisais vraiment. À ses yeux, je ne suis qu'une proie sur son tableau de chasse. Il ne sait probablement pas parler autrement aux femmes.

— Merci. On se verra peut-être là-bas, dis-je, évasive.

— Tu devrais venir, insiste Ash. On fera connaissance.

Z lui décoche un regard noir.

Par chance, une mère et ses deux enfants s'avancent vers le comptoir.

— Vous faites du chocolat chaud ? me demande-t-elle en scrutant le menu au-dessus de ma tête.

Je me raccroche à cette bouée de sauvetage. J'ai hâte d'être débarrassée de Z et ses copains, et je n'ai qu'une envie : terminer ma journée et regagner mon studio. J'ai des recherches à faire. OK, il n'y a pas d'urgence, j'ai encore quelques mois pour m'inscrire à la fac, mais plus tôt ce sera fait, plus vite je retrouverai un temps plus clément. Certes, je ne supporterais sûrement pas de retourner à La Nouvelle-Orléans, mais rien ne m'empêche d'aller en Arizona. Ou au Nouveau-Mexique. Ou pourquoi pas à Hawaii. Je ne suis pas difficile. N'importe quelle université me conviendra, pourvu qu'elle soit sous le soleil, et qu'on m'accorde des bourses. Et que je n'aie plus à servir des *latte* et à passer la serpillière.

Ignorant la petite voix intérieure qui me traite de lâche pour esquiver la soirée, je souris poliment à la dame. Après ce qui vient de se passer, je n'ai pas droit à l'erreur. Si je veux mettre de l'argent de côté, et être hébergée gratuitement par le *Lost Canyon* pendant l'hiver, j'ai intérêt à me tenir à carreau.

— Bien sûr, dis-je. Nature, à la menthe ou au caramel.

Le petit garçon sautille de joie.

— Caramel ! réclame-t-il. Avec plein de crème chantilly !

Je ne peux pas m'empêcher de lui sourire.

— Je te mettrai plein de chantilly, et des copeaux de chocolat, si tu veux.

— Oh, oui !

Cam m'adresse un signe d'au revoir, Lucas me montre son téléphone et articule : « Envoie-moi un texto », et ils regagnent tous les quatre leur table en plaisantant et en riant. Leur amitié est profonde, ça se voit, et mon cœur se serre à la pensée de Rémi et de tout ce que nous partagions.

Tout en prenant la commande de la cliente, je me maudis. Il ne sert à rien de penser à lui, à ce que les choses auraient pu être, ce qu'elles auraient dû être. Elles sont ce qu'elles sont, c'est comme ça, il faut faire avec.

Chassant le passé de mon esprit, ou tout du moins le reléguant à l'arrière-plan, afin qu'il ne me harcèle pas à chaque seconde, je prépare trois chocolats chauds, avec de généreuses doses de chantilly, comme promis, et des copeaux de chocolat. En posant les tasses sur le comptoir, je regarde Z et ses copains rassembler leurs affaires et se diriger vers la sortie sans un regard en arrière.

Bon débarras, me dis-je farouchement. Je ne suis pas là pour me faire des amis, sortir ni rencontrer de beaux mecs. Je suis censée me reconstruire, remettre un semblant d'ordre dans ma vie, poser les jalons d'un nouvel avenir. Je n'ai pas le choix, c'est la seule chose que je puisse faire. Z et sa bande n'ont pas la plus moindre idée de mon désespoir. Raison de plus pour garder mes distances.

Je sors mon téléphone de ma poche et j'efface l'adresse que Luc m'a envoyée. Comme ça, je suis sûre de ne pas aller à cette soirée. En les regardant sortir en riant dans la neige, j'ai toutefois un petit regret. Au fond, j'aimerais tellement m'amuser, tellement être comme tout le monde ici.

Hélas, je ne suis pas comme les autres et je ne le serai plus jamais, j'en ai peur. C'est ma faute, et je m'en veux. Pas de rater la fête, je n'aurais eu personne à qui parler. Je m'en veux d'espérer encore être normale. Je croyais avoir laissé cette fille-là derrière moi à La Nouvelle-Orléans. Or je me rends compte que ce n'est pas le cas. Et ça, ça me reste en travers de la gorge.

Chapitre 3

Z

Je n'arrive pas à dormir.

J'aurais pourtant dû m'écrouler comme une masse avec tout ce que j'ai bu ce soir – enfin, hier soir, toute la nuit et ce matin. Je devrais être en train de comater, comme les autres, mais les effets de l'alcool se sont dissipés et, sans ça, impossible de trouver le sommeil.

Je m'extirpe du canapé, et me faufile entre Luc, Cam, Ash et une fille qu'Ash a ramenée ici après la fête. En général, c'est moi qui rentre accompagné mais hier soir, il n'y avait qu'une chose qui m'intéressait : me soûler.

Sans trop savoir de quoi j'ai envie, conscient seulement que si je reste enfermé ici plus longtemps, je vais angoisser grave, j'enfile un pantalon de snow et un blouson avant d'aller chercher l'une de mes planches favorites dans le garage. Je devrais attendre que quelqu'un soit réveillé. *Rider* en solo est suicidaire, surtout après une cuite, mais ce ne sera pas la première fois, et je n'ai pas la patience d'attendre.

Du reste, quand Cam ou les autres émergeront, ils voudront parler de trucs qui fâchent et je ne m'en sens carrément pas le courage. Ce genre de conversation me donne de l'urticaire.

Après avoir mis mes chaussures, je contourne la maison jusqu'au half-pipe que j'ai fait construire dès que la neige a commencé à tenir. La rampe n'a rien à voir avec le hors-piste mais je m'en contenterai. Après quelques tours, je finirai peut-être par pouvoir dormir un moment.

Puisqu'il n'y a personne pour me voir, je ne mets pas de casque, et je ne vérifie pas mon snowboard. Me dispensant de toutes les précautions de rigueur avant de tenter une nouvelle figure, je grimpe au sommet du pipe et je chausse ma planche.

J'ai envie d'y aller à fond d'entrée de jeu, mais j'aurai plus de facilité, et plus d'élan, si je m'échauffe d'abord. J'entreprends donc quelques passages en douceur. Je me laisse juste glisser le long des murs de neige, avec quand même quelques 360 et 540 histoire de ne pas trop m'ennuyer. Pas l'idéal pour chasser les idées noires mais mon rythme cardiaque s'accélère et pour l'instant, ça me suffit.

Après le quatrième aller-retour, je m'arrête en haut de la rampe et je regarde le ciel, d'un noir d'encre strié de pourpre et de gris. Le jour ne se lèvera pas avant une bonne heure. La plupart des étoiles sont cachées par les nuages ou noyées dans les lumières de la station, mais j'en distingue quelques-unes, magnifiques, d'une clarté incroyable. Comme si rien ne pouvait altérer leur éclat.

Je ne sais pas pourquoi mais elles me font penser à Ophelia. Comparaison débile, car cette fille est plein de choses – belle, dure, à l'évidence intelligente – mais tout sauf claire comme de l'eau de roche.

En fait, mon instinct me souffle qu'elle est aussi ravagée que moi. Bien qu'elle n'ait rien dit, rien fait pour me donner cette impression, outre renverser un café sur mon froc, je sens qu'elle cache bien son jeu, et que j'ai tout intérêt à la laisser tranquille.

Il y a des millions de nanas moins compliquées, qui seront plus faciles à oublier. J'ai déjà suffisamment de problèmes à gérer pour me soucier de ceux des autres. Je vous l'accorde, je ne suis pas très charitable mais pour être honnête, je m'en fiche complètement. C'est comme ça, c'est tout, et c'est même sûrement mieux.

Cette fois, en m'élançant, je décide de tenter ma figure. Après un premier va-et-vient, je prends de l'élan, et je m'en sers pour me propulser plus vite de l'autre côté et envoyer un *cab* double *cork 1260*. Quasiment impossible de retomber sur mes pieds, je le sais et me prépare à la chute, anticipant la douleur qui fait autant partie de moi que la culpabilité.

Mais non, j'atterris à peu près correctement – une première – et je repars en sens inverse. Je remonte la rampe dans un double saut périlleux avant, je redescends et j'enchaîne par un triple rodéo arrière. De la folie, sans personne à proximité et dans le noir, mais je m'en moque. Ces moments où je tourbillonne dans les airs – où je vole – valent toutes leurs conséquences potentielles.

Je parviens à effectuer la rotation complète mais je redescends à toute vitesse. De nouveau, je me prépare à tomber et cette fois encore, je me réceptionne tant bien que mal. Le choc est rude mais je reste debout et me laisse glisser en arrière jusqu'au bout de la rampe.

En entendant un cri étouffé, je me retourne. Le poing brandi, Ash accourt vers le half-pipe. Je me baisse pour déchausser ma planche, les yeux rivés sur les fixations afin d'éviter de croiser son regard.

— Putain, mec, c'était énorme !

Avec un haussement d'épaules, je procède aux vérifications que j'aurais dû faire quarante minutes plus tôt.

Tout est OK, mais je regrette presque qu'il n'y ait pas de casse. J'aurais eu de quoi m'occuper les mains.

— Sérieux, j'y crois pas ! s'exclame Ash en me donnant une claque dans le dos. Cam m'a dit que tu avais réussi un double *backflip*, hier, mais elle ne m'a pas parlé d'un triple rodéo arrière. Depuis quand tu maîtrises ce *trick* ? Et comment tu as fait pour prendre autant de vitesse sur le pipe ?

— C'est la première fois que je le passe.

La première fois que j'essaie, aussi, mais hors de question de l'avouer – Ash me prendrait la tête, il voudrait savoir pourquoi j'ai tenté un truc pareil tout seul, et il va de soi que je ne pourrais pas lui répondre que j'espérais me planter et étoffer ma collection déjà impressionnante de cicatrices. Il le répéterait à Cam et à Luc, et je n'aurais plus une seconde de solitude.

— Trop fort ! Tu crois que tu pourrais le refaire ?

— Je n'en sais rien. Pour tout te dire, je ne sais pas trop comment j'ai fait. En vérité, j'ai cru que j'allais me ramasser.

— Moi aussi, mais chaque fois que j'ai cette impression, tu te débrouilles toujours pour atterrir sur tes pieds.

Ash grimpe en haut de la rampe, en parlant à toute vitesse. L'espace d'une seconde, j'ai envie de rester là et de le regarder. Ash est le meilleur snowboarder que je connaisse, intelligent, motivé, hyper doué, toujours à penser à la prochaine descente, à la prochaine figure, à la prochaine étape pour se hisser sur les marches du podium olympique. Personnellement, les JO ne me font pas tripper. Les X Games, peut-être, mais les jeux Olympiques, ce n'est carrément pas mon truc. Et de toute façon, un mec comme moi n'a rien à faire sur un podium.

— Tu viens ? me lance Ash.

Finalement, je le rejoins en haut du pipe. Il est toujours en train de s'extasier sur mon triple rodéo mais je ne l'écoute qu'à moitié. Ash a tendance à prendre toutes ces conneries trop au sérieux et là, il est au taquet. Si tous les riders d'Amérique du Nord ne sont pas au courant de ma prouesse avant le petit déjeuner, je pourrai m'estimer heureux. Et j'ai de la chance qu'Ash n'ait pas eu de caméra vidéo sous la main.

Nous faisons des passages pendant des heures. Ash plaque quelques 1080 en *switch*, puis il teste différentes positions pour prendre le maximum de vitesse. Moi, je reste tranquille. Je me limite à des 360 ou des 720, voire des rodéos arrière, mais rien de semblable à tout à l'heure. Ce genre de figure, je ne les fais jamais en public.

Au bout de quelque temps, Cam et Luc nous rejoignent. Ils n'ont pas l'air en grande forme – ni l'un ni l'autre ne tiennent l'alcool aussi bien qu'Ash ou moi. Nous nous élançons sur la rampe à tour de rôle, Cam et Ash hyper méthodiques, travaillant le moindre petit détail, Luc et moi totalement décontractés. À un moment, la fille qu'Ash a ramenée à la maison vient pleurnicher qu'elle s'ennuie. Je l'ignore, c'est le problème d'Ash. Seulement, il ne fait pas du tout attention à elle, si bien qu'elle finit par comprendre et s'en aller.

Nous nous retrouvons seulement tous les quatre, comme j'aime. Je ne suis pas attaché à grand-chose – ma famille n'existe plus, pour ainsi dire, et vu que j'ai touché mes assurances-vie, cette année, le snowboard n'est plus qu'un hobby, en dépit de mes nombreux sponsors – mais je ferais n'importe quoi pour Luc, Ash ou Cam. Et je sais qu'eux aussi, même si je ne le mérite pas.

On est plantés en bas de la rampe, Luc et moi, à regarder Ash faire des *runs* ennuyeux, lorsque Luc me sort tout d'un coup :

— Au fait, tu t'es complètement grillé, hier soir, avec la serveuse.

Je revois les yeux verts d'Ophelia, son corps de mannequin, une image que je chasse de mon esprit.

— Ouais… Peut-être… Pas grave.

— En tout cas, c'est la première fois que je vois une fille te traiter comme ça. Tu sais que tu sens encore un peu le café ? dit-il en riant.

Ash s'immobilise près de nous et demande :

— Qu'est-ce qui vous fait marrer ?

— Je repense à la tronche de Z, hier, quand la blonde lui a balancé le café glacé.

Ash rigole, lui aussi. Cam réussit un beau double *cork*, mais je ne peux pas me concentrer sur ce qu'elle fait, avec mes deux meilleurs potes qui ricanent comme des hyènes.

Ash me regarde en ouvrant et refermant la bouche comme un poisson hors de l'eau.

— C'est bon, arrête, je ne ressemblais pas à ça.

— Oh si, tu ne t'es pas vu. C'était énorme, affirme Luc avec un sourire jusqu'aux oreilles. Tu as perdu ton pouvoir de séduction, mec. D'habitude, les nanas commencent à enlever leur culotte dès qu'elles te voient.

— C'est vrai, ça, acquiesce Ash. D'abord Ophelia et ensuite, il rentre seul de la soirée. Faudrait peut-être vérifier qu'il s'est pas fait enlever par les extraterrestres, ajoute-t-il en faisant semblant de chercher une puce électronique à l'arrière de mon cou.

Je le repousse, en m'efforçant de ne pas accorder trop d'importance à leurs propos. En vingt-quatre heures, ça fait deux fois qu'on me dit que j'ai perdu mon pouvoir de séduction. C'est faux, mais ça m'énerve. Si je ne peux plus me perdre dans le sexe, que me restera-t-il ?

— J'en ai rien à foutre d'Ophelia. Elle est tarée.

Le sourire de Luc s'élargit.

— N'empêche que tu te souviens de son prénom.

— Tu parles… Difficile d'oublier un prénom pareil. Ophelia, la cinglée de Hamlet.

Une image d'elle se forme de nouveau dans mon esprit, sexy, provocante, sûre d'elle, que j'essaie d'ignorer, mais je n'y arrive pas, avec Luc et Ash qui ne cessent d'en rajouter.

— Tu oublies les autres plus facilement, d'habitude, souligne Luc. Mais normal que celle-ci te travaille : elle t'a foutu la honte devant tout le monde.

— Pas du tout.

— C'est pourtant comme ça que je l'ai vu, dit Ash.

— Moi aussi, renchérit Luc.

Cam termine son *run* et vient se joindre à nous.

— Oh, les garçons, on *ride* ou vous comptez passer la journée à vous raconter des conneries ?

— On *ride*, dis-je en prenant ma planche et en grimpant sur la rampe.

— C'est tout ce qu'il te reste à faire, croasse Luc, puisque Ophelia a lu en toi comme dans un livre ouvert.

Cette expression me hérisse, l'idée qu'Ophelia ait pu voir autre chose de moi que ce que je voulais lui montrer. Je me retourne vers Luc et le fusille du regard.

— Je la mets dans mon lit quand je veux.

— C'est ça, ouais.

Elle m'a peut-être remballé, mais j'ai senti monter la chaleur entre nous. Le genre de chaleur qui ne s'atténue pas quand on l'ignore. Au contraire, elle ne fait qu'augmenter, jusqu'au point où le seul moyen d'éteindre les flammes est de se jeter dedans.

— Je te dis que je me la tape quand je veux.

— Ouais, si tu la violes, ricane Luc.

Ces paroles me font l'effet d'une gifle, et avant que je puisse feindre l'indifférence, Cam envoie un coup de coude à Luc. *Un coup violent.*

— T'es con ou quoi ? lui chuchote-t-elle.

Je sais qu'elle ne voulait pas que j'entende mais c'est raté, et je me sens encore plus mal. La seule chose plus difficile que de vivre avec le drame qui a frappé ma sœur, c'est que mes amis évitent soigneusement le sujet, comme si j'étais une chochotte incapable de faire face.

Cela dit, il est vrai que je ne tiens pas à l'aborder. *Pas aujourd'hui, en tout cas. Plutôt me jeter la tête la première du haut de la rampe.*

—Z n'a pas besoin d'en arriver là, intervient Ash, volant à ma rescousse, comme toujours –ce que je déteste, mais là, je le laisse faire. Vous savez comme moi qu'il lui suffit de claquer des doigts pour que les femmes lui tombent dans les bras.

—Tu te trompes, réplique Cam. Il y en a qui lui résistent.

Je suppose qu'elle pense à ces moments où j'ai failli l'embrasser, en haut du pipe, simplement parce qu'elle était là, disponible et consentante.

Cette discussion est en train de prendre un tour beaucoup trop sérieux. Il est grand temps de l'alléger et de rappeler à mes potes que tout va bien pour moi.

—OK, peut-être, dis-je avec un sourire en coin, mais Ophelia, c'est dans la poche.

J'ai l'air d'un gros macho, mais c'est toujours mieux qu'une chochotte.

—Ah, ouais, tu en es sûr ? réplique Luc.

—Certain. Donne-moi une semaine et je te le prouve.

—Attends, t'es sérieux ? demande Cam. T'es vraiment en train de parier que tu peux la mettre dans ton lit ? On se croirait au lycée...

Elle a l'air choquée, ce qui n'est pas une mauvaise chose. Si je baisse dans son estime, elle cessera de me chercher, et je n'aurai plus à flipper de commettre l'erreur d'avoir pris ce qu'elle m'offrait gratuitement.

— Sauf que les enjeux étaient moins gros, au lycée. Je parie mon Burton Landlord contre le Flow Darwin de Luc que je me tape Ophelia avant la compète du week-end prochain.

Luc pousse un cri de joie.

— Allez, tope là !

C'est au tour d'Ash de lui décocher un coup de coude.

— Hé, tu es certain de vouloir parier ton Darwin ?

— Carrément, je bave sur son Landlord depuis qu'il l'a acheté.

— Ne rêve pas. Tu sais comme moi que dans moins de sept jours, ton Darwin sera à moi.

— Si ça te chante d'y croire, riposte-t-il. J'ai bien vu comme elle te regardait…

Cam interrompt le combat de coqs par un claquement de langue méprisant.

— Franchement, les mecs, vous faites pitié. J'ai honte d'avoir des amis comme vous.

Et elle dévale la rampe alors que c'était à mon tour. Luc la regarde s'élancer, et bien qu'il s'efforce de le cacher, Ash et moi, on voit bien ce qu'il ressent pour elle. Une chance que je n'aie jamais été aussi mordu d'une fille.

Cam prend de la vitesse et réussit une figure qui lui donnait du fil à retordre. Quand elle a les nerfs, elle est toujours meilleure.

Elle se place à l'autre bout du pipe et maintenant, c'est à moi. J'ai bien envie de faire un truc cool – j'ai déjà suffisamment donné depuis des heures que je fais des *runs* – mais au moment où je démarre, le visage d'April surgit dans mon esprit.

J'essaie de songer à elle le moins souvent possible, ça fait trop mal. Mais à cette époque de l'année, cette semaine, c'est dur de penser à autre chose, surtout quand mes amis font tout pour ne pas en parler.

Les yeux fermés, je la revois telle que je l'ai vue pour la dernière fois. *Deux longues couettes brunes. Son anorak violet, éclat de couleur dans la neige. Sa…*

Je refoule cette image, et je m'élance avant de me laisser submerger par les souvenirs.

Je réussis une première figure assez spectaculaire, mais ça ne me suffit pas. Il m'en faut davantage. Plus de challenge. Plus d'adrénaline. Plus de…

J'amorce un 1440, dans l'espoir de me vider la tête. Trop tôt, manque de bol – je le sens dès que ma planche décolle. Je me lance quand même dans une rotation, je fais un tour complet sur moi-même mais je n'ai pas assez de hauteur, je redescends trop vite et je m'écrase sur la rampe. Ash pousse un cri, qui se mêle à ceux de Cam et de Luc, et la dernière chose que j'entends avant de sombrer dans le noir est le bruit de leurs pas se précipitant vers moi.

Chapitre 4

OPHELIA

J'ENLÈVE MA CHEMISE D'HÔPITAL EN M'EFFORÇANT d'ignorer le froid de canard qu'il fait dans cette maudite clinique. Le froid de canard qu'il fait partout dans ce bled paumé. À croire que personne ici ne connaît la chaleur. Ou bien mon organisme n'est adapté qu'à une température moyenne de 27 °C et un taux d'humidité de mille pour cent.

En tout cas, je suis frigorifiée. Je remets mon col roulé, mon jean, mon pull, mon blouson et mon écharpe. Malgré ça, je suis à deux doigts de claquer des dents et d'avoir les doigts bleus.

On frappe à la porte et l'infirmière entre dans la pièce, avec ce sourire de drogué bienheureux typique des habitants de Park City.

— Les radios sont parfaites, Ophelia. Vous pouvez y aller.

Ouf! J'enfile mes grosses chaussettes et les UGG qui m'ont coûté une bonne partie de mon premier salaire, puis j'empoigne mon sac à main. Cet endroit me donne la chair de poule.

L'infirmière écarquille les yeux en me voyant foncer vers la porte et elle s'écarte vivement afin de me laisser passer. *Futée.* J'aurais été capable de la bousculer. Entre la clinique et la neige, je préfère encore la neige.

Bien que cet hôpital n'ait en soi rien d'horrible, ces lieux me rappellent trop de mauvais souvenirs. Heureusement, si les radios montrent que les vis de ma dernière opération sont bien à leur place, comme l'espère le médecin, alors je n'aurai pas à revenir avant longtemps.

— Le docteur vous appellera dans la journée, ou au plus tard demain, me lance l'infirmière.

Sans m'arrêter, je lui adresse un signe de la main par-dessus mon épaule. La pelote de nerfs qui s'est formée en moi ce matin quand j'ai pris le bus a atteint des proportions colossales. J'ai envie de vomir, ma tête tourne, je me sens prisonnière, autant de mon passé que de cette affreuse clinique.

Je me trompe de couloir et me retrouve dans un long corridor. Je cours jusqu'au bout et m'engage dans un autre, puis un autre, de plus en plus affolée. Je me sens idiote, faible, ridicule, mais si je ne m'échappe pas de là au plus vite, je vais faire une crise d'angoisse.

Un panneau indique la sortie vers la droite. Je suis la flèche et manque de me casser le nez contre un mur de brique.

Je vacille, et je me serais sans doute lamentablement écroulée si le mur de brique ne m'avait pas retenue par les épaules.

— Salut, ça va ?

Mon estomac chavire. Je reconnais cette voix. Tout doucement, je lève les yeux d'un torse moulé dans un tee-shirt noir vers un regard bleu à la fois moqueur et soucieux.

— Qu'est-ce que tu fais là ? demandé-je.

Z me regarde avec ce sourire « oui-il-suffit-que-je-claque-des-doigts-pour-que-tu-baisses-ta-culotte ». Puis il laisse courir ses mains le long de mes bras avant de me lâcher.

Malgré trois épaisseurs de tissu, je jurerais sentir sa chaleur. Incroyable mais vrai, une brûlure persiste sur ma peau. J'essaie de me dire que ce n'est pas possible, mais je n'ai jamais su mentir, y compris à moi-même.

Z pointe l'index vers un gros pansement blanc sur le côté gauche de son front.

— Les risques du snowboard…

Apaisantes, solides, sexy, sa voix et son attitude me réconfortent. La panique retombe et mes neurones se reconnectent – *pas trop tôt.*

— Quoi donc ? Ce vilain bandage, ou le fait de rattraper au vol les filles qui se jettent sur toi ?

— Un peu des deux, répond-il en riant.

— Ouais, j'imagine...

Je prends une profonde inspiration et m'écarte de lui, deux choses que je regrette aussitôt. D'avoir respiré parce qu'il sent vraiment bon – le pin, la cannelle, l'orange ; et de m'être éloignée parce qu'il a maintenant suffisamment de recul pour me reluquer. Et il ne se gêne pas. Mais son regard n'a rien de grossier, il ne tente pas de me déshabiller, plutôt de savoir ce qui m'amène à la clinique. Comme je n'ai pas du tout envie d'aborder ce sujet, je me crispe à nouveau dans l'attente des inévitables questions.

Il ne les pose pas, et tend le pouce en direction d'un panneau rouge et blanc indiquant « Sortie ».

— C'est ce que tu cherchais ?

— Qui t'a dit que je cherchais quelque chose ?

— Ça se voit, crois-moi. Tu es aussi pressée que moi de te barrer d'ici.

Moi qui me vante de ma capacité à dissimuler mes émotions, je suis horripilée qu'il m'ait si facilement percée à jour.

— Je cherchais peut-être juste les toilettes, rétorqué-je, agacée.

Dubitatif, Z plisse ses beaux yeux indigo.

— Ah, oui ?

— Non.

Je ne sais pas pourquoi je l'admets. Il esquisse un sourire, qui illumine ses traits. Pour la première fois, je comprends ce que les femmes lui trouvent. Du coup, méfiante, je recule encore d'un pas.

— Bon, dit-il, le sourcil arqué. On se casse de là ?

Je m'apprête à inventer un prétexte, mais le fait est que je transpire à grosses gouttes, malgré le froid. Si je m'attarde ici cinq minutes de plus, il faudra qu'on me sorte de la clinique sur un brancard, dans une stupeur induite par les drogues.

— Ouais, allons-y, dis-je enfin.

Une main au bas de mon dos, Z me guide vers le fond du couloir. En le repoussant, je lui jette un regard noir, qui amène un sourire sur ses lèvres.

— J'aurai essayé…

— Ne recommence pas, s'il te plaît.

Nous poussons une porte et débouchons dans une salle d'attente, où nous sommes aussitôt assaillis de toutes parts.

— Qu'a dit le médecin ? demande Cam en palpant le front de Z, qui grimace mais tolère sa sollicitude.

Ash semble se faire un souci monstre.

— Dis-moi que tu n'as pas un traumatisme crânien, mec, ils t'ont gardé pendant des plombes…

— Je n'ai rien, lui assure Z. Juste une petite bosse.

— Une petite bosse ? Tu es resté inconscient trois ou quatre minutes !

— Ne t'inquiète pas, Cam, dit Z en tapotant la tête de son amie. Tout va bien, je te le jure.

— Tant mieux ! s'exclame Luc. Les invitations pour les X Games partent dans quelques jours, et avec les sélections olympiques le mois prochain, ç'aurait été trop bête que tu sois immobilisé.

Puis il se tait et me regarde curieusement.

— Qu'est-ce que tu fais là, Ophelia ?

— J'avais rendez-vous chez le médecin. Z me montrait le chemin de la sortie.

Je consulte l'heure sur mon téléphone. Le bus passe dans quinze minutes ; je dois me dépêcher si je ne veux pas le louper.

— Merci, dis-je à Z avant de me diriger vers la sortie. À plus, sans doute.

— Hé, attends ! crie Luc en me rattrapant.

Je ne m'arrête qu'après avoir franchi les portes vitrées automatiques. À l'instant où je pose le pied dehors, toute tension se dissipe. Je prends quelques bouffées d'air frais avant de me tourner vers Luc.

— Oui ?

— Où cours-tu donc ?

— Au chalet.

— Tu travailles aujourd'hui ?

J'hésite un bref instant, mais vu que je ne mentirai guère mieux qu'il y a cinq minutes, j'opte pour la vérité.

—Non.

—Viens avec nous, alors. Puisque Z n'a rien de grave, on va manger un morceau tous ensemble. Après, on ira sûrement au ciné.

—Je ne pense pas...

—Ne pense pas, viens ! m'interrompt-il. Ce serait cool.

Je devrais refuser, mais je ne suis pas allée au cinéma depuis des mois. Pour être honnête, je n'ai rien fait de drôle depuis des mois. Et les amis de Z ont l'air sympas, même si lui n'est qu'un chien.

—Vous allez voir quel film ?

Luc nomme un thriller que je meurs d'envie de voir, et ma résistance diminue d'un cran. Pour autant, la partie n'est pas gagnée.

—Quel intérêt as-tu à ce que je vienne ?

Il me scrute longuement avant de répondre :

—Z s'est bien ramassé aujourd'hui. Si on ne le distrait pas, il va retourner direct sur la rampe et je ne crois pas que ce soit une bonne idée.

—Quel rapport avec moi ?

—Tu lui plais. Si tu es là, il sera moins pressé de recommencer à essayer de se tuer.

Luc s'exprime sur un ton désinvolte, mais je le sens préoccupé.

—Je sers donc d'appât ?

—En quelque sorte.

Il me gratifie d'un sourire engageant et, malgré moi, je me laisse amadouer.

— OK, je viens. Mais juste parce que j'ai envie de voir le film. Pas pour Z.

— Bien sûr.

— Je suis sérieuse. Je ne coucherai pas avec lui pour l'empêcher de jouer au cascadeur. Si c'est ce que tu avais en tête…

— Non, je te le jure. En fait, j'aimerais autant que tu ne couches pas avec lui. Je…

— Hé, vous deux, c'est pas bientôt fini, les messes basses ? lance Z en s'avançant vers nous, talonné par Cam et Ash.

— On n'a rien à cacher. J'ai invité Ophelia à passer l'aprèm avec nous.

Z se tourne vers moi, le sourcil arqué.

— C'est vrai ?

Je suis contente qu'il paraisse surpris, bien que je ne sache pas pourquoi.

— Ben, oui.

Il fixe sur moi ses yeux si bleus, si intenses, qu'il me faut rassembler toute ma volonté pour soutenir son regard. Si j'ai appris une chose, à traîner avec des durs pendant des années, c'est que les mecs comme lui n'ont aucun respect pour les timides. C'est pourquoi je redresse le menton et j'attends qu'il dise quelque chose.

Je me prépare à une allusion sexuelle, voire une avance, mais non.

— Cool, lance-t-il simplement, et il se dirige vers le parking sans un regard en arrière.

Apparemment, le message d'hier est passé. Avec un soupir de soulagement – ou tout du moins, c'est ainsi que je l'interprète –, je lui emboîte le pas avec les autres en direction de la voiture.

Je me lave les mains, dans les toilettes du cinéma, après m'être gavée de pop-corn, lorsque Cam me rejoint, en faisant claquer la porte.

Dans le miroir, je lui adresse un sourire, qu'elle ne me retourne pas. M'ignorant complètement, elle se rince les mains à côté de moi.

Le silence se réverbère entre les murs de carrelage froid. Il me met mal à l'aise mais ce n'est pas moi qui le briserai. J'ai déjà multiplié les tentatives pour rompre la glace, au restau, où Cam ne semblait ni me voir ni m'entendre. C'est bon, je laisse tomber. Certes, j'aimerais bien avoir une amie, dans mon exil en Sibérie, et hier soir, j'ai cru que nous pourrions sympathiser, mais si ça l'amuse de se la jouer « je-suis-une-garce-qui-te-déteste-sans-raison », je n'en ferai pas une maladie. Ce n'est pas la première à me faire le coup et ce ne sera sûrement pas la dernière.

Après m'être séché les mains, je jette la serviette en papier dans la corbeille et me dirige vers la sortie sans un mot. Au moment où je pose la main sur la poignée, elle daigne enfin m'adresser la parole :

— Tu n'es rien pour lui. Tu le sais, n'est-ce pas ?

J'ai presque envie de ne pas lui répondre, mais elle risquerait de se figurer que Z m'intéresse et ce serait le drame. Or c'est la dernière chose dont j'aie besoin. J'ai déjà suffisamment donné l'an passé, merci.

Je me retourne face à elle.

— Ouais, et alors ? Lui non plus, il n'est rien pour moi.

— Bien sûr… J'ai déjà entendu ça, réplique-t-elle, ironique.

— J'imagine, mais c'est la vérité. Z ne m'intéresse pas.

— T'en es sûre ?

— Certaine. Il n'est pas mon genre.

— Tu serais bien la première, rétorque-t-elle en riant. Je le connais depuis très longtemps et je peux te dire qu'il plaît à toutes les femmes.

— Toi y comprise ?

Elle se raidit et détourne le regard.

— Non, on est juste copains.

— T'en es sûre ?

— Certaine, répond-elle, son rictus hautain faisant place à un sourire sincère. Tu sais, je crois que je commence à te trouver sympa.

— Et ça te choque ?

— Un peu, concède-t-elle en ouvrant la porte. Je passe tellement de temps avec des mecs, entre ces trois crétins et mes quatre frères, que j'ai presque oublié comment me comporter avec les filles.

— Eh bien, évite de me regarder comme si tu voulais m'arracher la tête, ce sera déjà un bon début.

En riant, elle me suit hors des toilettes.

— OK, je note, acquiesce-t-elle.

Nous sommes presque dans le hall d'entrée où les garçons nous attendent lorsqu'elle me saisit le bras. Je lui adresse un regard interrogateur et, pour la première fois que je croise le sien, elle me paraît incertaine.

— Je ne balance pas mes amis, normalement, déclare-t-elle, mais je crois qu'il faut que tu saches : Z a parié avec Luc qu'il coucherait avec toi avant la fin de la semaine prochaine.

Sur le coup, je crois qu'elle plaisante, mais elle a l'air des plus sérieuses.

— Quoi ? dis-je, complètement hébétée, bien qu'il n'y ait rien de très étonnant.

Z est tout à fait du genre à faire des trucs pareils. Néanmoins, je suis choquée, écœurée, voire… blessée.

Argh. Je suis trop stupide. Je ne supporte pas l'idée de pouvoir être blessée par ce connard – en vérité, je ne supporte pas l'idée de pouvoir être blessée par quiconque – si bien que je la repousse au fin fond de mon esprit et me concentre sur le ridicule de ce que Cam est en train de me dire.

— Je sais, ça le fait passer pour un gros…

— Oh, juste un petit, la corrigé-je, sarcastique.

— Je ne le défends pas, crois-moi. Pas plus que Luc. Mais Z a des tas de raisons d'être comme il est. Enfin bref, il me semblait que tu méritais d'être au courant. Il peut aussi être charmant, quand il veut.

— Ah bon ? Ça ne se voit pas.

Cam rit de bon cœur, et je ris avec elle, même si Z se révèle encore plus ignoble que je ne le croyais.

— Il a parié quoi ?

Je m'attends à 20 dollars, un repas au restau, ou juste l'honneur, si bien que la réponse de Cam me laisse sans voix.

— Son snowboard préféré.

Je ne sais même pas qu'en penser. Qui parie un truc à 6, 7, voire 800 dollars ? Je n'ai pas grandi dans la misère mais nous avions toujours du mal à joindre les deux bouts en fin de mois. Dans le milieu d'où je viens, 7 ou 800 dollars représente une coquette somme. Les jeter par la fenêtre pour frimer, ou pour je ne sais quelle raison, me paraît indécent. Et d'une arrogance monstre.

— Waouh…, dis-je enfin. Il doit être sûr de lui.

— Il a des raisons de l'être. Ne le prends pas mal. J'estimais seulement que tu étais en droit de savoir.

Des millions de reparties me brûlent la langue, mais Cam est l'amie de Z, et elle a déjà trahi son amitié en m'informant de ce pari. Inutile de la mettre encore plus mal à l'aise.

— Bah, il n'y a pas de quoi en faire un plat. Mais merci de m'avoir prévenue. J'apprécie.

Elle me scrute pendant quelques secondes, et je m'assure que mon masque est bien en place. Depuis un an, j'ai de la pratique, et Cam n'y voit que du feu.

Avant qu'elle ait pu ajouter autre chose, les garçons nous aperçoivent et viennent à notre rencontre.

— On va manger une glace ? propose Luc en passant un bras autour des épaules de Cam.

— C'est toi qui régales ? demande-t-elle en se blottissant contre lui.

— C'est moi, déclare Z. Je vous dois bien ça pour vous avoir fait poireauter toute la matinée à la clinique.

— Je n'étais pas là-bas pour toi, dis-je.

— Non, mais tu es nouvelle à Park City. Ce sera ton cadeau de bienvenue dans l'Utah.

Un cadeau pour me baiser, oui… Je n'ai eu de relation avec personne depuis Rémi, et que je sois damnée si j'en ai une avec un petit prétentieux de snowboarder qui se prend pour le messie.

— C'est drôle, rétorqué-je en le toisant de la tête aux pieds. Tu ne ressembles en rien à un comité d'accueil.

— Et pourtant…, pouffe Ash.

— Ouais, Z est un mec super accueillant, renchérit Luc.

— À ce qu'il paraît, dis-je avec un léger sourire.

Cam manque de s'étouffer de rire. Je lui souris tandis que Luc lui tape dans le dos. Moi aussi, je peux jouer au petit jeu de Z, et il est grand temps qu'il le sache.

Chapitre 5

Z

OPHELIA ADORE LES GLACES, MAIS ALORS VRAIMENT. Ou bien elle veut me torturer, ce qui ne me paraît pas exclu. Cela dit, je ne suis pas le seul à avoir remarqué la façon dont elle lèche son cône. Ash est subjugué par sa petite langue rose, tandis que Luc évite soigneusement de la regarder, preuve que ce petit manège ne le laisse pas de marbre.

J'ai presque envie de leur coller un pain, mais je me retiens, vu que je pense exactement à la même chose qu'eux. Et que c'est moi qui ai parié que je me la taperais d'ici au week-end prochain.

J'ai fait ce pari par pur instinct de conservation – il fallait bien que je réagisse, avec mes trois meilleurs amis qui me regardaient comme si j'étais devenu infirme. Il n'empêche que c'était minable, même de ma part.

Mais ce qu'elle est en train de faire est tout aussi minable, voire cruel, compte tenu du fait qu'elle n'a pas la moindre intention de coucher avec moi – elle ne cesse de me le faire clairement comprendre depuis qu'on s'est rencontrés par hasard à la clinique. Pourtant, malgré moi, ma queue frémit chaque fois qu'elle donne un coup de langue sur ses boules de glace.

Je l'ai laissée tranquille, toute la soirée, en partie parce que j'ai honte de ce pari, et en partie parce que je suis néanmoins résolu à le gagner. Non seulement je ne veux pas perdre mon Landlord, mais maintenant que j'ai passé quelques heures avec elle, elle me plaît encore davantage.

Au début, elle n'était qu'un divertissement. Puis elle s'est muée en challenge. Et maintenant… Elle représente toujours un défi, mais aussi quelque chose d'autre, quelque chose de plus. À cette pensée, je m'agite nerveusement sur mon siège. Je n'attends jamais rien des filles. Ce serait malheureux que ça change juste parce qu'un boulet de canon à l'accent mielleux m'a renversé un verre dessus.

— On y va ? dis-je, plus fort et plus vivement que nécessaire.

Mais je ne l'ai pas fait exprès. Si je continue une seconde de plus à regarder Ophelia faire des trucs obscènes avec son cornet chocolat-cerise, je n'y résisterai pas : je serai obligé de la choper, de coller son petit cul sexy sur mes genoux, et de lui montrer à mon tour quels trucs obscènes je peux faire.

—Allons-y, acquiesce Ash en repoussant sa chaise, aussi pressé que moi de mettre un terme à ce supplice.

—Je n'ai pas fini ma glace, minaude Ophelia.

—Si, tu l'as finie.

Je lui arrache le cornet des mains et le balance dans une poubelle. Il n'y avait que nous ici, mais il est hors de question qu'elle poursuive ce numéro porno dans la rue, pour faire fantasmer tous ces crétins de touristes.

—Bonjour le comité d'accueil, grommelle Luc.

Ophelia ne proteste pas. Elle me regarde de ses grands yeux verts, toute innocente. Ce qui m'excite encore davantage. Mais pas question qu'elle le voie.

Ça fait deux jours que je cherche désespérément à me distraire, et Ophelia a réussi jusque-là à me changer les idées. Ne reste plus qu'à passer à l'étape suivante. Ne reste plus…

Merde. Une petite fille et sa maman entrent chez le marchand de glaces, et tout se fige. La fillette doit avoir six ou sept ans. De longs cheveux bruns, de grands yeux bleus et les joues rosies par le froid, elle tient la main de sa mère et, dans l'autre main, un lapin en peluche qui a connu des jours meilleurs.

Oh, merde, merde, merde! On dirait April. Les mêmes cheveux, les mêmes yeux, le même sourire, presque le même anorak violet.

Je regarde ailleurs, et je vois que Cam a remarqué la fillette. Son regard fait des va-et-vient entre elle et moi, elle tire Luc par le bras pour le forcer à se lever, et sa voix sonne faux lorsqu'elle lui ordonne :

— Allez viens, on y va.

Mais je me fais peut-être des idées. Je suis tellement à cran, tellement mal. Comme hier soir, mais en pire. Bien pire. Aujourd'hui, c'est le cataclysme. Je ne le montre pas, extérieurement, mais je suis effondré.

À cause de quoi ? D'un anniversaire morbide auquel je ne devrais pas penser et d'une gamine avec un lapin en peluche.

Ridicule. Humiliant. Juste au mauvais moment, en plus.

Je me rue vers la porte, bousculant la fillette et sa mère sans m'excuser. Je dois avoir l'air d'une pauvre petite fiotte – Z qui craque sous la pression – mais c'est le dernier de mes soucis. Il faut que je sorte de là au plus vite.

Dans la rue presque déserte, je marche droit devant moi, à peine conscient des autres qui me suivent. J'en veux à la terre entière, à cette chienne de vie, à cette maudite gamine, même si elle n'y est pour rien.

Tout est ma faute, entièrement. Blâmer qui que ce soit ne changera rien.

À cette pensée, je ralentis afin que les autres me rattrapent. Ash me donne un coup d'épaule, Cam glisse son bras sous le mien. Ils s'inquiètent pour moi, je le sais, ils voudraient m'aider mais je n'ai pas besoin de leur soutien, je ne le mérite pas.

J'ai envie de les repousser, de leur dire de me foutre la paix, mais ils n'y sont pour rien, eux non plus, alors je rends son coup d'épaule à Ash et j'enlace la taille de Cam. Puis je me retourne et je souris à Luc, qui marche juste derrière moi, l'air soucieux, et je sais que j'en suis responsable. Même Ophelia semble gênée, consciente qu'elle ne comprend pas tout et ne sachant pas comment se comporter.

À moi de détendre l'atmosphère.

—On va faire la fête ? dis-je en sortant mon téléphone de ma poche arrière. Mandy m'a envoyé un texto : elle fait une soirée chez elle, et il y en a une autre chez...

—Pardon ? m'interrompt Luc. C'est tout ce que tu trouves à dire ?

—Je voulais aussi vous proposer de passer chez Danny chercher de l'herbe.

—T'es vraiment un enfoiré. Tu sais ça, Z ?

Cam paraît furieuse.

—Je n'ai jamais prétendu le contraire.

Je jette un coup d'œil à Ash, dans l'espoir qu'il me soutienne, mais lui aussi, il tire la tronche. *Merde.* Je leur ai déjà fait passer la moitié de la journée aux urgences, et voilà que je les plombe avec mes histoires aussi dures à vivre pour eux que pour moi.

— Pas la peine de nous la jouer, mec, intervient Luc. On comprend…

— Non, vous ne comprenez pas.

Les mots m'ont échappé. Mais je ne vais pas faire une scène maintenant. Pas devant Ophelia. Si bien que je m'empresse d'ajouter :

— C'est bon, tout va bien.

Ash serre les dents. À l'évidence, il voudrait dire quelque chose mais contrairement à Luc et à Cam, il est parfaitement conscient de la présence d'Ophelia. J'attends qu'il évacue sa frustration, mais il garde le silence.

Pourvu que Luc et Cam en fassent autant, mais ce n'est pas gagné. J'en ai ras le bol d'être le sujet d'apitoiement de la semaine. Sans réfléchir, je pique un sprint jusqu'au petit jardin public au bout de la rue. Je les entends courir derrière moi, la neige fraîche crissant sous leurs semelles.

Dans le square, je ramasse une poignée de neige et lorsqu'ils arrivent, je la balance en plein dans la figure de Cam.

Pendant plusieurs secondes, personne ne bouge. Cam reste plantée la bouche entrouverte, la neige dégoulinant de ses sourcils le long de ses joues.

— Oh, tu fais quoi, là ? me lance Luc rudement, et avant qu'il ait pu dire quoi que ce soit, une boule de neige le frappe à la poitrine.

Je me tourne vers Ophelia.

— Cool, dit-elle, toute fière. C'est ma première bataille de boules de neige.

Je lis dans son regard qu'elle comprend d'où je reviens, bien que je ne voie pas trop comment elle pourrait deviner. Moi-même, je ne suis pas certain de comprendre. En tout cas, je lui suis reconnaissant de voler à ma rescousse.

— Tu n'as jamais fait de bataille de boules de neige ? C'est impossible...

— Il ne neige pas souvent à La Nouvelle-Orléans, réplique-t-elle sèchement.

— Tu as toujours vécu là-bas ?

Soudain, je suis curieux d'en savoir davantage.

— J'y suis née et j'y ai grandi.

— Qu'est-ce qui t'a amenée dans l'Utah ?

Le choix paraît bizarre pour quelqu'un du Sud.

En guise de réponse, elle m'envoie une boule de neige qui m'atteint pile entre les deux yeux. Et me fait un peu mal. Cette fille apprend vite.

En me voyant me baisser, elle détale à travers le parc. Elle n'a pas l'habitude de courir dans la neige, elle n'est pas très rapide. Je pourrais la rattraper facilement, mais je la laisse prendre de l'avance, histoire de lui donner l'illusion d'échapper aux représailles.

À une vingtaine de mètres, prévisible, elle se retourne et jette un coup d'œil par-dessus son épaule. Je lui lance une boule de neige qui s'écrase contre son menton.

D'autres se seraient mises en colère – comme Cam – mais Ophelia éclate de rire, et ce son de clochettes, pur et mélodieux, résonne dans le parc désert. Un frisson me parcourt, mon sexe durcit légèrement. Surtout quand elle se baisse pour confectionner une énorme boule de neige. Les filles qui savent jouer ont quelque chose de terriblement sexy.

Je n'essaie ni de m'enfuir ni de me protéger. Fasciné par son rire et par l'éclat de ses yeux, je me prépare à encaisser le choc. Or Ophelia est décidément pleine de surprises. À la dernière minute, elle pivote et vise Luc.

Il n'a que le temps de faire un bond de côté. La boule le touche au bras et se désintègre en un millier de flocons.

Et voilà, aussi simple que ça, la partie est lancée.

Les règles sont simples : il n'y en a pas. Et tant pis si ça peut paraître vicieux, mais ce jeu où tous les coups sont permis est exactement ce dont j'avais besoin.

Puisque nous sommes cinq, c'est chacun pour soi. Néanmoins, je reste près d'Ophelia, au cas où. Courir dans la neige peut être traître ; je ne voudrais pas qu'elle glisse et se casse une jambe alors qu'il n'y a même pas un mois qu'elle est là. Surtout en s'amusant.

Pendant vingt ou trente minutes, Luc et Ash nous poursuivent autour du parc. Nous les canardons chaque fois qu'ils nous talonnent d'un peu trop près. Du coup, nous oublions Cam. Grave erreur de ma part car je connais sa stratégie : elle a dû se cacher quelque part et préparer des munitions. Elle fait ça depuis qu'on est mômes.

Et ça ne loupe pas : une rafale ne tarde pas à s'abattre sur nous. Planquée derrière une murette, à l'abri, Cam nous bombarde sans relâche. Les tirs se succèdent si vite que nous renonçons à riposter et partons à la recherche d'un endroit où nous réfugier.

Ophelia s'accroupit derrière un tapecul, qui ne la protège pas de grand-chose. Profitant du fait que Cam a détourné notre attention, Luc et Ash nous mitraillent.

J'attrape la main d'Ophelia, je l'entraîne derrière un gros arbre et la plaque contre le tronc. Elle se raidit, mais sous la volée de projectiles, elle comprend vite qu'elle a tout intérêt à ne pas bouger.

— Baisse-toi ! lui ordonné-je alors que le raid s'intensifie. Fais des boules de neige !

— On est foutus de toute façon, réplique-t-elle en rassemblant de la neige entre ses mains gantées.

Elle a raison, mais je ne suis pas encore prêt à capituler. C'est sa première bataille de boules de neige et c'est moi qui l'ai initiée. Elle ne la gagnera pas mais je me dois au minimum de la protéger.

Je m'accroupis et je confectionne des boules, en veillant à couvrir Ophelia.

— Fais-en autant que tu peux, lui dis-je. Mais ne les jette pas. Pas pour le moment.

Elle se redresse un peu, risque un coup d'œil par-dessus mon épaule.

— Ils vont te massacrer !

— Pas grave.

Je passe le plus clair de mon temps dans la neige, mais Ophelia n'a pas l'habitude et elle grelotte. Si je l'abandonne et que mes amis la criblent de boules de neige, il y a des risques qu'elle fasse de l'hypothermie.

Nous sommes encerclés de toutes parts. Cam est sortie de sa cachette et nous bombarde par la droite. Ash et Luc attaquent par la gauche.

— Combien on a de boules ? chuchoté-je à Ophelia.

— Une vingtaine, répond-elle sans cesser d'en façonner.

Pas suffisant, mais l'étau se resserre. D'ici quelques secondes, nous serons acculés et toute tentative de fuite sera vaine. Nous ne pourrons plus nous échapper ou, tout du moins, pas autrement que crépis de neige.

— Prépare-toi, dis-je à Ophelia en rassemblant une brassée de boules de neige.

Elle acquiesce et en fait de même.

— À trois, on lance tout ce qu'on a sur Luc et Ash, OK ?

— OK.

Elle se place dans une meilleure position mais reste courbée afin que je la couvre. Ce qui n'est pas pour me déplaire, bien que je ne sache pas trop pourquoi j'y accorde de l'importance.

Je compte jusqu'à trois et nous passons à la contre-offensive. Ophelia a de la force, et elle vise bien. Plusieurs de ses tirs touchent Luc et Ash au visage.

Lorsqu'ils sont tous les deux couverts de neige, et qu'ils sont trop occupés à s'essuyer la figure pour se soucier de nous, je leur balance deux dernières boules, puis j'attrape Ophelia par la main et l'entraîne de l'autre côté de l'arbre. Cam se déchaîne sur Luc et Ash, qui crient comme des sauvages.

Nous traversons le parc à toute vitesse, sous les projectiles et les jurons, en riant si fort que nous manquons à deux reprises de tomber. Luc et Ash ont jeté l'éponge, et nous approchons de la zone de sécurité que nous avons établie tous les quatre il y a des années, quand on était petits.

Nous y sommes presque, si près que je sens le goût de la victoire, mais Ophelia glisse sur une plaque de verglas et ses jambes se dérobent. J'essaie de la retenir mais nous nous emmêlons les pieds et nous nous affalons tous les deux, moi dessous afin d'amortir le choc.

— C'était… C'était…

Elle rit tellement qu'elle ne parvient pas à finir sa phrase, son corps allongé et tout en courbes pressé contre le mien, frémissant d'excitation, ses yeux verts plongés dans les miens.

Je sais qu'elle attend que je rie avec elle, mais j'ai envie de toute autre chose que de rire. À cheval sur moi, elle se redresse en position assise et je me mets à bander. Totalement inapproprié alors que nous étions en train de jouer comme des mômes, mais je ne peux pas me maîtriser. Malgré son jean et le pantalon de snow que j'ai sur moi depuis ma chute sur le half-pipe, je sens la chaleur de son sexe.

Luc et Cam ne m'ont pas laissé le temps de me changer avant de partir pour l'hôpital, et je n'ai pas eu le courage de protester, avec ma tête qui menaçait d'éclater. Maintenant, je les maudis. En jean, je sentirais encore mieux Ophelia, sa chaleur, sa moiteur. À cette pensée, mon sexe se tend et elle retient son souffle.

Mais contre toute attente, elle ne bouge pas. Elle ne me gifle pas, elle ne se relève pas, elle ne fait rien de ce à quoi je m'attends. Au contraire, elle se frotte contre moi, délibérément, lentement. Et si gênant que ce soit, je suis sur le point de jouir. Ce qui est complètement délirant, sauf que – pour ma défense – cette fille sait onduler des hanches.

Mues par leur propre volonté, mes mains agrippent son bassin et je la maintiens en place une seconde ou deux, brûlant de désir. Je suis sexuellement actif depuis l'âge de treize ans ; en huit ans, j'ai acquis une certaine expérience des femmes et je sais qu'il n'en faudrait pas beaucoup pour la mener à l'orgasme.

Manque de bol, les autres nous interrompent, et si les démonstrations publiques d'affection ne me gênent pas trop, je sais que si je commence à entreprendre Ophelia, je ne pourrai plus m'arrêter. Tout du moins pas pour écouter mes potes se vanter d'avoir gagné la bataille.

Je lâche donc Ophelia, au prix d'un effort surhumain. Elle cligne des paupières quand je la dépose sur le sol à côté de moi et soudain, toute lascivité s'efface de son regard, se transforme en autre chose. Immédiatement, elle s'éloigne de moi et saute sur ses pieds. Cette fois, elle tient sur ses jambes, ce qui relève plus du miracle que de l'équilibre.

— Ophelia…

Je me redresse en position assise et je lui prends la main. Je ne sais pas quoi dire ; je sais seulement que je ne peux pas la laisser comme ça. Les yeux écarquillés, les bras noués autour de sa taille, elle a l'air complètement flippée. Pire, vidée. Je connais suffisamment ce sentiment pour l'identifier au premier coup d'œil.

Mais avant que j'aie pu faire autre chose que prononcer son prénom et me relever, les autres sont là.

— Ça va ? lui demande Luc en lui passant un bras autour de la taille. Vous vous êtes pris une de ces pelles…

— Ça va, il n'y a pas de mal, répond-elle en l'enlaçant.

Je suis furieux qu'elle se comporte avec lui de façon beaucoup plus naturelle qu'avec moi, et je m'en veux de m'énerver pour si peu. Luc est mon meilleur ami et Ophelia n'est qu'une fille parmi tant d'autres, un pari.

Il n'empêche que je ne supporte pas qu'il la touche, qu'il penche la tête vers elle et lui chuchote quelque chose à l'oreille. Même si ce n'est rien, même s'il s'assure juste qu'elle ne s'est pas fait mal en tombant, cette familiarité me fout les boules.

Je me remets debout et j'enfonce les mains dans mes poches. Ma chute avec Ophelia a réveillé les douleurs dues à mon saut de l'ange sur le half-pipe. Ma jambe recommence à me faire mal et mes côtes pulsent au rythme de mon cœur.

À l'hôpital, j'ai refusé qu'on me prescrive des antalgiques. L'infirmière m'a pris pour un dingue – ou un junkie désintoxiqué. En fait, la douleur est l'une des raisons pour lesquelles je fais ce que je fais. C'est la seule chose qui me donne le sentiment d'exister.

Cam me pose une main sur le bras.

— Ça va, Z ? Tu ne t'es pas de nouveau cogné la tête, au moins ?

— Non, ça va.

Je la repousse. Je ne veux pas de son aide. Je n'ai besoin de personne, et surtout pas d'elle.

— Bon, on fait quoi ? dis-je. On va faire la fête ou bien…

— Moi, je rentre, déclare Ophelia.

Je consulte ma montre.

— Il n'est même pas 22 heures !

— Je travaille, demain matin.

— Nous aussi. Ce n'est pas pour ça qu'on va se coucher comme des poules !

— Je ne suis pas aussi cool que toi, Z. Difficile de l'être, non ?

Ash tousse pour couvrir un rire, je lui adresse un doigt d'honneur. De quel côté est-il ?

— Si tu veux vraiment rentrer, je te raccompagne à ta voiture.

— Pas la peine, elle n'est pas très loin, répond-elle avec un geste en direction de l'entrée du parc.

— La clinique est par là-bas.

C'est-à-dire dans la direction opposée.

— Ah, OK, acquiesce-t-elle en secouant ses cheveux.

Elle tente de le cacher, mais je vois qu'elle n'est pas rassurée. Ophelia la dure ne fait plus la maligne, maintenant.

— Merci pour cette soirée, dit-elle. Je me suis bien amusée.

Là-dessus, elle s'éloigne avec un petit signe de la main. Je la rattrape. Cam, Luc et Ash nous emboîtent le pas, en pérorant sur la pâtée qu'ils nous ont mise à la bataille de boules de neige.

On aurait gagné si Ophelia n'avait pas glissé, mais je ne prends pas la peine de le leur faire remarquer. Je suis trop occupé à essayer d'ignorer son parfum, une odeur sucrée de pêche en été, un parfum sensuel qui ne fait rien pour m'aider à débander, même s'il est clair qu'il ne se passera rien ce soir entre elle et moi.

— Vous n'êtes pas obligés de me raccompagner, déclare-t-elle, irritée. Je retrouverai le chemin toute seule.

— Je n'en doute pas. Mais il fait nuit. Même si la plupart des touristes dorment dans leur hôtel, on ne sait jamais quel taré tu pourrais croiser dans les rues. Il vaut mieux qu'on soit avec toi.

— Je n'ai pas besoin qu'on me protège, Z.

— Personne n'a dit ça. Du reste, est-ce que j'ai l'air d'un ange gardien ?

Avec mes tatouages et mes piercings, habillé tout en noir, je n'ai pas vraiment le profil du chevalier blanc et, croyez-moi, j'en suis conscient.

Elle me toise et, l'espace d'une seconde, j'ai l'impression qu'elle va m'envoyer une vanne, mais non, elle secoue simplement la tête et nous continuons à marcher.

Nous parcourons le reste du chemin en silence, nos pas crissant dans la neige et mes trois meilleurs potes rigolant derrière nous. Je cherche quelque chose à dire mais rien ne me vient, ce qui ne m'était encore jamais arrivé. Avec cette fille, les mots me font défaut.

— Ma voiture est là-bas, dit-elle à l'entrée du parking, avec un vague geste de la main. Merci de m'avoir raccompagnée.

— Pas de quoi, répond Ash.

— Ça ira pour retourner au chalet ?

Il a neigé, les routes sont glissantes et elle n'a sûrement pas l'habitude de conduire sur le verglas.

Mes amis me dévisagent avec des yeux ronds – ce n'est pas mon genre de me soucier des autres. Je les ignore. Je suis peut-être un loser, un pauvre mec, mais pas un rustre total. Je ne crois pas.

Ophelia lève les yeux au ciel.

— Ne t'en fais pas pour moi. Bonne fin de soirée. À la prochaine.

Avec un geste d'au revoir, elle traverse le parking désert à longues enjambées déterminées. Je la regarde se diriger vers une Honda bleue garée sous un lampadaire, puis j'attends qu'elle ait sorti ses clés de son sac avant de rebrousser chemin.

— Alors, c'était cool de se rouler dans la neige avec elle ? me demande Luc.

— Tu parles, raille Cam, ils se sont lamentablement cassé la figure.

— Bien sûr ! rétorque Ash. Ça avait vachement l'air d'une chute. Si chute est synonyme de préliminaires. Je crois que tu peux dire « adieu » à ton Darwin, Luc.

— Attends, rien n'est gagné. Ça fait vingt-quatre heures qu'ils se sont rencontrés et Ophelia est rentrée seule, sans inviter Z. Du jamais-vu.

Il a raison, et je ne sais qu'en penser. En fait, Ophelia m'intrigue de plus en plus. Elle ne parle jamais d'elle, et je sens qu'elle n'a pas la langue dans sa poche. Au fond, j'aimerais la connaître davantage, même si je ne suis pas certain que je n'y laisserai pas des plumes.

Je demeure silencieux tandis que nous retournons à ma Range Rover. Mais soudain, quelque chose en moi se pétrifie lorsque nous passons devant un panneau électronique annonçant les promos d'un magasin et que je vois la date du jour en lettres rouges. « 18 novembre 2013 ». *Le 18 novembre. Le 18 novembre.*

Ce n'est pas la date qui me fend le cœur, qui me déchire les entrailles, ni ce qu'elle représente, ce qu'elle représentera toujours. Ce qui me déglingue, c'est que j'avais oublié. Pendant quelques heures, à manger un cornet de glace et à faire une bataille de boules de neige, je n'ai pas songé une seule seconde à ma sœur et ma mère ainsi qu'à ma responsabilité dans leur triste sort.

Terrassé par le chagrin, par la culpabilité, je vacille sur mes jambes, et s'il n'y avait pas des années que je m'applique à me maîtriser, à enfouir ce cauchemar au plus profond de moi, je me serais certainement écroulé.

Une fois que nous sommes parvenus à ma voiture, Ash suggère que nous allions à une de ces soirées dont j'ai parlé, mais je secoue la tête. Mon objectif était de rester un peu plus longtemps avec Ophelia. À présent, la seule idée d'une baraque enfumée et pleine de monde me rend malade. Je me sens tellement oppressé que je peux à peine respirer, à peine penser. Je n'ai aucune envie d'un bain de foule.

Finalement, je dépose Cam, Luc et Ash chacun chez soi, et je rentre chez mon père. Enfin, chez moi, maintenant, vu que le grand génie n'a pas daigné remettre les pieds dans cette maison depuis trois ans et demi, depuis la remise de mon diplôme d'études secondaires – et encore, il n'y est venu qu'en coup de vent. Il a juste fait l'aller-retour pour assister à la cérémonie et me dire qu'il était fier de moi, ce que j'aurais peut-être gobé si seulement il avait eu le courage de me regarder dans les yeux.

Un vieux morceau des Red Hot Chili Peppers passe à la radio. Je monte le son, de façon que la musique m'emplisse le crâne. Puis je roule en pilotage automatique sous la neige qui recommence à tomber, en ne pensant à rien d'autre qu'à rentrer me soûler.

Jusqu'à ce que je bifurque sur Red Maple. À l'arrêt du bus, une fille est assise sur le banc, emmitouflée dans un blouson rouge. La fille que j'ai raccompagnée à sa voiture il y a une heure.

Chapitre 6

OPHELIA

Je ne lève même pas les yeux quand une voiture ralentit devant moi. Depuis un quart d'heure que je suis assise sous l'abribus, c'est la quatrième qui s'arrête. Je ne pense pas avoir l'air de tapiner, engoncée dans mon gros blouson, et il me semble évident que j'attends le bus, mais à voir tous ces idiots qui me proposent de monter dans leur bagnole, on croirait que je porte une pancarte « À vendre ».

— Hé ! me lance un mec.

Je ne daigne pas tourner la tête. Si je l'ignore complètement, cet abruti en quête d'un coup à tirer me fichera peut-être la paix.

— Ophelia !

Cette fois, je réagis. *Merde.* Ce n'est pas un inconnu, mais Z, l'air étonné, qui paraît dans tous ses états.

Je lui adresse un signe de la main et je retourne à ce que j'étais en train de faire. C'est-à-dire pas grand-chose : contempler le bitume et essayer de ne pas claquer des dents.

Je l'entends pousser un juron, puis couper le moteur de sa Range Rover. Une portière claque. *Putain de bordel !* Je ne me débarrasserai pas de lui aussi facilement que je l'espérais.

— Qu'est-ce que tu fais là ? me demande-t-il en s'accroupissant face à moi. Je croyais que tu avais une bagnole.

— J'en ai une.

Mais pas la Honda bleue garée devant la clinique. Non, depuis douze jours que je suis à Park City, ma voiture n'a pas bougé du parking de l'immeuble où sont logés les employés du chalet.

— Alors pourquoi tu ne la prends pas ?

Z me regarde comme si j'étais dingue. Et je le suis peut-être. Quoi qu'il en soit, ce ne sont pas ses oignons.

— Il n'y a pas longtemps que je suis ici. Je ne sais pas encore très bien me repérer. J'ai pris le bus ce matin parce que j'avais peur de me perdre et d'arriver en retard à mon rendez-vous.

Ce n'est ni tout à fait un mensonge, ni tout à fait la vérité.

Z ne semble pas me croire. *Normal.* Les hypocrites savent reconnaître les hypocrites.

— Et les GPS, ça sert à quoi ?

Puisque la défensive ne semble pas marcher, j'opte pour l'offensive.

— Qu'est-ce que ça peut te faire si je n'avais pas envie de conduire, aujourd'hui ?

— Rien. Sauf que tu m'as menti. Et tu te retrouves là toute seule dans le noir et dans le froid à attendre un bus qui n'a pas l'air de venir.

— Il sera là dans sept minutes.

— Super. Avec un peu de chance, tu ne seras pas encore transformée en glaçon. Ni en victime de viol. Allez viens, ajoute-t-il en m'attrapant la main.

Je la retire vivement.

— Tu n'as pas d'ordres à me donner. Je n'irai nulle part avec toi.

— Relax, princesse, réplique-t-il, les yeux au ciel. J'ai été cool avec toi, toute la soirée. Je ne vais pas tout d'un coup t'agresser. Je veux juste te ramener au chalet.

— Pas la peine. Le bus ne va pas tarder.

— Ouais, je vois, dit-il avec un geste en direction de la rue quasi déserte.

À part sa voiture, il n'y en a qu'une autre, arrêtée au feu un peu plus loin. Les deux gars à l'avant ont l'air à peu près de mon âge, peut-être un peu plus vieux, et très intéressés par ce qui se passe entre nous.

— Tu ne crois tout de même pas que je vais te laisser toute seule ici ? Avec ce genre de dégénérés dans les parages, en plein milieu de la nuit.

— Il n'est même pas 23 heures.

— Peu importe. Allez viens, je te raccompagne chez toi. Pourquoi toutes ces histoires ?

— Tu perds ton temps. Je ne coucherai pas avec toi.

— Qui te l'a demandé ? riposte-t-il, le sourcil arqué.

Je suis sur le point de le prévenir que je suis au courant du pari, mais je ne voudrais pas qu'il se fâche contre Cam.

— Je t'en prie… Je sais quand un mec a envie de coucher avec moi.

— Tu ne serais pas un peu narcissique sur les bords ? rétorque-t-il en me prenant la main pour me forcer à me lever et, cette fois, je n'oppose pas de résistance. Tu es sûre que tu n'es pas en train de projeter tes désirs ?

— C'est-à-dire ?

— Ce ne serait pas plutôt toi, par hasard, qui aurais envie de coucher avec moi ?

Une main au bas de mon dos, il me pousse vers sa Range Rover. Je devrais résister, je le sais, mais son contact me fait tellement de bien que je me blottirais volontiers entre ses bras. Sa chaleur irradie à travers mes vêtements et déjà, j'ai cessé de grelotter.

— Sûrement, ouais.

— Réponse nulle, raille-t-il. Je suis certain que tu peux mieux faire.

— Probablement, si mes neurones n'étaient pas congelés. Franchement, je ne sais pas comment on peut vivre ici.

Il ouvre la portière et m'aide à m'installer sur le siège en cuir, très gentleman, à mille lieues du petit frimeur qui se prend pour un Don Juan.

— C'est bon, ça va, dis-je. Tu n'es pas obligé de te mettre en quatre.

— Si.

— Non, tu…

Il m'interrompt en claquant la portière, et au lieu d'aller s'asseoir derrière le volant, il reste planté là une minute à m'observer à travers la vitre.

Je voudrais détourner le regard – inutile pour son ego que je le contemple comme si j'étais sous l'emprise de son pouvoir – mais je n'y parviens pas. Quelque chose sur son visage, dans ses yeux, maintient mon regard rivé au sien. Une expression que je ne connais que trop bien, celle du charmeur tout sucre tout miel, tout sourires et prétentieux.

Rémi était comme ça, et je me dis que Z ressemble un peu à mon ex. *Sauf que…* Il cligne des paupières et son masque se remet en place – masque dont je n'avais pas conscience jusque-là. Je me rends compte alors que ce n'est pas à Rémi que Z me fait penser, mais à moi. À celle que je vois chaque matin dans le miroir avant de me maquiller. Avant de mettre moi-même mon masque et d'essayer de me convaincre que tout va pour le mieux dans le meilleur des mondes.

Un frisson me parcourt, qui n'a rien à voir avec le froid. Si je tremble, c'est parce que je viens de m'apercevoir que Z est aussi ravagé que moi. Son arrogance n'est pas le produit de sa beauté ni de son talent. Elle cache quelque chose. Quelque chose de sombre, de désespéré et dangereux.

D'un côté, je suis curieuse de savoir quoi. De l'autre, je préfère demeurer dans l'ignorance.

Néanmoins, de son propre gré, ma main se plaque contre la vitre glacée. Heureusement, Z ne le voit pas. Il tourne les talons et contourne la voiture par l'arrière. Lorsqu'il prend place sur le siège du conducteur, toute vulnérabilité s'est effacée de ses traits. Il est redevenu le Z frimeur et suintant la sexualité. Discrètement, je ramène ma main sur mes genoux.

Je devrais être soulagée qu'il ait repris son air normal. Après tout, ce personnage-là est beaucoup plus facile à gérer. Rien de plus simple que de lui renverser un verre dessus et de ne plus y penser.

Il n'empêche que tandis qu'il conduit, ses mains fortes et longues maniant habilement la Range Rover sur les routes verglacées, je ne peux pas m'empêcher de repenser à ce moment, chez le glacier, où j'ai senti un malaise latent.

À ces quelques minutes, dans le parc, où il s'est sacrifié pour me protéger.

Au fait qu'il se soit arrêté, en me voyant à l'arrêt de bus. Il aurait pu poursuivre son chemin. Je n'aurais jamais su qu'il était passé par là. Personne ne l'aurait jamais su. Or il a tenu à me ramener à bon port.

De nouveau, il me rappelle Rémi, et une douloureuse blessure se rouvre et me fait saigner le cœur. *Dommage collatéral du long naufrage qu'aura été sa vie.*

Nous gardons le silence presque tout le long du trajet, ce qui m'arrange et me dérange. J'aurais grand besoin de me défouler, de me faire les griffes. Cela dit, comme Z l'a si gracieusement souligné, je manque cruellement de répondant, en ce moment. Voilà ce qui arrive, je suppose, quand votre existence tout entière menace pour la seconde fois de basculer.

Un vieux morceau de Nirvana passe à la radio, *All Apologies*, et Z fait mine de vouloir l'arrêter. Je pose une main sur son bras.

— Non, laisse.

Il me regarde d'un air grave.

— Tu aimes cette chanson ?

— Oui.

Mensonge. Je n'aime pas cette chanson. Je l'ai aimée, il y a longtemps. Je l'écoutais en boucle, j'adorais la voix rocailleuse et mélancolique de Kurt Cobain. À présent, je la déteste. Je ne l'écoute plus que pour me faire du mal. Dans mon esprit tourmenté, elle représente une pénitence, une dette dont je ne pourrai jamais m'acquitter.

Tout est ma faute. Les yeux fermés, Cobain chantant la culpabilité, la honte, je refoule les larmes. Pleurer est un signe de faiblesse et je ne peux pas me permettre d'être faible. Du reste, les larmes ne servent à rien, elles ne changent rien. Sinon… je pleurerais des rivières. Des océans.

Je ravale la boule qui me noue la gorge, en espérant que Z, concentré sur la route en lacets qui monte au chalet, ne s'est pas aperçu de mon absence. Alors que nous passons sous un lampadaire, je lui coule un regard : les mains crispées sur le volant, il serre les dents à s'en briser la mâchoire. Son pouce bat le rythme, sa jambe gauche est agitée de secousses nerveuses.

D'un geste brusque, j'éteins la radio. C'est une chose de me torturer ; c'en est une autre de torturer Z, ou de le regarder se torturer.

— T'as changé d'avis ? me demande-t-il, surpris.

— Ouais, j'aime bien Nirvana à La Nouvelle-Orléans, où il fait tout le temps beau et chaud. Ici, ça me déprime.

Comme je l'espérais, Z se détend, il rit. *Ouf.* Je ne souhaite à personne de souffrir mon martyre.

De nouveau, le silence s'installe.

— Au fait, dis-je au bout d'un moment, n'y tenant plus, quel truc idiot as-tu fait pour atterrir aux urgences ?

— Qu'est-ce qui te fait penser que c'était un truc idiot ?

— Allez, ne fais pas l'innocent.

— Que dois-je comprendre par là ? réplique-t-il avec un petit rire.

— Tu le sais très bien. À ma connaissance, les snowboarders sont des mordus d'adrénaline. Et tu es pire que les autres. Tout le monde l'affirme.

— Ah, bon ?

— Eh oui.

— Comment sais-tu ce qu'on dit de moi ? Tu t'es renseignée ?

— Hein ? Jamais de la vie !

— Ah, ah… « La dame fait trop de protestations, ce me semble. »

— Laisse tomber les citations de Shakespeare, s'il te plaît. Ce n'est pas ma faute si ma débile de mère m'a appelée Ophelia.

— J'aime bien ton prénom. Il te va bien.

— Tu plaisantes, j'espère. Me dire que le nom de l'un des personnages de Shakespeare les plus cinglés me va bien n'est pas le meilleur moyen pour me mettre dans ton lit.

— Voilà que tu recommences à tout rapporter au sexe.

— Voilà que tu recommences à prétendre que ce n'est pas ton cas.

— Sans vouloir te vexer, Ophelia, j'ai l'impression que tu es obsédée par l'idée que je veuille te séduire.

— Me « séduire » ? On est au Moyen Âge ou quoi ?

— Tu préfères que je dise « te baiser » ?

Le mot éveille en moi un violent désir. Malgré le froid, malgré le givre sur le pare-brise, je suis en feu. Il y a si longtemps qu'on ne m'a pas embrassée, pas touchée… C'est pour ça que je me suis laissée aller, tout à l'heure, dans le parc, quand j'étais à califourchon sur Z, et c'est pour ça que je suis de nouveau à deux doigts de lâcher prise.

J'imagine ses lèvres sur ma peau, ses mains sur mes cuisses, son corps contre le mien. Ses yeux indigo plongés dans les miens tandis qu'il me pénètre lentement.

Je change de position sur mon siège, m'efforçant de maîtriser ma respiration, en vain. Je glisse un regard en coin à Z, et je vois à son expression et à la tension de son corps que ma réaction ne lui a pas échappé. *Merde*. Il ne va pas manquer de profiter de son avantage.

Mais non.

— J'essayais de faire un 1440 arrière, dit-il.

Sa voix rauque et traînante m'excite encore davantage, d'autant que je suis parfaitement consciente de la raison pour laquelle il ramène la conversation sur le snowboard : pour essayer de faire baisser la température.

— Un 1440 arrière ? C'est quoi, ça ? Jamais entendu parler.

— Ah, ouais ? Parce qu'on parle beaucoup de snowboard en Louisiane ?

— Non, mais ça fait deux semaines que je bosse au chalet. Avec les X Games et les JO qui approchent, on ne parle que de ça. Surtout avec toi et tes potes qui êtes à la station.

— C'est pour ça que tu as décidé de traîner avec nous ? Parce que tu penses qu'Ash va décrocher une médaille olympique ?

Je me sens un peu vexée, puis je comprends que c'est exactement ce qu'il cherche.

— C'est peut-être toi qui vas remporter une médaille.

— Sûrement pas, rétorque-t-il avec un rire plein de dérision.

— Pourquoi pas ? Tout le monde le prédit.

— Si tu écoutes tout ce qu'on raconte… Enfin, bref. En l'occurrence, tout le monde mise sur Ash, cette année.

— Ça ne te dérange pas ?

Pour la première fois depuis que je suis montée dans sa voiture, Z me jette un regard mauvais. *Vraiment mauvais.*

— Ash est mon meilleur ami. Je suis content pour lui. Je lui souhaite une médaille d'or. C'est le meilleur snowboarder du pays, l'un des meilleurs du monde, même.

— Toi aussi. Enfin, c'est ce qui se dit.

— Qui te raconte toutes ces conneries, bon sang ? Des gens qui ont l'air de bien me connaître. Comment se fait-il que moi, je ne les connaisse pas ?

Il se passe une main rageuse dans les cheveux et je m'attends à ce qu'il continue de pester, mais la voiture dérape et fait un tête-à-queue. Terrifiée, je m'agrippe des deux mains aux rebords de mon siège et je me mords la lèvre inférieure à m'en faire saigner. *Oh, mon Dieu, non, s'il vous plaît, pas une seconde fois…*

Avec un parfait sang-froid, Z redresse la Range Rover et reprend le contrôle en quelques secondes.

Mon cœur bat à cent à l'heure et je ne suis pas sûre de pouvoir lâcher le siège avant d'arriver au chalet. J'espère seulement que je n'ai pas laissé des marques d'ongles dans le cuir souple.

— Ça va ? me demande Z, l'air inquiet.

— Oui, oui.

Ma voix doit me trahir.

— Ce n'était rien, je t'assure. Je conduis sur le verglas depuis l'âge de quatorze ans. Je sais ce que je fais. Tu ne risques rien, tu es en sécurité avec moi.

Il semble réellement soucieux pour moi et cela me touche profondément.

Plus que le fait qu'il me ramène chez moi.

Plus que la conversation qui m'a fait sourire malgré moi.

Plus que cette soudaine excitation sexuelle alors que je n'ai rien ressenti depuis des mois.

Plus que sa modestie quant à sa célébrité et son talent.

Non, rien de tout cela ne m'a autant bouleversée. J'ai des défenses contre tout. Ou tout du moins, je le croyais. Or la douceur de sa voix et son regard sincèrement inquiet ont fissuré la carapace que j'ai mis un an à me construire.

Cette pensée m'épouvante. En proie à la panique, je me retiens de ne pas sauter en marche.

Je ne veux pas ressentir cette… Je ne veux rien ressentir. Surtout pas pour le beau gosse de Park City qui traîne manifestement lui aussi de grosses casseroles. Quant à me sentir en sécurité ? Il y a si longtemps que ça ne m'est pas arrivé que je ne suis pas sûre de connaître de nouveau un jour ce sentiment.

— Ophelia ?

Il ne me touche pas – la route est mauvaise et il garde les deux mains sur le volant – mais je devine qu'il se retient. Pas parce qu'il a envie de me baiser, pour reprendre ses propres termes, mais parce qu'il veut me rassurer. Pour que je me sente en sécurité.

— Ça va. J'ai eu un peu peur, c'est tout.

— T'es sûre ?

Il n'a pas l'air de me croire et, en même temps, on dirait qu'il redoute de me contrarier encore davantage.

— Oui, oui, ne t'en fais pas pour moi.

Il se détend un peu et je tourne la tête pour regarder par la vitre. Nous ne sommes plus qu'à deux ou trois kilomètres des logements réservés aux employés du chalet. Tant mieux. J'ai hâte d'être arrivée.

Quelques minutes s'écoulent dans un silence pesant. Le bâtiment ne se voit pas de la route, même en plein jour, mais Z semble savoir exactement où il va.

Tu parles… Il a dû sauter toutes les nanas qui habitent là. Dieu seul sait combien de fois il a pris cette route au milieu de la nuit.

Sitôt la Range Rover immobilisée, je me précipite au-dehors. Je m'apprête à lancer un « merci » à Z par-dessus mon épaule, mais il coupe le contact, descend de la voiture et me pose une main sur le coude.

Je suis tellement surprise que je le laisse m'accompagner jusqu'au seuil de l'immeuble.

De nouveau, cette attention me touche et, de nouveau, je colmate les brèches de mon armure. *Hors de question que quiconque sabote mon blindage, surtout pas Z.*

Il attend que j'aie trouvé mes clés et que je déverrouille la porte d'entrée. Dès que je l'ai ouverte, je me tourne vers lui avec un sourire forcé.

— Merci de m'avoir raccompagnée. C'est sympa.

— Où est ta chambre ? demande-t-il en regardant dans le couloir.

— Au troisième.

J'essaie de refermer la porte mais il la retient.

— Je monte avec toi.

— Z…

Il m'interrompt d'un geste de la main.

— En saison touristique, il y a toutes sortes de tarés dans le coin. Laisse-moi juste t'accompagner à ta porte et je repars, promis.

Il paraît sincère, ce qui m'affecte encore un peu plus. Mon instinct de conservation me hurle de me débarrasser de Z au plus vite, de le chasser sans ménagement de mon immeuble et de ma vie. Pourtant, je hoche la tête et le laisse gravir les étages avec moi.

— C'est là, lui indiqué-je en m'arrêtant devant le deuxième appartement du couloir.

Z fronce les sourcils.

— Tu es juste à côté de l'escalier. Je n'aime pas beaucoup ça. Ce n'est pas sûr.

— Je ne vois pas en quoi ça te concerne.

— Waouh... Ne t'énerve pas.

— Tu ne m'as encore jamais vue m'énerver.

— Hmm. Inquiétant, sachant que tu m'as déjà bousillé un pantalon à 500 dollars.

Je manque d'avaler ma langue. *« Un pantalon à 500 dollars » ?!* Et il en porte un autre aujourd'hui ? Deux de ses pantalons valent aussi cher que ma garde-robe tout entière ? Voilà qui laisse songeur...

— Il est vraiment bousillé ?

Cinq cents dollars équivaut pour moi à deux semaines de salaire, vu que je suis logée et nourrie. Si je dois le rembourser, ça va faire mal.

Mon inquiétude doit se lire sur mon visage.

— Non, je te charriais, répond-il en riant.

— Ouf, dis-je avec un soupir de soulagement. S'il avait fallu que je te le paie, j'aurais été dans la merde.

— Je ne te demanderais jamais une chose pareille. En plus, c'était ma faute.

— Je n'aurais jamais cru que tu l'admettrais.

— Je suis peut-être un connard, mais pas un demeuré. Je sais quand j'ai tort.

Z serait donc… humain ? *Au secours !*

— Sur ce, encore merci, dis-je en le poussant vers l'escalier. Sûrement à bientôt.

— Donne-moi ton numéro, si tu veux être sûre de me revoir.

Pendant quelques secondes, je ne percute pas.

— Tu veux mon numéro ?

Z ne prend jamais le numéro des filles. Il les emballe et il les oublie. En tout cas, c'est ce qui se dit. Et c'est tout à fait l'impression que j'ai eue, hier soir.

— Oui… (Pour la première fois, il paraît incertain, comme s'il s'aventurait en terrain totalement inconnu.) Je t'appellerai un de ces jours. On pourrait aller au restau, ou retourner au ciné.

Une nouvelle fissure se forme dans ma cuirasse, et je sais qu'elle est due à l'hésitation de Z plus qu'à son invitation. N'est-ce pas attendrissant que ce mec si sûr de lui ait soudain l'air un peu perdu ?

— Je… euh… Je ne crois pas que ce soit une bonne idée. Je veux dire…

— Tu ne veux pas que je t'appelle ? m'interrompt-il, incrédule.

Non. Pour des tas de raisons que je ne tiens pas à préciser.

— Ce n'est pas aussi simple.

— Mais si : tu me donnes ton numéro, je t'appelle, on sort ensemble, on s'amuse et qui vivra verra.

— Pourquoi tu insistes ? Il y a des centaines de nanas qui se rouleraient à poil dans la neige pour sortir avec toi. Pourquoi t'acharner sur moi ?

Il paraît gêné, et je repense à ce que Cam m'a dit : le pari. Évidemment. Il est déterminé à le gagner.

D'un côté, ça me rassure. De l'autre, ça me fiche une trouille bleue. Je n'ai passé qu'une soirée avec lui – une soirée ! – et déjà, je commence à fondre. Je ne sais pas comment c'est possible, mais je suis bien obligée de me rendre à l'évidence.

Que se passera-t-il s'il persiste à m'aiguillonner ? Même si ce n'est pas sérieux, même si ce n'est qu'un stupide pari, je ne suis pas certaine d'avoir la force de lui résister. Ce ne sont pas ses avances sexuelles qui m'effraient – l'élément le moins important de l'équation. Non, ce qui me le rend si attachant, c'est cette vulnérabilité que je perçois en lui quand il croit que personne ne le regarde, cette douleur si proche de la mienne.

— Peut-être que tu m'attires, dit-il.

Ouais, c'est bien ce que je craignais. Ou plus précisément, j'ai bien peur d'être irrésistiblement attirée par lui. Et je ne suis pas prête. Pas encore. Je ne le serai peut-être jamais.

— Bonne nuit, Z, conclus-je en entrant dans ma chambre et en essayant de refermer la porte.

Encore une fois, il la retient, en la bloquant du pied.

— OK, si tu ne veux pas me donner ton numéro, alors prends le mien. Ou dis-moi à quelle heure tu travailles demain. Je passerai te voir. On parlera. Je te laisserai m'arroser de café.

— Je ne t'arroserai plus.

— Peut-être pas tout de suite, mais accorde-moi dix minutes et je suis sûr de sortir un truc qui t'énerve.

Le plus drôle, c'est qu'il a probablement raison, et c'est justement là le problème : s'il m'énerve, c'est que j'éprouve des sentiments pour lui. Or si j'entrouvre cette porte, qui sait ce qui risque de s'y engouffrer ? Il n'y a qu'à voir où j'en suis déjà, vingt-quatre heures seulement après avoir rencontré Z.

Je m'apprête à lui dire de s'en aller, de me laisser tranquille, mais il esquisse ce sourire charmeur, le même qu'hier, le même que tout à l'heure, le même que chaque fois que je le regarde.

Et c'est alors que je comprends. Il ne baissera pas les bras. On ne devient pas sportif de niveau international, prétendant aux jeux Olympiques, en quittant la partie, en oubliant ses objectifs, en renonçant. Si Z a fait un pari, il fera tout pour le gagner.

Un autre que lui, je l'aurais ignoré. Or Z n'est pas facile à ignorer. Surtout maintenant que je sais qu'il cache une personnalité plus complexe qu'il n'y paraît. Plus je le côtoierai, plus je prendrai des risques. Pas de tomber amoureuse, cela ne se produira pas, mais déjà, je commence à craquer. Déjà, je commence à le laisser s'immiscer dans ma vie. Alors que je m'étais juré de ne plus jamais laisser personne franchir cette barricade. De ne plus jamais laisser personne pouvoir me faire autant de mal que Rémi.

Mais je sens la détresse de Z, beaucoup plus profonde que ce qui affleure. Et j'ai peur que cette souffrance que je sens en lui ne me ramène au point où j'en étais il y a un an : au fond du gouffre.

Je ne veux pas revenir là. *Pas maintenant. Plus jamais.* Je suis venue à Park City pour prendre un nouveau départ. Je m'étais promis de ne pas regarder en arrière, de ne plus penser au passé. Je ne peux pas laisser Z anéantir mes bonnes résolutions, pas maintenant que je commence enfin à respirer un peu.

Pourtant, alors que je m'ordonne de refermer la porte, je fais exactement le contraire. Je recule et je propose à Z :

— Entre boire un verre.

Chapitre 7

Z

D'Ophelia ou de moi, je ne saurais dire qui est le plus choqué par son invitation. Moi, probablement, qui reste planté dans le couloir, les mains dans les poches et la bouche entrouverte, tel le dernier des imbéciles, alors qu'Ophelia a déjà tourné les talons.

Une partie de mon cerveau me chuchote de m'en aller. Une fille capable d'opérer ce genre de virage à cent quatre-vingts degrés a sûrement des problèmes que je ne suis pas prêt à gérer. Néanmoins, je m'avance dans son studio, guère plus grand qu'une boîte à chaussures.

— Qu'est-ce que tu veux boire ? me demande-t-elle. J'ai du Dr Pepper, du chocolat, du café, de l'eau.

Je regarde autour de moi : le lit une place faisant office de canapé, l'étagère couverte de livres, la minuscule kitchenette. Pas grand-chose d'autre. Ni photos. Ni posters.

Rien que quelques bouquins pour me donner une idée de la personnalité d'Ophelia.

— Un Dr Pepper, s'il te plaît.

— Bon choix, approuve-t-elle.

Elle ouvre le réfrigérateur et en sort deux bouteilles de verre à l'ancienne, qu'elle décapsule avant de m'en tendre une.

— Pourquoi m'as-tu invité à entrer ? Juste pour m'offrir un verre ?

Elle s'immobilise, la main toujours sur la canette, tout près de la mienne.

— Tu es entré juste pour boire un verre ?

— À ton avis ?

Tout en scrutant son visage, je prends la bouteille et la pose à côté de moi sur le comptoir. Ophelia suit mes gestes des yeux.

— À mon avis, tu n'aimes pas le Dr Pepper.

— Exact.

Je n'ai jamais pu avaler cette horreur.

— Alors pourquoi tu m'en as demandé un ?

Je mets les mains sur sa taille et je l'attire contre moi, son bassin collé au mien.

— D'après toi ?

C'est plus fort que moi : je prends un certain plaisir à jouer au chat et à la souris.

— Je ne sais pas, répond-elle en soutenant mon regard. Tu poses décidément beaucoup de questions, ce soir.

— Comment se fait-il que tu n'aies pas de réponses ?

— Les réponses sont toujours plus difficiles que les questions, tu ne crois pas ?

Je pense aux milliers de questions que je me pose sur April, sur ma mère, sur tout ce qui s'est écroulé à cette époque de ma vie. Des milliers de questions et quasiment aucune réponse. Ou alors les mauvaises.

— Si.

Elle boit une longue gorgée et je ne peux pas m'empêcher de contempler sa bouche autour du goulot, le liquide qui descend dans sa gorge. J'ignore si elle le fait exprès, mais elle me fait bander.

Je change de position, dans l'espoir de cacher mon érection. *Impossible.* Ophelia avale d'un trait la moitié de la canette et je ne vois que ses lèvres roses, luisantes, je les sens presque sur mon sexe.

Enfin – *pas trop tôt !* –, elle pose sa bouteille et me regarde droit dans les yeux.

— En tout cas, je crois que je sais pourquoi tu es là, déclare-t-elle.

— Ah, ouais ?

Qui est cette fille et qu'a-t-elle fait à Ophelia ?

Je devrais me méfier, je le sais, mais son visage est si près du mien qu'il me suffirait de me pencher pour l'embrasser, comme j'en rêve depuis l'instant où je l'ai vue pour la première fois. Je me retiens, toutefois, car ce soudain revirement d'attitude ne me dit rien qui vaille.

Elle me donne le feu vert pourtant, ses lèvres pulpeuses incurvées par un sourire enjôleur, son corps plaqué contre le mien, ses longs doigts sur mes biceps, comme pour me retenir.

Oui, les signaux qu'elle m'envoie sont limpides, et je devrais y répondre, la déshabiller afin d'admirer, de toucher et d'embrasser chaque centimètre de ce superbe corps.

Il n'empêche que j'hésite. Je la trouve… bizarre, sans parvenir à déterminer ce qui me chiffonne.

— Ouais, parfaitement, dit-elle en réponse à ma question restée en suspens, et elle noue les bras autour de mon cou pour presser ses lèvres parfaites contre les miennes.

Ouf!

Ses baisers sont aussi légers que les premiers flocons de neige. Ils effleurent à peine ma bouche, une fois, deux fois et encore et encore. Je vais devenir dingue si je ne peux pas la toucher, si je ne peux pas lui renverser la tête en arrière et explorer sa bouche de ma langue, la plaquer contre moi et sentir sa chaleur contre mon sexe.

Bien que ça me tue, je lui rends des baisers aussi chastes que les siens. Après tout, c'est elle qui a commencé. Il me paraît équitable de la laisser mener le jeu quelques minutes, ne serait-ce que le temps de savoir jusqu'où exactement elle veut aller.

Seulement, la septième ou la huitième fois que ses lèvres frôlent les miennes, un son grave et avide se forme dans sa gorge, le son le plus sexy que j'aie jamais entendu, et qui ébranle toute la retenue que je m'efforçais de conserver.

J'enfouis les mains dans ses longs cheveux soyeux et lui incline la tête sur le côté. C'est à mon tour maintenant de lui donner un avant-goût de ce que j'ai l'intention de lui faire.

De la langue, je caresse la jointure de ses lèvres, lentement, tendrement, m'attardant sur leur courbe délicate, jusqu'à ce qu'elle entrouvre la bouche. Je lui mordille la lèvre inférieure. Avec un petit gémissement, elle empoigne mon tee-shirt, et du bout de la langue, je lui chatouille le frein, cette petite membrane sensible qui attache la lèvre supérieure à la mâchoire.

De nouveau, un gémissement lui échappe et mon sexe déjà dur se met à pulser au rythme du sang qui bat à mes tempes. Chaque cellule de mon corps me hurle de la déshabiller, de la plaquer contre un mur et de la rendre ivre de plaisir.

Or Ophelia n'est pas ce genre de fille. Dès l'instant où elle a renversé ce café sur moi, j'ai su qu'elle était différente. Que je ne pourrais pas me contenter d'une nuit avec elle. C'est pour ça que je n'ai pas insisté, le premier soir. C'est pour ça que j'ai fait ce pari débile, pour avoir une excuse de la revoir, quand bien même tous mes instincts me criaient de rester aussi loin d'elle que possible.

Trop tard, maintenant qu'elle s'offre à moi de si bon gré, m'enveloppant dans un délicieux parfum de pêche et de vanille, cramponnée à moi comme si elle allait tomber sans mon aide pour la soutenir.

Je m'aventure un peu plus loin dans sa bouche, je lui lèche le palais, j'enroule ma langue autour de la sienne. Je pourrais l'embrasser pendant des heures, quitte à souffrir du pire mal aux couilles de l'histoire.

Mais Ophelia en a décidé autrement. Ses mains parcourent mon torse, mon ventre, et elle rompt le baiser pour m'enlever mon tee-shirt, qu'elle jette de l'autre côté de la pièce, puis sa bouche retrouve la mienne. Cette fois, elle garde les yeux ouverts et je plonge dans leurs profondeurs vertes. Là, maintenant, ils sont vert sapin, comme les forêts qui couvrent la majeure partie du paysage autour de Park City. Sombres, mystérieux, terriblement sensuels, et je voudrais passer la nuit à les contempler en lui faisant l'amour, à observer leur couleur varier au gré de mes baisers et mes caresses.

Car Ophelia a les yeux changeants. Ils reflètent ce qu'elle ressent, une teinte de vert différente pour chaque émotion : émeraude ardent quand elle s'énerve ; vert mousse lorsqu'elle est contente ; vert sapin quand elle est excitée.

Je meurs – je meurs ! – de découvrir leur couleur quand elle jouit.

À contrecœur, je retire mes mains de ses cheveux, mais ce n'est que pour lui faire plus de bien. Elle a toujours son gros blouson sur elle. Je baisse la fermeture Éclair et le lui enlève pour le poser sur le comptoir derrière elle. Puis je lui ôte son pull. Il lui reste encore un sous-pull qui épouse sa généreuse poitrine et met sa silhouette en valeur.

Je recule d'un pas afin de mieux l'admirer, et l'eau me vient presque à la bouche.

— Tu es belle, dis-je, et si ce n'est pas le compliment le plus recherché, c'est au moins le plus sincère que j'aie jamais fait à une fille.

Le sourire d'Ophelia s'évanouit.

— Tu n'es pas obligé de dire ça.

— Je ne suis obligé de rien du tout, rétorqué-je en crochetant son col roulé du doigt pour embrasser son cou gracile. Mais il y a un million de choses que j'ai envie de faire, notamment te dire que tu es belle.

Je dépose une ligne de baisers entre sa nuque et son omoplate, mais ce maudit sous-pull me gêne, si bien que je finis par le lui enlever. Elle porte un soutien-gorge en dentelle noire, incroyablement sexy sur sa peau blanche. L'éclairage est faible dans le studio, mais je distingue ses tétons dressés contre l'étoffe délicate.

Je passe la langue le long du soutien-gorge. Ophelia frémit, elle m'empoigne les cheveux et se frotte contre mon bas-ventre. *Oh, punaise…* Elle s'excite contre moi…

Si je ne l'arrête pas, je vais éjaculer avant même que nous ayons commencé. Ça ne m'est pas arrivé depuis le jour où j'ai perdu ma virginité, à treize ans, sur la banquette arrière de la bagnole de mes parents, et il est hors de question que ça se produise aujourd'hui.

Ophelia me chauffe tellement que le simple fait de respirer me fait mal, tout comme je ne peux pas imaginer m'écarter d'elle tant que je n'aurai pas assouvi mes désirs.

Les mains sur ses hanches, je la soulève et l'assieds sur le comptoir, sa divine poitrine à hauteur de ma bouche. Je devrais prendre le temps de lui ôter son soutien-gorge, mais je suis si impatient de goûter à ses petits tétons durcis que je lui embrasse le sein droit à pleine bouche et suce le mamelon à travers la dentelle.

— Z…

Elle arque le dos afin de presser son sein contre ma bouche. N'y tenant plus, je le fais jaillir hors du soutien-gorge et le tète goulûment. Sa peau a un goût sucré dont je ne peux pas me rassasier. Je la mordille doucement. Les mains agrippées à ma taille, elle murmure mon prénom en ondulant des hanches. Je sais qu'il suffirait d'un geste pour l'envoyer au septième ciel. Je plaque ma main entre ses cuisses mais, pour la première fois de ma vie, je ne suis pas pressé.

Oui, j'ai envie de la pénétrer. Oui, j'ai envie de la sentir se resserrer autour de moi. Oui, j'ai envie de me perdre dans le délicieux oubli que seul le sexe me procure. Mais en même temps, je voudrais faire tellement de choses avec elle que je préfère la ménager.

Au lieu de la caresser jusqu'à l'orgasme, je m'écarte d'elle et je prends une profonde inspiration. Puis je dégrafe son soutien-gorge et le fais lentement glisser le long de ses bras. En gémissant, elle se cambre contre moi. Je lui caresse le dos afin de la calmer. Ce n'est pas facile, car une partie de moi brûle de s'abandonner à sa douceur et de prendre, prendre, prendre.

Elle redresse la tête, le regard interrogateur.

— Z ?

— Enroule tes jambes autour de ma taille.

Je lui donne un baiser sur la bouche et la soulève pour la porter jusqu'au lit.

— Je veux te voir, dis-je en cherchant de la main l'interrupteur de la lampe de chevet.

Le lustre qu'elle a allumé en entrant n'éclaire pas assez pour satisfaire mon besoin d'explorer chaque centimètre d'elle.

— Non, proteste-t-elle en m'attrapant la main, d'une voix soudain dénuée de toute sensualité.

Alarmé par la sécheresse de son ton, je me tourne face à elle.

— Pourquoi ? Qu'est-ce qu'il y a ?

— Rien, répond-elle en enlevant son jean. On est bien comme ça, non ?

Des drapeaux rouges s'agitent dans mon esprit, mais Ophelia a glissé la main dans mon pantalon, et tient mon sexe entre ses longs doigts chauds et doux. Je sens que quelque chose m'échappe, mais comment garder mon sang-froid quand elle me branle ?

— Ophelia, attends.

Au prix d'un effort surhumain, je lui saisis la main et tente de l'immobiliser, juste un instant, le temps de comprendre ce qui se passe.

Or elle n'est pas disposée à attendre. Elle baisse mon pantalon et mon boxer sur mes mollets, puis me regarde impatiemment pendant que je finis de m'en débarrasser. J'essaie de l'attirer contre moi, mais elle s'enfuit et s'agenouille entre mes jambes.

Mes yeux basculent lorsqu'elle passe le pouce sur mon gland, et avant que j'aie pu me remettre de cette onde de plaisir, elle me prend dans sa bouche.

Je lui empoigne les cheveux, autant pour m'accrocher à quelque chose que pour orienter sa bouche. Car en toute honnêteté, Ophelia n'a pas besoin de mon aide. Elle sait exactement ce qu'elle fait, sa langue enrobant mon sexe, un râle au fond de la gorge, la pointe de sa langue courant sur la couronne de ma verge.

— Ophelia…

Je suis sur le point d'exploser, je n'en reviens pas de la vitesse à laquelle elle m'a amené là. Je lui tire les cheveux, dans l'espoir qu'elle m'écoute, que je puisse la prévenir…

Nos yeux se rencontrent et la froideur de son regard me glace. Le vert sapin de l'excitation s'est mué en un vert malachite dur et fermé qui n'est que calcul et détermination.

Je ne comprends pas. Il y a un instant, elle était aussi excitée que moi. Je le sentais à la façon dont son corps bougeait contre le mien, je l'entendais dans ses petits bruits de gorge, je le voyais aux palpitations des veines de son cou.

Que s'est-il passé ? Pourquoi ne fait-elle plus que des mouvements mécaniques ?

Elle continue à me sucer mais mon désir est retombé aussi subitement que le sien. Je sais qu'il y a des mecs qui s'en fichent de donner ou non du plaisir à leur partenaire, mais je n'ai jamais été comme ça. Certes, je me tape des filles en pagaille, et je ne les rappelle jamais, mais j'ai toujours veillé, toujours, à ce qu'elles y trouvent leur compte. Sinon, autant me branler.

— Ophelia, arrête.

Elle n'écoute pas. Elle enroule sa langue autour de mon sexe, l'aspire jusqu'à la base, et en dépit de mes meilleures intentions, je m'enfonce plus profond dans sa gorge, l'échine parcourue d'une décharge électrique.

Elle émet un son encourageant dont les vibrations enflamment chacune de mes terminaisons nerveuses. Ma vue se brouille, je suis au bord de l'orgasme. Elle est habile, vraiment habile, et une partie de moi me souffle de me lâcher. Manifestement, cela ne dérangerait pas Ophelia.

Je m'enjoins cependant de me maîtriser et je la regarde. Ses mains tremblent, elle est tendue à craquer. Et avant qu'elle baisse les yeux, je vois qu'ils sont brillants de larmes.

C'en est trop.

— Arrête, Ophelia.

Elle refuse encore de m'écouter, mais je lui tire les cheveux jusqu'à ce qu'elle capte le message et sorte lentement mon sexe de sa bouche.

— Qu'est-ce qu'il y a ? demande-t-elle d'une voix râpeuse. Tu ne veux pas finir ?

— Ce que je voudrais, dis-je en me laissant glisser sur le plancher à côté d'elle, c'est que tu m'expliques ce qui se passe.

Chapitre 8

OPHELIA

Je me fige à cette demande, comme ensorcelée par la voix de Z. Je n'ai pas envie de lui répondre, je n'ai pas envie de parler, mais il ne semble pas d'humeur à se voir opposer une fin de non-recevoir.

Une main sous mon menton, il me force à lever la tête et à le regarder.

— Que se passe-t-il, Ophelia ? Ça va ?

— Ça va, dis-je – la réponse que je donne systématiquement à cette question, même quand ce n'est pas vrai.

En l'occurrence, je me suis rarement sentie aussi mal de ma vie et le pire, c'est que je ne sais même pas pourquoi. Ce n'était qu'une pipe, après tout. Un bête acte sexuel. Il fallait bien que ça arrive, un jour ou l'autre. Pourquoi pas maintenant ? Pourquoi pas avec Z ? Je m'en fiche de lui. Je me fiche de tout.

— T'es sûre ? insiste-t-il, le sourcil arqué. Tu as l'air contrariée, je ne comprends pas… Tu avais envie tout à l'heure. Tu avais envie, je le sais. Et tout d'un coup… on dirait que tu te forces.

C'est vrai, j'avais envie. Je ne m'y attendais pas, mais comment rester de marbre sous les baisers et les attouchements de Z, sa façon de guetter le moindre tressaillement de mon corps, comme pour s'assurer que je prenais autant de plaisir que lui. J'en prenais, des tonnes, et puis j'ai pensé à Rémi, au pari, à toutes les raisons que j'avais de me maudire.

— Qu'est-ce que ça peut te faire ? (Les mots m'échappent avant même que je sache ce que j'allais dire.) Du moment que tu prends ton pied, du moment que tu gagnes ton pari à la con, qu'est-ce que ça peut te faire ce qui se passe dans ma tête ?

Il se renverse en arrière, blême.

— T'es au courant du pari ?

— Comme tu peux le constater.

— Et tu aurais quand même couché avec moi ?

J'essaie de regarder ailleurs, mais il me tient le menton fermement. De quel droit se permet-il de me traiter comme si je lui appartenais ? D'un côté, j'ai envie de le gifler. De l'autre, le fait est qu'il y a cinq minutes, je le suçais…

— Ophelia ?

— Oui, j'aurais quand même couché avec toi. Et alors ?

Je repousse sa main. Je ne supporte pas cette proximité, je ne supporte pas de regarder dans ces yeux, devenus si sombres que je distingue à peine la pupille de l'iris. Puis je me lève et j'enfile mon jean. Cette discussion est déjà assez pénible. À moitié à poil, c'est encore pire.

Z remet son pantalon, je récupère mon col roulé, accroché à une lampe, et je lui lance son tee-shirt. Maintenant que tout part en vrille, j'ai hâte qu'il s'en aille.

Or il ne semble pas pressé de partir. Il s'avance vers moi et s'adosse au comptoir à peine plus grand qu'un timbre-poste. Je détourne le regard. La dernière image que j'aie envie de garder est celle de Z prenant la pose dans ma cuisine, jambes et bras croisés, dans une attitude « je-suis-le-roi-de-la-montagne-et-toutes-les-femmes-se-prosternent-à-mes-pieds ».

Le silence s'étire pendant de longues secondes. Que dire ? Il a parié qu'il coucherait avec moi, et j'ai failli le laisser gagner, persuadée que ça n'engagerait à rien. Voilà qui en dit long autant sur lui que sur moi, non ?

Lorsqu'il se décide enfin à prendre la parole, ce n'est qu'un mot, que j'aurais pu anticiper, mais non, et je n'ai pas de réponse, tout du moins pas une que je sois disposée à partager avec lui.

— Pourquoi ?

Je ne réponds pas.

— Ophelia ?

Je hausse les épaules, en évitant soigneusement son regard, et en espérant qu'il finisse par se lasser et s'en aller. C'est ainsi qu'il a l'habitude de procéder, après tout. Et franchement, à sa place, c'est ce que je ferais.

Il semblerait toutefois que Z soit plus collant qu'on ne le raconte. Il ne bouge pas. Quand je lui glisse un coup d'œil furtif, il a pratiquement pris racine.

— Je ne sais pas, dis-je finalement.

— Mon cul, crache-t-il.

— Pardon ?

— Je ne te crois pas. T'es une fille intelligente, Ophelia. Je ne te connais que depuis un peu plus de vingt-quatre heures, mais tu n'as pas l'air d'être du genre à faire des trucs sans raison.

— J'avais envie de toi, c'est tout.

— Ouais, on a vu ça…, réplique-t-il, narquois. Pourquoi tu ne me dis pas la vérité ?

— Pourquoi tu ne laisses pas tomber ?

— Quand je commence quelque chose, je n'abandonne jamais en plein milieu. Et je vois que ce qui se passe dans ta tête te pourrit la vie.

Je m'apprête à pouffer, à lui rétorquer qu'il est ridicule, mais il me caresse doucement le visage.

Je bondis en arrière, il fait un pas vers moi, les yeux emplis d'une compassion dont je l'aurais cru incapable, et qui me trouble profondément. Je sais gérer la dérision.

La haine. La colère. L'indifférence, même. Mais face à la compassion ? De la part d'un être aussi dévasté que Z ? Je suis complètement désarmée.

Alors je réagis par l'agressivité, en me servant de la vérité comme d'une massue.

— Tu veux vraiment savoir pourquoi je voulais coucher avec toi ? dis-je sur un ton particulièrement venimeux.

Il me faut reconnaître, à son crédit, que Z ne détourne pas les yeux.

— Oui, répond-il.

— Eh bien, je vais te le dire : je t'ai invité à entrer parce que je savais que tu ne me laisserais pas tranquille ; je n'étais pas prête à supporter d'être harcelée pendant une semaine. Alors j'ai décidé : OK, le meilleur moyen de ne plus le revoir est de coucher avec lui. Quand il aura eu ce qu'il veut, il se tirera si vite qu'il laissera des traces de pneu sur le lino.

Pendant quelques secondes, il ne bouge pas, ne sourcille pas. On dirait même qu'il ne respire plus. Puis au bout d'un long silence insoutenable, il ouvre enfin la bouche.

— Tu voulais coucher avec moi pour te débarrasser de moi ?

Je rejette mes cheveux derrière mes épaules, en le regardant droit dans les yeux.

— Ta réputation te précède.

— Ouais, je sais.

Il ne dit rien d'autre, ramasse ses chaussures et prend la porte sans un mot. Sans un « Connasse », sans un « Va te faire foutre », sans un « Je t'emmerde ». Sans rien d'autre que le bruit de la porte se refermant derrière lui.

J'avais hâte qu'il s'en aille. Néanmoins, je me laisse glisser par terre et, pour la première fois depuis onze longs mois de cauchemar, je laisse libre cours à mes larmes.

Chapitre 9

Z

— Tu pense te lever bientôt ?

La question est balancée avec un coup de pied dans mon lit qui déplace le sommier d'au moins dix centimètres.

Je fais le mort, en espérant que Luc me fiche la paix. La technique a marché hier aussi bien avec Cam qu'avec Ash ; je ne vois pas de raison d'en changer.

Sauf que Luc est têtu ; il l'a toujours été. C'est pour ça qu'il est parvenu à un aussi haut niveau de snowboard, plus grâce à sa persévérance qu'à ses facilités naturelles. C'est aussi pour ça que je ne suis pas surpris quand il me secoue violemment. Une fois, deux fois, puis une troisième, avec une telle brutalité que mes dents s'entrechoquent.

La douleur explose entre mes yeux et j'ai envie de lui dire d'aller se faire foutre. Mais toute réaction ne fera que l'encourager. Nous en sommes souvent passés par là, je connais les règles du jeu. Je serre donc les dents et j'imagine ce que je lui ferai si j'arrive à m'extirper de ce plumard. Je n'en ai pas la moindre intention, mais ça m'aide à endurer le supplice.

Au bout d'une éternité, j'entends ses pas s'éloigner et je me détends un peu. Ils ont tous les trois essayé de me réveiller, ils me laisseront tranquille au moins jusqu'à demain. Ce qui signifie que j'ai toute la journée pour picoler et comater.

D'ailleurs, il est grand temps que je m'y mette. Péniblement, j'entrouvre les yeux, juste au moment où Luc tire les rideaux de la fenêtre en face de mon lit. La lumière m'aveugle et démultiplie ma migraine.

— Referme ces putains de rideaux, connard !

Je lance mon oreiller en direction de Luc, ce que je regrette aussitôt car je ne peux plus me cacher dessous.

— Au moins, t'es vivant. On commençait à s'inquiéter.

Je brandis un doigt d'honneur avant de ramener la couette sur ma tête.

— Me voilà rassuré, ajoute-t-il en tambourinant contre la porte vitrée.

Je rejette les couvertures et m'assieds sur le bord du lit, me retenant de lui sauter à la gorge.

— Arrêtez, arrêtez, je vous en supplie !

La voix provient de sous les draps. Luc et moi nous figeons, puis je me laisse retomber sur le matelas. De longues boucles rousses émergent de sous la couette.

— Espèce d'enculé ! hurle Luc en se ruant sur moi, et je suis tellement horrifié que je ne tente même pas de me défendre.

Faites que je n'aie pas couché avec Cam.

Faites que je n'aie pas couché avec Cam.

Par pitié, faites que je n'aie pas couché avec Cam !

— Oh, vous êtes malades, les mecs, de gueuler comme ça ! On ne peut pas dormir tranquille ici ?

Je manque de m'évanouir de soulagement, et Luc freine des deux fers devant le lit. Ouf, ce n'est pas Cam, mais une fille dont j'ignore le nom et dont je n'ai aucun souvenir. *Pas Cam. Merci !*

— C'est qui, elle ? demande Luc en zieutant la rouquine, qui serait plutôt jolie sans ces traces de mascara qui lui donnent l'air d'un raton laveur.

— Aucune idée.

— Super… T'as fumé combien de pétards hier soir ?

— Un certain nombre, répond la fille à mes côtés en écartant ses cheveux de ses yeux.

Puis elle se redresse en position assise et, comme elle est nue et qu'elle ne prend pas la peine de se couvrir, Luc et moi contemplons un magnifique tatouage de paon, sans parler d'une superbe paire de seins.

— Stacy, se présente-t-elle. On s'est rencontrés au *Brewer*, hier soir, avec Z. Il m'a fait découvrir les *body shots*.

— Super…, répète Luc.

Je ferme les paupières et enfouis mon visage entre mes mains. Je ne me rappelle absolument pas avoir ramené cette nana dans mon lit. *Excès de tequila, manifestement.*

Putain de bordel de merde !

— Hé ! s'exclame-t-elle en regardant Luc. Tu n'es pas Lucas Bradford ?

— Lui-même, acquiesce-t-il en la dévisageant avec méfiance.

— Waouh ! J'ai fait la connaissance de Z Michaels et de Lucas Bradford ! C'est pas la classe ?

— La grande classe, marmonne Luc.

— Je suis trop contente !

OK, soit cette fille est encore bourrée, soit elle est d'une bêtise affligeante. Le sarcasme de Luc lui échappe totalement, ce qui est assez drôle car il n'est pas vraiment subtil, et la situation serait même hilarante si je n'avais pas la sensation que l'on m'arrache lentement la tête du corps.

— Tu ne voudrais pas refermer les rideaux, s'il te plaît ?

— Ça dépend, rétorque Luc.

— Tu veux venir ? lui propose Stacy en rabattant les couvertures et en se rapprochant de moi pour lui faire de la place. J'ai toujours rêvé d'une partie à trois !

— Excuse-moi, Stacy, dis-je en me levant, mais je crois qu'il est l'heure que tu t'en ailles.

— Déjà ? proteste-t-elle avec une moue se voulant probablement sexy.

— Déjà, ouais.

Je ramasse mon jean et fouille dans les poches à la recherche de mon portefeuille. Quand je le trouve, j'en sors 40 dollars que je lui tends.

— Tiens, appelle un taxi.

— Mais on n'a encore rien fait ! Tu étais raide mort, hier soir, mais tu m'as promis qu'on se rattraperait ce matin.

Dieu soit béni ! Je ferme les yeux, autant pour exprimer mon soulagement que pour me protéger du soleil. Cela dit, je ne sais pas pourquoi je suis aussi content, alors que j'ai baisé des centaines de filles que je ne supportais pas de voir à la lumière du jour.

— Ouais, ben, non, dis-je au bout d'une seconde. Tiens, prends ça et appelle un taxi.

Elle refuse d'abord les billets puis, voyant que Luc n'est pas plus intéressé que moi par son offre, elle s'en empare et attrape son téléphone.

Je me dirige vers la salle de bains avec le vague projet de gerber mes tripes.

— Hé, tu vas où ? me lance Luc.

— Vomir. T'es le bienvenu, si ça te dit.

Avec un grognement de dégoût, il s'écarte afin de me laisser passer, puis va aider Stacy à trouver une compagnie de taxis.

Voilà pourquoi, entre autres, il est mon meilleur pote depuis la maternelle.

Après une douche, je me sens à peu près humain. Toute trace de Stacy a disparu de ma chambre : ses vêtements, ses chaussures, son sac à main, elle y comprise.

Je pousse un soupir de soulagement. Bien que je n'en sois pas certain à cent pour cent, avec un peu de chance, elle a dû partir pendant les vingt minutes que j'ai passées à dégueuler ou pendant ma demi-heure sous la douche.

Une tasse de café noir et deux antalgiques sont posés sur la table de chevet. Je me brûle la gorge en avalant le tout en deux gorgées, impatient de ressentir les effets de la caféine et des comprimés.

Puis j'enfile mon jean, en songeant à descendre prendre un petit déjeuner. Mais cette seule idée me réclame un tel effort que je me rallonge sur le dos, les yeux au plafond. Maintenant que je suis réveillé et dessoûlé, je sens l'odeur de Stacy sur les draps, un mélange de tequila, d'herbe, de jasmin et de je ne sais quoi qui me soulève le cœur.

L'estomac au bord des lèvres, j'arrache les draps noirs, les taies d'oreiller, la couette, et les jette en boule près de la porte. Puis je m'assieds sur le matelas, la tête entre les mains.

C'est dans cette position que Luc me trouve quelques minutes plus tard.

— Dur réveil ? demande-t-il d'une voix pas vraiment sympathique.

— C'est rien de le dire.

— Viens, j'ai préparé le petit déj'.

Il tourne les talons et ressort de ma chambre. Je n'ai pas envie de le suivre, je préférerais rester là, mais à quoi bon ? Les rideaux sont ouverts, le lit est défait, je n'ai plus sommeil et je suis complètement sobre, à mon grand désespoir.

OK, petit déjeuner. En bas, deux énormes bols de céréales et un pack de lait attendent sur la table.

— Stacy s'est cassée ?

Je me sers une autre tasse de café. Il m'en faudra au moins cinq, ce matin.

— Ouais, répond Luc en se fourrant une poignée de Cheerios dans la bouche. J'ai cru que je n'arriverais jamais à m'en défaire. Pire qu'une pieuvre, cette nana. Des bras partout, qui m'assaillaient de toutes parts. Je suis sûr qu'il y a plein de pays où on considère ça comme du viol.

— Désolé.

Maintenant que Luc a prononcé le mot, je me sens moi aussi violé. Je ne passe jamais la nuit entière avec une fille. Je suis trop nul de m'être mis dans un état aussi pitoyable.

De penser qu'elle a dormi dans mon lit me rend dingue et attise un peu plus le sentiment de malaise qui m'oppresse depuis que je suis parti de chez Ophelia…

Merde. Je chasse ce souvenir avant qu'il prenne forme. C'est ridicule, je ne connais Ophelia que depuis deux jours. Elle n'est qu'une fille parmi tant d'autres, une saisonnière qui repartira de la station à la fin de l'hiver. Aucune raison de me torturer à cause d'elle, de prendre à cœur ce qu'elle m'a dit.

Sauf qu'elle était sérieuse. Elle aurait couché avec moi pour ne plus me revoir. Ce n'était pas de la méchanceté gratuite. C'était la vérité.

Bravo. Certes, je sais depuis des années que je pue. Mais là, c'est un nouveau record. Même pour moi.

Soudain, j'ai tellement envie de tequila que mes mains tremblent. D'habitude, je résiste, mais au point où j'en suis, avec tout ce que j'ai bu la semaine dernière, quelques verres de plus ne feront de mal à personne.

Je m'avance vers le bar, Luc me retient d'une main sur l'épaule.

— Qu'est-ce que tu fais ?

— Je me sers une Herradura. T'en veux ?

— Il est 10 heures du matin.

— Déjà tard. Dans ce cas, il m'en faut une double dose.

Luc me prend la bouteille des mains.

— Tu veux vraiment la jouer comme ça ?

— Rends-moi cette bouteille.

Il la vide dans l'évier du bar.

— C'était de la Selección Suprema ! Elle était pleine ! Tu viens de gaspiller 300 dollars.

— Et toi, tu es en train de gaspiller 5 millions de dollars en talent et contrats. Trois cents dollars, c'est rien pour toi, non ?

— Pas grand-chose.

Je prends une autre bouteille sous le comptoir. À cette période de l'année, je fais des réserves, en prévision de ce genre de situation.

L'air dégoûté, Luc me regarde l'ouvrir et boire au goulot. L'alcool me brûle l'œsophage mais ce n'est pas grave. Au moins, ça prouve que je sens encore quelque chose.

— Tu te comportes comme le dernier des losers.

— C'est ce que je suis.

Je lui porte un toast avant d'avaler une autre rasade.

— Putain, merde !

Il m'arrache la bouteille et la jette en direction du mur. Elle se fracasse contre une sculpture, qui vacille et se brise en tombant sur le plancher.

Un long silence s'ensuit. Que pourrais-je dire ? Rien, sinon que…

— Mon père aimait cette statue.

— Ton père n'a pas mis les pieds ici depuis trois ans.

L'odeur âcre de la tequila se répand dans la pièce.

— Ah, ouais, c'est vrai, j'avais oublié.

Je contemple le désastre, ne sachant que penser. Ce n'est pas la première fois que Luc sort de ses gonds, mais nous n'avions encore jamais fait de casse. Que ce soit avec lui, avec Ash ou avec Cam, nous répétons la même chanson, la même danse, depuis si longtemps que ce nouveau développement me déboussole.

Luc s'avance vers moi, le visage n'exprimant pas l'ombre d'un remords, pas l'ombre d'un « apitoyons-nous-sur-Z-parce-qu'il-en-a-bavé ». Je ne lis dans son regard qu'une colère noire. D'un côté, je suis curieux de voir jusqu'où nous sommes capables d'aller. De l'autre, je n'ai qu'une envie : remonter me coucher et dormir toute la semaine, tout le mois.

— C'est quoi, ton problème ? me hurle-t-il sous le nez. C'est quoi, putain, ton problème ?

— Hé tu t'énerves tout seul, là, dis-je en levant les mains, de l'air de celui qui n'a rien à se reprocher. C'est peut-être toi, non, qui as un problème ?

Il recule en se passant une main rageuse dans les cheveux.

— Tu fais chier, Z. Tous les ans, c'est le même cirque. Je suis fatigué de te répéter toujours et toujours les mêmes choses, de te ramasser à la petite cuillère…

— T'es pas obligé, je ne te demande rien.

— Parce que t'es trop lâche. Tout le monde te croit courageux… Z qui réussit des figures pas possibles, Z qui surmonte vaillamment la tragédie de son passé… Mais regarde-toi, poursuit-il en écartant les bras. Il n'y a rien de noble à s'imbiber de tequila, rien de noble à se taper des nanas dont tu oublies le nom avant même qu'elles soient sorties de ton lit, rien de noble à foutre ta vie en l'air parce que ta sœur est morte.

— Ne parle pas de ma sœur.

Jusque-là, j'ai gardé mon calme, mais à l'évocation d'April, c'est comme si une flèche me transperçait le cœur.

— Pourquoi ? Parce que je remue le couteau dans la plaie ? Parce que je vais faire pleurer le pauvre petit Z ?

— Va te faire foutre !

Je cache mes mains tremblantes au fond de mes poches.

— C'est tout ce que tu trouves à me répondre ?

— Putain, c'est quoi, ton problème ?

— Tu sais très bien quel est le problème. Le problème, c'est que tu n'as pas les couilles de regarder la réalité en face.

— Tu sais que t'es chez moi, là ? Et que tu commences à m'énerver sérieusement ? Alors, fiche le camp avant qu'on se dise des trucs qui ne pourront pas être retirés.

— Trop tard, tu ne crois pas ? Et on n'est pas chez toi, mais chez ton père. Dans le chalet de bourge de ton père. Pauvre petit gosse de riches…

Sans réfléchir, je lui colle mon poing dans la mâchoire.

— Qu'est-ce que tu sais de moi ? Tu ne sais rien !

— J'en sais plus que toi, riposte Luc en me poussant si brutalement que je manque de tomber en arrière. Regarde autour de toi, Z, tu as tout. Tout. Et tu gâches tout.

C'est à mon tour d'écarter les bras et de pivoter sur moi-même au milieu de ce mausolée que je déteste, mais que je n'ai pas le courage de quitter.

— Qu'est-ce que j'ai, hein, tu peux me le dire ? Une grande baraque dont personne ne veut ? Quelle chance…

— Arrête tes conneries. Tu as tout ce que tu veux, tu n'as qu'à tendre la main. Mais tu es trop lâche.

— Pourquoi tu cesses pas de dire ça ?

— Parce que c'est la vérité. Regarde-toi… On est à trois semaines des sélections olympiques et qu'est-ce que tu fais ? Tu te détruis. Tu bousilles ta vie.

— J'en ai rien à foutre, des sélections olympiques.

— Oh, je sais, tu nous le répètes assez.

— Casse-toi, tu me prends la tête.

Je me dirige vers l'escalier. Luc me rattrape et me barre le passage.

— Fiche-moi la paix, s'il te plaît.

— Pas avant d'avoir dit ce que j'ai à te dire.

— J'en ai assez entendu.

— Non, tu n'écoutes pas, tu n'écoutes jamais. Tu n'écoutes que toi-même. Tu ne penses qu'à toi et à la façon de te torturer.

Mes poings se serrent.

— Casse-toi, je t'ai dit.

— Sinon quoi ? Tu vas me frapper ?

— Je ne me gênerai pas, si tu ne fiches pas le camp tout de suite.

— Écoute-moi, bon sang. Tu en veux à la terre entière. Tu t'en veux. Tu en veux à ta mère, à ta sœur. Vas-y, défoule-toi sur moi, si ça peut te faire du bien.

Je lui donne un coup de poing dans l'estomac, suivi d'un uppercut au menton, qui l'envoie au tapis.

— T'es content ? C'est ce que tu voulais ?

Il se relève en palpant le bleu que je vois déjà se former sur sa mâchoire.

— Ce que je veux, Z, c'est que tu réfléchisses cinq minutes, que tu arrêtes tes conneries et que tu te reprennes en main. T'es riche…

— Encore le fric ? Il n'y a que le fric qui compte ?

— Tu sais très bien que non, répond-il en prenant des glaçons dans le congélateur du bar, qu'il enveloppe dans un torchon. Tu es le snowboarder le plus doué que je connaisse…

— Ash est…

— Non, c'est toi, le meilleur. On *ride* ensemble depuis plus de dix ans. On est tous les deux dans le circuit pro depuis quatre ans. Tu réussis des trucs que personne d'autre n'arrive à faire, et sans te forcer, par-dessus le marché.

— C'est pas vrai.

— Ah, ouais ? Ce 1440 arrière que tu as fait hier, quelqu'un d'autre l'a déjà passé, peut-être ?

— Sûrement.

Il applique la glace contre son menton ; je me sens minable.

— Non, ou ça se saurait, soupire-t-il. Tout le monde sait que personne ne t'arrive à la cheville. Tu pourrais te qualifier pour les JO, pour les X Games. Tu pourrais rapporter une médaille d'or de Sotchi. Mais au lieu de t'entraîner, tu passes ton temps à picoler.

Il a touché une corde sensible, mais je n'en laisse rien paraître.

— Il n'y a pas que le snowboard dans la vie.

— Ah bon ? réplique-t-il en regardant autour de lui. Y a quoi d'autre, alors ?

— Pardon ?

— Qu'as-tu d'autre dans ta vie à part le snowboard ?

— Je ne comprends pas ce que tu veux dire.

— La question me semble claire : qu'y a-t-il d'autre dans ta vie à part le snowboard ?

Je ne réponds pas, et Luc n'attend pas de réponse. Personne mieux que lui ne sait combien mon existence est vide, combien je suis creux. Nous avons grandi ensemble. Il était là quand April est morte, quand ma mère s'est tuée, quand mon père m'a dit ce que je savais déjà : que tout était ma faute.

— C'est bien cela, raille-t-il, tu n'as rien d'autre.

— C'est pas vrai.

— Ah, non ? rétorque-t-il en commençant à énumérer sur ses doigts. Ton père est un enfoiré qui ne veut rien avoir à faire avec toi…

— Parce qu'il m'en veut de…

— Non, parce que c'est un enfoiré et qu'il ne te mérite pas.

— Waouh, c'est profond, ça, mec. On se prend la main et on chante « Alléluia » ?

Le majeur levé, il continue son énumération.

— Tu as Cam, une fille super qui est folle de toi. Mais tu es trop occupé à tout foutre en l'air pour l'apprécier.

— Je ne déconnerai jamais avec Cam.

— T'as pas intérêt ou je t'arrache la queue. Toujours est-il que si Cam est amoureuse de toi, il y a des chances pour qu'une autre ait un jour le coup de foudre. Mais tu ne la trouveras pas en te défonçant non-stop et en te tapant des nanas différentes chaque soir. Ce dont je ne parlerais même pas si je n'étais pas persuadé que tu n'y trouves aucun plaisir.

Le visage d'Ophelia surgit dans mon esprit, une image que je chasse aussitôt. Elle a été très claire sur les sentiments que je lui inspire. Et de toute façon, je n'en ai rien à foutre d'elle.

— Quoi d'autre ? poursuit Luc. Ah, oui… Grâce à tes parents et quelques assurances-vie, sans parler du sponsoring, tu as du pognon à ne plus savoir qu'en faire. Mais ça aussi, tu t'en branles, du moment que tu as de quoi te payer des bouteilles de tequila hors de prix par dizaines. Et tu nous as, nous, Ash, Cam et moi. Mais à voir comme tu nous traites, ces derniers temps, je commence à croire que t'en as rien à foutre. Alors dis-moi, Z, qu'y a-t-il de plus important pour toi que de te préparer pour les JO ? Parce que, franchement, si tu ne m'expliques pas, je ne vois pas.

Chapitre 10

OPHELIA

Du coin de l'œil, j'entrevois un grand brun, et bien que je m'exhorte à ne pas tourner la tête, je ne peux pas m'empêcher de vérifier si ce n'est pas lui.

Je n'ai pas revu Z depuis qu'il est parti de chez moi sans un mot, il y a trois jours. Ni au café, ni à la salle hors-sac de l'autre côté de la réception, ni sur les pistes. Non que je cherche à le voir. C'est juste que je l'apercevais souvent, avant, et il me semble bizarre qu'il ait tout à coup disparu.

Heureusement que j'entends encore les gens parler de lui, spéculer sur ses chances de participer aux JO ou de remporter les X Games… Sinon, je jurerais qu'il n'a jamais existé et que j'ai tout inventé : le ciné, la bataille de boules de neige, la vulnérabilité qui se lisait sur son visage quand il m'a ramenée chez moi en voiture.

C'est cette vulnérabilité qui me hante, à présent, cet air « même-pas-mal ! » de gamin bravache. Du coup, je me sens minable, bien qu'il m'ait menée en bateau autant que je l'ai moi-même manipulé. Car si c'était vrai, si son seul but n'était pas de me mettre dans son lit, alors je me suis comportée comme la dernière des salopes.

D'accord, il a parié qu'il coucherait avec moi, mais c'était avant de me connaître. De moi, il savait seulement qu'il ne fallait pas me chercher, au risque de se faire arroser de café frappé. Forcément, il devait me haïr quand il a fait ce pari.

Cela dit, je ne l'excuse pas. Dans tous les cas, ce pari était… écœurant. Sans parler du fait qu'il se croie irrésistible.

Mais en même temps, M. Le Tombeur a senti que je le suçais à contrecœur et il m'a arrêtée. Combien d'autres auraient fait ça ? Même Rémi, qui m'aimait, aurait eu un mal fou à interrompre une pipe.

Or Z en a été capable. Il m'a demandé ce qui n'allait pas, pourquoi je n'étais pas bien. Je ne suis pas naïve, je ne vais pas m'imaginer qu'il se soucie des états d'âme de ses conquêtes, mais je ne cesse pas de penser à la façon dont il m'a caressé la joue, au nuage sombre qui planait dans son regard.

Merde. Je ne suis qu'une idiote en train de craquer pour le *bad boy* de la station, et qui s'étonne du grand n'importe quoi de sa vie. Je suis venue ici pour me reprendre en main, et voilà que je me retrouve plus paumée que je ne l'ai jamais été, hormis juste après l'accident.

Je ne comprends pas… Z n'est qu'un beau gosse plutôt désagréable. Or je pense beaucoup trop à lui depuis qu'il est parti de chez moi, le dos raide et le regard vide. Il était furieux, je le sais, mais il n'a pas claqué la porte.

C'est cela, je crois, qui me perturbe le plus. Posséder un tel self-control… Ce gars doit être plus compliqué qu'il ne le laisse paraître.

— Salut, Ophelia. Je pourrais avoir un triple expresso, s'il te plaît ?

M'arrachant à mes réflexions, je souris à Harvey, l'un des plongeurs du restaurant, sérieusement addict à la caféine, dont la chambre se trouve au même étage que la mienne. Au moins deux fois par jour, il vient me commander le plus grand et le plus corsé des cafés de la carte.

— Bien sûr, dis-je en lui préparant un Rain Forest, avec une généreuse dose de crème, comme il aime. Tu veux autre chose ? Un cookie ?

— Non, ce sera tout, je te remercie.

Il règle sa consommation et glisse 2 dollars dans la boîte à pourboires, alors que je lui ai répété mille fois que ce n'était pas la peine.

— Qu'est-ce que tu lis en ce moment ? demandé-je en le regardant verser une demi-douzaine de sachets de sucre dans son gobelet.

De sa poche, il exhibe une vieille édition d'*Hymne* d'Ayn Rand.

— Un copain me l'a recommandé.

— Il est bien. C'est l'une des toutes premières dystopies.

— Tu l'as lu ?

— Oui.

Après l'accident, j'ai été immobilisée pendant des semaines. Lire était l'une des rares choses que je pouvais faire.

— Cool. On pourra en discuter, quand je l'aurai fini.

— Avec plaisir. Il n'y a pas grand monde avec qui je peux parler littérature.

— Ouais, je m'en doute…, acquiesce-t-il avec un sourire entendu.

Il semble vouloir ajouter quelque chose, mais un autre client se présente devant le comptoir. Je prends sa commande en adressant un petit geste d'excuse à Harvey, qui me retourne un signe de la main avant d'aller s'installer près d'une fenêtre avec son livre et son café.

Pendant ses quinze minutes de pause, il ne lève pas les yeux de sa lecture. Puis il me fait « coucou » en repartant.

Harvey est un chic type. Je suis contente qu'on commence à sympathiser.

Il me reste environ une heure à travailler et le temps passe vite, car il neige à gros flocons et les gens cessent de skier. Du coup, il y a tellement de monde au café que je dois faire une demi-heure supplémentaire.

Lorsque deux employés des cuisines arrivent enfin en renfort, je ne suis pas mécontente d'enlever mon tablier. La journée a été longue et elle n'est pas terminée. Ma tante et mon oncle m'ont invitée à dîner, ce soir. Plus vite je me serai acquittée de cette obligation, mieux je me porterai.

Ce n'est pas que je ne les aime pas. Ils sont vraiment sympas de m'avoir donné ce job alors qu'ils m'avaient déjà trouvé deux emplois dont je me suis fait renvoyer. La première fois, je n'avais pas saisi que me laisser draguer par les vieux schnocks faisait partie de mon profil de poste, et j'ai été un peu sèche avec deux chauves tartinés d'autobronzant, qui se sont plaints de l'impolitesse de la serveuse.

Après le deuxième incident, j'ai bien cru que tante Penny allait me mettre à la porte, mais elle m'a accordé une troisième chance. Et tout se passe bien, maintenant, au bar, si l'on ne compte pas le petit accrochage avec Z. Tant que le comptoir me sépare des vieux pervers, je suis une employée modèle.

Hormis le fait que je déteste le froid, je suis heureuse d'être là, et reconnaissante envers ma tante. Elle n'était pas obligée de faire des efforts pour moi. Nous n'avons jamais été proches. Elle est la sœur de mon père, qui a quitté ma mère quand j'avais six mois, donc je n'ai jamais eu beaucoup de relations avec sa famille.

Penny est la seule à m'avoir toujours envoyé des cartes d'anniversaire, des cadeaux de Noël, et à avoir pris de mes nouvelles une ou deux fois par an. Mais ce n'est jamais allé plus loin. Tout du moins jusqu'à ce que ma mère décrète que je devais partir « en convalescence » loin de La Nouvelle-Orléans.

Il faut croire qu'elle avait raison. La preuve, c'est que j'ai failli coucher avec Z, chose tout à fait inconcevable à La Nouvelle-Orléans, où le souvenir de Rémi me guettait à chaque coin de rue.

Bien que je m'efforce de ne pas penser à Z, une image de lui surgit dans mon esprit, que je chasse aussitôt. Nous nous sommes dit tout ce que nous avions à nous dire. Il ne sert à rien d'avoir des regrets ni de culpabiliser. Dieu sait que je me sens déjà bien assez coupable. Inutile d'en ajouter une couche.

Je descends de l'ascenseur au cinquième étage. Ma tante et mon oncle ont un appartement petit mais de grand luxe. Ils ont préféré m'inviter chez eux plutôt que dans l'un de leurs restaurants. Ma tante s'imagine, je crois, que j'ai la nostalgie des petits plats maison, alors que ma mère était plutôt du genre surgelés et micro-ondes. Quoi qu'il en soit, j'apprécie l'intention.

C'est Alex, le mari de Penny, qui m'accueille à la porte.

—Salut, cocotte, lance-t-il en m'ébouriffant les cheveux, comme si j'avais cinq ans. Entre. Tu as l'air fatiguée.

—Je le suis. C'était de la folie, depuis une heure et demie, au café.

—Toujours, quand il fait mauvais, répond-il en m'indiquant le canapé. Repose-toi un moment. Penny a presque terminé le dîner.

—Je vais quand même lui dire «bonjour» et lui demander si elle n'a pas besoin d'aide.

À la maison, les rares fois où ma mère a essayé de se mettre aux fourneaux, il a fallu appeler les pompiers ou aller aux urgences. C'est pour ça que j'ai appris à faire à manger avant l'âge de dix ans. Question de survie.

Ma tante, en revanche, semble maîtriser la cuisine. Elle remue une sauce tandis que du poulet mijote dans une sauteuse.

—Je peux t'aider?

—Salut, ma belle, dit-elle en m'embrassant chaleureusement. Tu as passé une bonne journée?

—Oui. Il y avait un monde fou, mais ç'a été.

—J'ai bossé comme une dingue, moi aussi. Au moins, on ne voit pas passer le temps, quand c'est comme ça. Assaisonne la salade, si tu veux, ajoute-t-elle en désignant du menton un saladier sur l'îlot central. La vinaigrette est dans le bol, juste à côté.

— Qu'est-ce que tu prépares de bon ?

— Du poulet marsala. L'un des plats préférés d'Alex. Tu en as déjà mangé ?

— Non, mais ça sent bon.

Mon répertoire culinaire se limite aux conserves.

— Merci. J'espère que tu aimeras.

— Le contraire m'étonnerait.

Je ne sais plus quoi dire et je commence à me sentir gênée, mais Penny est une bavarde-née et elle me met à l'aise.

À table, elle m'explique le fonctionnement interne du chalet, ce qui n'est pas captivant mais, très vite, la conversation dérive sur les skieurs et les snowboarders que ma tante et mon oncle sponsorisent.

— Ash est prometteur, déclare Alex. Il a de grandes chances de nous rapporter une médaille d'or.

— Tu crois ? demande Penny. J'aurais plutôt misé sur Luc Bradford.

— Luc est bon, acquiesce mon oncle. Sinon, je ne le sponsoriserais pas. Il plaît aux foules. Mais il est trop dans l'apparence, si vous voyez ce que je veux dire. Un peu comme Kevin Byerle. Ces gamins réussissent des figures épatantes mais ils n'ont pas de réel don.

— Je ne suis pas d'accord, objecte ma tante. Luc me paraît doué.

— Parce que t'as du mal à descendre une piste verte, en snowboard, réplique Alex, bien que tu te prennes pour une championne.

Elle le fusille du regard, mais je vois qu'elle n'est pas vexée.

— Laisse-moi mes illusions, dit-elle.

— Je pourrais, mais ce serait moins drôle.

Son mari lui porte un toast avec son verre de vin, et ils rient tous les deux.

— Et Z Michaels ? demandé-je, désinvolte, avant qu'ils changent de sujet.

Le regard de mon oncle s'assombrit.

— Z ? Pourquoi t'intéresses-tu à lui ?

— Simple curiosité. Tout le monde en parle...

— À ton avis, pourquoi s'intéresse-t-elle à Z ? intervient ma tante. Parce qu'il est beau, doué et juste un peu torturé. Toutes les filles sont amoureuses de lui.

— Non, non, ce n'était qu'une question.

— Ouais..., grommelle mon oncle. Écoute, Ophelia, Z est un bon gars, intelligent, drôle et bourré de talent. Mais je te déconseille de le fréquenter.

— Je ne le fréquente pas ! Je le connais à peine. Simplement, je l'ai vu sur les pistes et il a l'air très fort, en effet. Il ne va pas faire les JO ?

Je me sens rougir. Ma mère ne s'est jamais préoccupée de mes petits copains ; autrement, elle ne m'aurait pas laissée sortir avec Rémi. Du coup, ça me fait bizarre d'avoir cette discussion avec mon oncle.

— Méfie-toi de lui, observe-t-il. Ce garçon a le chic pour s'attirer les ennuis.

— Tu dis ça parce qu'il ne veut pas que tu le sponsorises, lui lance Penny.

— Reconnais que c'est louche, non ? Quel genre de gars refuse d'être parrainé par l'un des plus grands établissements de Park City ?

— Le genre de gars qui n'aime pas se sentir redevable. Tu sais qu'il adore faire du hors-piste. Du reste, il n'a pas besoin d'argent. Il a son héritage et tout un tas d'autres sponsors. Pourquoi s'embêterait-il à *rider* ici ?

— Il *ride* ici de toute façon. C'est bien ce que je dis : pourquoi refuser d'être payé ?

Je devine qu'ils ont déjà eu cette conversation plusieurs fois. Et bien que ce soit rigolo d'observer la dynamique de leur couple, ils ne m'apprennent rien sur Z que je ne sache déjà. C'est pourquoi, lorsque mon oncle se tait pour manger son poulet, je remets le sujet sur le tapis.

— Donc tu le trouves assez bon pour le sponsoriser mais tu penses qu'il n'a pas le niveau olympique ?

Alex pose sa fourchette et son couteau, et me regarde droit dans les yeux.

— Ce n'est pas une question de niveau, Ophelia. Nul n'ignore que ce gamin a des facilités, presque trop pour son bien. Mais c'est une épave…

— Tu es dur, réplique ma tante. Il en a bavé, avec ce qui est arrivé à sa sœur et à sa mère.

— Certes, je ne dis pas le contraire. Personne ne ressort indemne d'un tel drame. Mais tout le monde sait qu'il a des tendances suicidaires, et qu'un jour ou l'autre, il finira par se foutre en l'air. Ophelia n'a pas besoin de ce genre de copains. Elle en a déjà assez bavé, elle aussi.

Ma tante ne trouve rien à répondre et je ne dis rien non plus, si bien que mon oncle change de sujet. Je fais semblant de l'écouter mais mon esprit est à dix mille lieues. Je pense à Z. Je me demande ce qui est arrivé à sa famille. Et, malgré moi, je songe à Rémi, à son attitude de trompe-la-mort.

Rémi voulait toujours aller plus vite, mettre la barre toujours plus haut, se dépasser. Et c'était ce qui me plaisait, son côté téméraire et insoumis. Avec lui, c'était le grand huit en permanence, et j'étais la première partante.

Ce n'est que maintenant que je me rends compte de la triste réalité.

Si Z est comme Rémi… S'il est aussi taré et perturbé que le dit mon oncle, alors en effet, j'ai tout intérêt à garder mes distances.

De toute façon, il ne m'adressera sûrement plus jamais la parole. Affaire classée.

Il n'empêche qu'en aidant mon oncle à débarrasser la table, je revois le regard grave de Z avant qu'il parte de chez moi. Et je me déteste d'en être la cause.

Chapitre 11

Z

— Hé, mec, content de te revoir parmi nous ! me dit Ash en me tapant sur l'épaule tandis que je descends de la motoneige.

— Content d'être là.

Ce n'est pas vraiment sincère, mais avais-je le choix après le sermon de Luc que je ne suis pas près d'oublier ? De toute façon, j'ai tellement bu et tellement fumé, pendant trois jours, que je n'ai plus envie de me défoncer, pour le moment.

Ce sont peut-être les paroles de Luc qui me retiennent, son couplet sur le vide sidéral de mon existence.

Ou bien le fait de m'être réveillé avec Stacy dans mon lit, sans aucun souvenir de comment elle était arrivée là.

À moins que ce ne soit l'épisode Ophel…

Non. Je ne veux pas penser à elle. Ma vie est déjà bien assez compliquée. Inutile de me prendre la tête à cause d'une fille qui m'a sans doute déjà oublié. Et qui a manifestement elle aussi de sérieux problèmes à régler.

— On filme, aujourd'hui ?

Ash est en train de monter une GoPro à l'avant de son snowboard. Il l'a fixée sur un vieux bâton de ski, de façon à avoir une prise de vue meilleure qu'au ras du sol, mais il est obligé d'utiliser des mètres d'adhésif, s'il ne veut pas qu'elle s'envole. Nous avons déjà perdu deux caméras depuis le début de la saison, en seulement quelques semaines.

— Ouais, acquiesce-t-il. Il faut qu'on mette le site à jour. Les fans réclament de l'actualité. (Il me tend un harnais déjà équipé d'une caméra.) Tiens, mets ça. Ce serait dommage qu'ils loupent l'un de tes exploits à la con.

Je lève les yeux au ciel tout en prenant le baudrier.

— T'es pas obligé de faire leurs quatre volontés, non ?

— Certes, mais pourquoi les priver de belles images ? En plus, ça fait quelques jours que tu n'as pas mis le nez dehors, je suis sûr que tu vas faire des trucs de dingue.

— Pas dit. J'ai l'intention d'y aller mollo, aujourd'hui.

— C'est ça, ouais…, intervient Cam, qui n'avait pas encore ouvert la bouche depuis que je suis là. On attend de voir pour te croire.

— Eh bien, vous verrez.

Je la charrie sur son nouveau blouson, orange fluo, qui lui donne l'air d'un cône de signalisation, mais devant le regard qu'elle me jette, je me tais et je recule de quelques pas.

Cam est rarement dupe de mes mascarades mais là, j'ai l'impression qu'elle lit en moi comme dans un livre ouvert, ce qui me dérange profondément. Je passe le plus clair de mon temps à éviter de m'analyser, et après le savon de Luc hier, je n'ai carrément pas besoin qu'on en ajoute une couche. Je suis déjà sur le point d'imploser. Si on continue à me titiller, je n'ose pas imaginer ce qui pourrait se passer.

Cette joyeuse pensée en tête, je fais encore quelques pas en arrière, jusqu'au bord de l'à-pic, et je contemple la vue. Le paysage est sublime, à vous couper le souffle : le ciel bleu parsemé de nuages blancs, les glaciers, les forêts enneigées.

Parfois, j'ai envie de déménager, de tout plaquer, tout recommencer à zéro, quelque part où le passé cessera de me hanter. Mais je ne crois pas que je serais capable de quitter ces montagnes, en tout cas pas pour très longtemps. Je pourrais probablement renoncer au snowboard et aux montées d'adrénaline qu'il me procure, si je pensais recouvrer ainsi un brin de paix. Je pourrais peut-être délaisser mes amis, s'il le fallait, bien que le simple fait d'envisager cette perspective me transperce le cœur. Mais la montagne ? Je l'ai dans la peau, dans le sang, dans mon âme, aux côtés du souvenir d'April.

De toute façon, il n'y a pas de paix pour moi. Il n'y en a pas eu depuis plus de dix ans et il n'y en aura pas davantage dans les dix années à venir. Il est grand temps de cesser d'y croire. Après tout, je n'ai rien fait pour la mériter.

Derrière moi, Luc et Ash galèrent pour fixer la caméra au snowboard d'Ash. Luc en a une, lui aussi, sur son casque. Je suppose qu'il a l'intention de descendre sur les talons d'Ash. Les montages composés d'images prises sous deux angles différents donnent en général des vidéos impressionnantes.

Étonné que Cam ne les aide pas (Cam est notre génie de l'électronique), je m'apprête à proposer mes services avant que Luc s'énerve et balance la caméra en bas de la montagne, mais Cam m'empêche de les rejoindre.

Elle se poste devant moi et me scrute d'un regard que je ne veux même pas chercher à interpréter. Je lui souris, puis je m'écarte. Elle me pose une main sur le torse afin de me retenir.

Malgré moi, je me raidis, tout un jetant un coup d'œil à Luc, histoire de m'assurer qu'il n'a pas l'intention de me balancer moi en bas de la montagne. Absorbé par la caméra, il ne nous prête pas attention.

— Qu'est-ce qu'il y a ? dis-je au bout d'un long silence.

— Tu sais que tu peux me parler, hein ? répond Cam.

— Ouais, bien sûr.

— Je suis sérieuse.

— Moi aussi, je le suis. On est en train de parler, là, non ?

— Tu sais ce que je veux dire. Je suis inquiète pour toi. On l'est tous.

Merde. C'est un complot ou quoi ? On ne peut donc pas s'autodétruire tranquillement ?

— Je vais bien, Cam.

— C'est toi qui le dis.

— Parce que c'est vrai.

Mon cœur tambourine comme après une descente à fond la caisse, et j'ai le plus grand mal à tenir en place. Je garde le silence quelques secondes, dans l'espoir que Cam ôte sa main de mon torse. Mais non. Au contraire, elle m'enlace la taille et met la tête sur mon épaule. La pression monte en moi ; je suis comme le bouchon d'une bouteille de champagne que l'on aurait trop secouée.

N'y tenant plus, je me dégage de son étreinte.

Ostensiblement, je remonte la fermeture de mon blouson, ignorant l'expression blessée qui se peint sur les traits de Cam.

Elle me dévisage froidement, cherchant la faille dans mon armure, et je refuse de la lui révéler. Je ne veux pas lui donner plus de prise qu'elle n'en a déjà. Elle est certes mon amie, au même titre que Luc et Ash, mais il y a certaines choses que même nos meilleurs amis ne doivent pas voir, ne doivent pas savoir.

—Je sais que c'est une semaine difficile pour toi, Z. Tu as beau essayer de fuir, ça ne change rien à la réalité.

Cette fois, lorsqu'elle place une main sur mon épaule, je la repousse. Instinct de conservation.

—Punaise, Cam, tu ne veux pas me laisser tranquille ? Si j'avais envie de laver mon linge sale entre potes, comme dans une communauté de hippies, crois-moi, je ne me gênerais pas.

—Ce n'est pas sain…

—Ah bon ? Peux-tu me dire quel aspect de moi te fait penser que je me soucie de mener une vie saine ?

—Arrête, Z.

—Toi, arrête.

Je pose mon snowboard au sol et je chausse le pied droit. Devinant mes intentions, Cam s'écarte de moi.

—Tu n'échapperas pas à cette conversation, tu sais.

L'adrénaline commence déjà à monter, étouffant sa voix ainsi que tout ce que je refuse d'affronter pour le moment. Luc et Ash en ont finalement terminé avec la caméra. Ils ne vont pas tarder à démarrer. On est hors piste, dans un secteur assez accidenté ; chacun va pouvoir s'en donner à cœur joie. Mais je n'ai pas envie de les suivre. J'ai envie d'une descente plus dure, qui mobilisera toute ma concentration et m'empêchera peut-être de penser à mes lamentables échecs.

Je chausse le pied gauche puis, sans avertir les autres, je m'élance du petit plateau où je me tenais.

Et je m'envole.

Cam hurle mais son cri se perd dans le bruit du vent. Je glisse le long de la falaise. Il n'y a pas de piste, pas de repères, qu'une étroite crevasse encaissée entre deux parois abruptes.

Un faux mouvement et je me fracasse contre les rochers, je m'empale sur une arête ou je perds le contrôle et je dégringole cul par-dessus tête jusqu'au pied de la montagne. Mais je n'ai pas l'intention de me tuer. Pas aujourd'hui, en tout cas. Je compte bien savourer cette descente en terrain vierge du début jusqu'à la fin.

Je repère un surplomb. Si je l'atteins juste à la bonne vitesse et par la bonne trajectoire, il me propulsera à cinq ou six mètres de hauteur. Je me concentre, me prépare…

Énorme! Je plane, littéralement! J'envoie une quadruple rotation arrière, puis je plie les genoux afin d'anticiper le premier atterrissage. Je me réceptionne brutalement mais je garde l'équilibre et descends à toute allure un mur presque vertical.

Une fraction de seconde, je redoute d'avoir fait une connerie. Mais il est trop tard pour avoir peur de mourir. À moi de gérer, je n'ai pas le choix.

Je me contorsionne, et me désaxe pour éviter les arbres et les rochers qui semblent surgir de nulle part. Les corniches me donnent de l'élan et je réussis des sauts de malade, notamment un 1440 et un double rodéo arrière. Mais je ne cherche pas à faire des figures. Simplement, je négocie au mieux le *run* le plus dingue de ma vie.

Tout d'un coup, mon téléphone se met à sonner. Ash, Cam ou Luc, probablement, qui vont me traiter de tous les noms. Mais je ne peux pas leur répondre, je suis trop occupé à esquiver la mort.

Je parviens sur une barre rocheuse, tellement immense que l'on dirait une rampe artificielle. Je fais tout ce que je peux pour prendre un maximum de vitesse, car il n'y a rien de pire, sur ce genre de terrain, qu'une impulsion insuffisante.

Je franchis la barre, m'élève dans les airs… *Oh ? putain de bordel de merde !* Je suis dans le vide, je tombe en chute libre… Quinze, trente, peut-être soixante mètres, comment savoir ? De la folie pure. Je pourrais faire des *tricks* d'enfer mais je n'essaie même pas. Mon seul objectif est de retrouver le sol.

Enfin, il se précipite vers moi. Je me déhanche afin d'avoir un aperçu de l'endroit où je vais atterrir. La pente est bonne, la neige semble bien tassée. Je me détends, je relâche chacun de mes muscles afin de ne rien me fouler.

Je me réceptionne mieux que je l'espérais, sur un escarpement moins raide que le précédent. Je dois être assez bas, la descente touche certainement à sa fin, si bien que j'y mets toutes mes tripes, prenant le plus de vitesse possible pour ce qui sera sûrement le dernier saut. Ce *run* aura été du délire total. C'est le moment ou jamais de tenter la figure que je travaille en secret et que personne n'a encore jamais accomplie.

Le triple McTwist 1440.

Shaun White a inventé le double McTwist 1260 et l'a rendu célèbre dans le monde entier. Avec suffisamment d'élan, je sais que je peux faire une vrille et un demi-tour de plus. Je décolle à la perfection, m'élève juste à la bonne hauteur et je donne l'impulsion.

Yeah ! J'ai réussi !

Mais j'atterris en plein milieu du bosquet le plus touffu que j'aie jamais vu. Je zigzague entre les arbres, en priant pour ne pas m'en payer un à 80 kilomètres-heure.

Par miracle, je parviens à tous les éviter et, abruptement, d'une manière un peu décevante, je m'immobilise sur un replat.

Je me retourne et lève les yeux vers le haut de la montagne. J'ai dû tomber en chute libre sur plus de soixante mètres, soixante-quinze, peut-être, voire quatre-vingts.

Je me baisse pour déchausser mon snowboard. Mon téléphone sonne pour la troisième ou la quatrième fois. Mes potes doivent se faire un sang d'encre. Je détache le Velcro de la poche de mon pantalon, attrape mon portable et décroche juste avant que l'appel bascule sur la messagerie.

— Ça va, Cam ?

— Oh, mon Dieu ! Oh, mon Dieu ! hurle-t-elle. Il a répondu ! crie-t-elle aux autres.

Puis à moi :

— Tu es complètement dingue ! On te croyait mort ! On pensait que tu t'étais tué ! On pensait…

Elle éclate en sanglots.

Merde. La culpabilité balaie les endorphines. Je savais qu'ils s'inquiéteraient mais je n'aurais jamais cru…

— Passe-le-moi, dit Ash à l'arrière-plan. Z ? Tu n'es pas blessé ? Où es-tu ?

— Tout va bien. Je suis en bas.

Longue pause.

— Tu es… en bas de la montagne ?

— À peu près.

— Tu as descendu toute cette putain de falaise ?

— Ouais. Presque. Je ne suis pas tout à fait à la base, mais pas loin. Pour ma défense, ce n'était pas si haut que ça.

J'entends Luc jurer. Cam semble avoir cessé de pleurer.

— Tout va bien, dis-je encore une fois. Pas de problème.

— T'es vraiment con, tu le sais ? Complètement con !

— Je n'ai jamais prétendu le contraire.

Nouvelle longue pause, puis :

— Alors, c'était comment ? Tu t'es éclaté ?

Ouf. Le pire est passé.

— À fond. Tu n'imagines même pas comment.

— La caméra a marché ?

— Hein ? Non. Je ne l'ai pas allumée.

— Je l'avais fait, juste avant de te la donner.

— Sérieux ?

Je regarde la GoPro sanglée à ma poitrine. En effet, le voyant vert est allumé. Je fixe mes yeux sur lui une seconde, ne sachant que penser. D'un côté, c'est super d'avoir filmé cette descente. De l'autre, j'aurais préféré la garder pour moi. Ce que j'ai ressenti est trop intime pour être partagé.

Seuls Luc, Cam et Ash méritent de la voir. Après ce qu'ils ont dû s'imaginer, c'est la moindre des choses. Mais je ne tiens pas à ce que ces images soient postées sur le site ou sur YouTube. J'aimerais autant qu'elles restent entre nous.

— Ouais, elle a marché.

— Excellent ! J'ai hâte de visionner ça !

— Je m'en doute.

— Juste une question…

— Je t'écoute.

— Comment penses-tu remonter ? La motoneige ne risque pas de passer par là où tu es passé, et la piste ne descend pas aussi bas.

— Eh bien… Bonne question.

J'éloigne le téléphone de mon oreille et lance l'application GPS. En une minute, j'ai la réponse.

— Je ne suis qu'à environ trois heures de marche du *Lost Canyon*. On se rejoint là-bas.

— T'es sérieux ? Tu comptes marcher trois heures en pleine montagne ?

Je pense à tout ce qui m'encombre l'esprit : April, ma mère, les prochaines compétitions, Ophelia. Je ne veux pas réfléchir à tout ça. Et puisque je ne peux ni boire ni baiser, autant me donner à fond dans l'effort physique. Épuisé, je parviendrai peut-être à trouver le sommeil sans être ivre mort.

— Ouais.

— OK, acquiesce-t-il, sceptique, mais se gardant bien de discuter. Appelle-nous quand tu seras au chalet, qu'on sache que ce n'est pas la peine d'alerter les secours.

— Vous n'avez pas intérêt.

— On ne le fera pas.

S'ensuit un long silence et je suis sur le point de raccrocher lorsqu'il ajoute :

— Ne fais pas de conneries, d'accord ?

— Moi ? Je ne vois pas pourquoi tu dis ça.

— Bon… (Je l'entends parler aux autres, puis il reprend la ligne.) Cam me demande de te dire que t'es un connard.

C'est à mon tour de rire.

— Je vous l'ai toujours dit. C'est vous qui vous entêtez à croire le contraire.

Chapitre 12

OPHELIA

— Salut, Ophelia, tu rentres chez toi ?

Harvey me rattrape en courant tandis que je quitte le *Lost Canyon*.

— Oui.

La journée a été longue et je suis fatiguée, bien qu'il ne soit que 16 heures. Je n'ai pas bien dormi la nuit dernière, je ne dors pas bien depuis cette histoire avec Z, et je ne me suis pas arrêtée une seconde, aujourd'hui, au café. Je n'ai pas du tout envie de marcher cinq kilomètres mais je n'ai pas le choix, puisque je refuse de conduire.

— Tu peux m'emmener ? Ma bagnole est chez le garagiste. Alternateur cramé.

— Oh, mince. Ça va te coûter une blinde.

Je connais suffisamment les voitures pour le savoir.

— M'en parle pas… Ça ne t'embête pas de me ramener ?

— Ça ne me dérangerait pas, mais je suis à pied, moi aussi. On n'a qu'à faire le chemin ensemble, si tu veux. On discutera d'*Hymne*, si tu l'as terminé.

— Ouais, je l'ai fini. Comment se fait-il que tu sois à pied ? Ta voiture est en panne ?

Non, elle est en parfait état de marche. Tout du moins, elle l'était la dernière fois que je l'ai démarrée, il y a deux semaines, le jour où je me suis installée dans mon studio. J'espère qu'elle n'a pas souffert du froid. Elle a passé toute sa vie à La Nouvelle-Orléans. Le climat de l'Utah a dû lui faire un choc, la pauvre.

Bien sûr, je ne dis rien de tout cela à Harvey. Comment expliquer ce que moi-même, je comprends à peine ?

— J'avais envie de marcher, ce matin. Je ne fais pas assez d'exercice, ici.

Il me regarde comme si j'étais folle mais ne fait pas de commentaires, et nous nous engageons sur le sentier qui mène aux dortoirs. Depuis deux semaines, je le prends tous les jours deux fois par jour ; je commence à le connaître par cœur mais quand le ciel est sombre, comme aujourd'hui, je le trouve sinistre, d'autant plus que je n'y croise presque jamais personne.

— C'est cool d'avoir de la compagnie, dis-je avec un sourire. Le chemin paraîtra moins long.

Pendant une quinzaine de minutes, nous parlons d'Ayn Rand et d'*Hymne*.

— C'est dingue, dis-je, qu'une femme qui a écrit un tel roman ait participé à la chasse aux sorcières contre les communistes, dans les années 1950. Franchement, si elle plaçait l'individu et l'ego au centre de la société, comment a-t-elle pu adhérer à un mouvement dont le seul objectif était de punir ceux qui pensaient autrement ? Je n'arrive pas à comprendre.

— Ça t'étonne ? Les artistes sont connus pour avoir des idées contradictoires. Ou tout du moins, pour être complètement hypocrites.

— Pas tous. J'ai beaucoup de respect pour les artistes. Ils sont passionnés et égocentriques, mais je ne dirais pas « hypocrites ».

Je pense à Rémi, qui avait un don incroyable pour le dessin. Peu de gens le savaient. Je n'ai jamais réussi à déterminer s'il craignait que ce talent ne nuise à son image de dur ou s'il préférait simplement préserver ce jardin secret. Il avait plus d'une dizaine de carnets remplis de croquis fabuleux. À sa mort, sa mère me les a tous donnés, sauf un.

C'est l'une des rares choses que j'aie apportées avec moi de La Nouvelle-Orléans. Je n'ai pas encore eu le courage de les ouvrir mais je ne peux pas m'en séparer. Un jour, peut-être, mon cœur saignera moins quand j'essaierai de les regarder.

— J'ai peut-être un avis biaisé, déclare Harvey. Ma mère était chanteuse. Elle est partie de la maison quand j'étais tout petit, pour « suivre sa vocation ». Mon père ne s'en est jamais remis, je crois.

— Mon père a fait à peu près la même chose.

Harvey me coule un regard en coin.

— Désolé.

— Oh, c'est pas grave. J'avais six mois, je ne l'ai pour ainsi dire pas connu. (Je pose une main sur son bras.) Désolée pour ta mère.

Nous sommes sortis du sous-bois, il nous reste moins d'un kilomètre et j'ai hâte de retrouver la chaleur de ma chambre. Mes doigts et mes orteils sont complètement engourdis, et malgré mon bonnet et mon écharpe, j'ai les oreilles et le nez gelés.

Comment peut-on vivre ici ? Bien sûr, c'est magnifique, mais il y a des tas d'endroits magnifiques dans le monde où il ne neige pas six mois par an. Tahiti, par exemple. Ou le Brésil. L'Éthiopie, même. J'en suis à un stade où je quitterais Park City pour n'importe quelle destination.

Je presse le pas – je sens presque la douceur de mon pyjama en flanelle et de mes pantoufles fourrées – mais Harvey me retient d'une main sur le coude.

— Qu'est-ce qu'il y a ?

Une seconde, j'ai des visions de loups, de lynx ou de je ne sais quels animaux sauvages rôdant dans les parages. Chaque fois que j'emprunte ce maudit chemin, je me vois traînée dans la forêt par une bête aux crocs acérés avide de chair humaine. Exagéré, peut-être, mais je suis une citadine et je n'ai aucune honte à le reconnaître.

— Rien, répond Harvey en ôtant l'un de ses gants pour me passer ses doigts glacés sur le visage. Tu as les joues toutes roses.

Des signaux d'alarme s'allument dans ma tête, mais j'essaie de me convaincre qu'il n'y a pas de raisons. Je ne voudrais surtout pas que Harvey me drague. Il est mon seul ami, ici ; ce serait dommage de le perdre en le rembarrant.

— C'est le vent, dis-je en m'écartant de lui. Je crois qu'il a emporté mon épiderme.

Il ne capte pas le message. Au contraire, il s'approche et me caresse les cheveux.

— Il faut que je me dépêche. Je dois appeler ma mère et après seize heures trente, elle ne sera plus joignable.

— Tu es très belle, tu sais ?

Il enfouit sa main sous mon bonnet, entremêle ses doigts dans mes boucles.

— Harvey, c'est pas une bonne idée.

J'essaie de le repousser.

— T'as un copain ?

Pour je ne sais quelle absurde raison, Z surgit dans mon esprit. Pas Rémi, Z, et cela me trouble à un tel point que j'éloigne violemment Harvey, qui m'arrache presque une touffe de cheveux.

— Aïe ! Pourquoi tu m'as fait ça ?

Je porte la main à mon crâne.

— Pourquoi tu m'as poussé ? Je ne voulais pas te faire de mal.

Soudain, il se tient tout près de moi, et cette proximité ne me semble pas innocente.

— Je sais. C'est juste…

Je suis à deux doigts d'évoquer Rémi, mais je ne parle jamais de lui. Jamais. Ce n'est pas maintenant que je vais commencer pour réconforter un gars qui a clairement franchi une limite.

— Quoi ? Je ne suis pas assez bien pour toi parce que je suis plongeur ?

— Je n'ai jamais dit ça. Je croyais que nous étions amis.

Les signaux d'alarme me hurlent de prendre mes jambes à mon cou et cette fois, pas question de les ignorer.

— Et si je ne veux pas être ton ami ? réplique-t-il en me saisissant le bras. Si j'ai envie d'être plus que ça ?

Merde. Cette histoire va mal se terminer. Je tente de me libérer mais l'étau de ses doigts se resserre.

— Lâche-moi, Harvey. Il faut que je rentre téléphoner à ma mère.

Je me débats, et manque de peu de perdre l'équilibre, dans la neige. Il me retient mais je ne veux pas de son aide. Plutôt tomber lamentablement qu'accepter quoi que ce soit d'un mec qui s'imagine que la brutalité est un moyen de communication.

— Relax, Ophelia, je ne te veux pas de mal.

Ouais… J'y croirais peut-être si je ne sentais pas encore la brûlure de ses doigts autour de mon biceps. Je suis presque sûre qu'il m'a fait un bleu.

— OK, alors laisse-moi aller téléphoner à ma mère.

Je répète l'info une fois de plus dans l'espoir qu'elle parvienne à sa tête de pioche.

Qu'ai-je fait pour me mettre dans une telle situation ? Je croyais que Harvey était un gentil garçon, peut-être parce qu'il me rappelle le meilleur ami de Rémi, Max, qui ne ferait pas de mal à une mouche. J'avais bien remarqué qu'il regardait les filles d'une drôle de façon, mais j'attribuais cela à la timidité. Grossière erreur, apparemment. Je commence à redouter qu'il ne devienne violent si je ne me montre pas consentante.

Mais hors de question de paraître effrayée devant ce crétin qui se prend pour un séducteur. C'est peut-être ma bêtise qui me vaut cette galère – quand retiendrai-je la leçon ? – mais j'en ai fini d'être gentille. La gentillesse ne m'attire que des ennuis.

Il ne dit rien. Je fais mine de me remettre en marche mais il me barre le passage avec un sourire provocant, comme s'il s'agissait d'un jeu. Or je n'ai pas la moindre envie de jouer avec lui.

— Arrête, Harvey, je n'ai pas le temps.

— Mais si. Tu n'as rien d'autre à faire ce soir.

La peur me gagne sérieusement.

— Comment sais-tu ce que je compte faire ce soir ?

— Je me suis renseigné. Je voulais m'assurer que tu étais libre pour dîner avec moi.

Soudain, je commence à comprendre.

— Ta voiture est vraiment chez le garagiste ?

Il baisse les yeux, l'air faussement gêné.

— J'avais besoin d'une excuse pour te parler.

Merde ! Toutes mes terminaisons nerveuses sont en alerte. Je regarde autour de moi, m'efforçant d'ignorer les battements désordonnés de mon cœur et mes paumes moites. La panique enfle tel un ballon sur le point d'éclater. J'ai du mal à respirer, à réfléchir. Ce n'est pas la première fois que je me retrouve aux prises avec ce genre de taré. Je sais comment ça va se terminer si je ne passe pas à l'offensive.

J'ai envie de détaler à toute vitesse mais je suis encore maladroite, dans la neige. Je suis déjà tombée plusieurs fois en voulant marcher trop vite, et je ne tiens pas à me retrouver les quatre fers en l'air avec Harvey au-dessus de moi.

— Allons à la cafétéria, dis-je finalement, dans l'espoir de le contenter. Je n'ai pas déjeuné. Je mangerais bien un sandwich ou un gâteau.

Il affiche un sourire de triomphe. Des milliers d'insultes me brûlent la langue mais je m'abstiens de les formuler à voix haute. Ce ne serait pas judicieux. Personne ne m'entendrait crier, ici. Je suis totalement à la merci de ce gorille et de sa répugnante libido. Dès que nous atteindrons le bâtiment des employés, je lui dirai de me laisser tranquille et je courrai jusqu'à ma chambre, d'où je ne ressortirai pas avant d'avoir répété les mouvements d'autodéfense que Rémi m'a appris quand nous avons commencé à sortir ensemble.

Je ne veux plus jamais revivre ce que j'ai vécu au fil des ans avec les mecs de ma mère.

Je tente de contourner Harvey et cette fois, il me laisse passer. La panique reflue et je me demande presque si je n'ai pas été parano. Après tout, peut-être que ce n'était qu'une simple avance.

Mais non... Il me saisit par-derrière, les bras autour de ma taille, et me plaque contre lui. Il me chuchote quelque chose à l'oreille, son haleine chaude et dégoûtante sur ma joue. Je ne comprends pas ce qu'il me dit, avec les cris qui s'étranglent dans ma gorge, mon souffle court.

—Arrête !

Je me débats de toutes mes forces. Il rigole et me serre plus fort. Je sens son érection au bas de mon dos. Mon estomac se révulse et j'ai vraiment le cœur au bord des lèvres. Je me ressaisis, ce n'est pas le moment de perdre mon sang-froid. Harvey mesure au moins quinze centimètres de plus que moi, il est costaud ; je dois rester maîtresse de moi-même si je veux me tirer de ce mauvais pas.

— Ne t'affole pas, dit-il en me soulevant au-dessus du sol. Je m'amuse, c'est tout.

— Lâche-moi, je n'ai pas envie de jouer.

Je lui enfonce mon coude dans les côtes, mais le coup n'a guère d'impact.

— Lâche-moi, s'il te plaît.

— OK, d'accord.

Il me repose au sol et desserre son étreinte, juste assez pour glisser une main sous mon blouson et sous mon pull. Sa paume calleuse me caresse le ventre, me glace de terreur.

— Je ne te veux pas de mal, Ophelia, je…

Il valdingue avant d'avoir fini sa phrase. Surprise, dans mon effort pour lui échapper, je bascule en avant. Un bras me rattrape avant que je m'affale la tête la première dans la neige. Ce n'est pas Harvey, je le sais, ce bras appartient à quelqu'un qui dégage un parfum de cannelle. Terrorisée, je lutte bec et ongles, incapable de réfléchir, la respiration coupée. Je ne peux pas…

Il me lâche aussitôt, recule de quelques pas.

— Hé, Ophelia, ça va ?

Je fais volte-face et découvre Z, les mains levées devant lui en un geste qui se veut rassurant. Et qui l'est. Je sais qu'il ne me fera aucun mal, que la rage qui embrase son regard ne m'est pas destinée.

En revanche, il ne sera pas clément envers Harvey. Il le regarde comme s'il voulait le tuer. Peut-être n'est-ce pas très joli de ma part, mais je ne m'y opposerais pas. Je sens encore les doigts de Harvey sur mon ventre, remontant vers mon soutien-gorge.

Furieuse contre moi-même de me montrer aussi vulnérable, j'essuie les larmes qui ont jailli de mes yeux sans que je m'en rende compte. Elles ont déjà presque gelé le long de mes joues.

— Réponds-moi, Ophelia : ça va ?

La voix de Z est tendue, inquiète.

— Ça va, oui.

Je prends une profonde inspiration. Il n'a pas l'air convaincu, et je ne le suis pas non plus.

— Je t'assure, ça va, dis-je en m'efforçant de réprimer mes tremblements.

Z hoche la tête, puis se tourne vers Harvey, qui vient tout juste de se relever.

— Hé, mec, qu'est-ce que je t'ai fait ? bougonne-t-il en ramassant son bonnet dans la neige.

En guise de réponse, Z lui envoie son poing dans la figure. Harvey recule, il saigne de la pommette. Il porte une main à sa joue, regarde son gant taché de sang. Puis il se précipite sur Z avec un rugissement féroce.

Il est un peu plus grand que Z, et il pèse probablement une vingtaine de kilos de plus, mais Z ne cille pas. Il pare l'attaque de front, d'un coup de poing dans l'estomac si puissant que Harvey en a le souffle coupé, et Z se déchaîne.

La bagarre prend fin avant d'avoir commencé. Quelques directs, un uppercut, une volée de coups de pied et Harvey gît KO dans la neige. Z se tient au-dessus de lui, les poings serrés, blême.

— C'est quoi, ton problème, Ducon ? crache-t-il. Tu prends ton pied à frapper les filles ? Vas-y, défoule-toi sur moi, tâte un peu d'un homme.

Harvey ne bouge pas. Z se penche au-dessus de lui, le poing brandi. Je lui saisis le poignet avant que le coup parte. C'est une chose d'avoir pris ma défense, mais s'il ne cesse pas de s'acharner sur Harvey, il finira en prison.

— Arrête, dis-je, il a eu son compte.

Z me repousse.

— Non, je ne suis pas sûr qu'il ait compris la leçon.

Et il assène un coup de pied dans les côtes de Harvey, puis un deuxième, et un troisième. Harvey hurle de douleur, il se recroqueville sur lui-même.

— Ça suffit, Z.

Je tente de nouveau de le retenir, en vain. Il ne semble pas m'entendre, il n'entend que la haine que lui inspire Harvey.

— Ah, tu fais moins le malin, maintenant… Tu te roules par terre, tu pleurniches comme une petite chienne. Qu'est-ce que ça fait de ne pas être le plus fort, hein ? Qu'est-ce que ça fait de se prendre une dérouillée ?

Il continue de le rouer de coups. Si je ne m'interpose pas, et vite, il va le tuer.

Je me rue sur lui, le pousse de toutes mes forces. Mon assaut le déstabilise mais il recouvre l'équilibre et se tourne vers moi.

— Pourquoi t'as fait ça ? me demande Z.

— Regarde-le, dis-je en désignant Harvey, en position fœtale, qui gémit dans l'attente d'une nouvelle pluie de coups.

Il n'y en aura plus. Mon geste a mis fin à la folie meurtrière de Z. Je le vois à son regard, comme s'il se réveillait d'un cauchemar particulièrement réaliste.

Comme s'il ne croyait pas à ce qu'il venait de faire.

Je ne sais pas pourquoi, mais je lui tends la main. Je devrais être terrifiée par sa démonstration de violence. Mais non. Il est venu à ma rescousse, il ne me fera pas de mal. En tout cas, pas physiquement. Du reste, s'il avait voulu quelque chose de moi, il aurait pu l'avoir l'autre jour.

Harvey met quelques secondes à comprendre que l'attaque est finie. Il se redresse péniblement.

— Je rigolais juste, mec, je ne lui aurais pas fait de mal, dit-il d'une petite voix larmoyante qui me donne envie d'encourager Z à le rosser un peu plus.

Je pense au bleu sur mon bras, à mon dos et mes épaules endoloris. Il ne s'est même pas rendu compte qu'il me faisait mal. Ou plutôt, il s'en fiche.

— Casse-toi, connard, profère Z, menaçant. Et si je te revois près d'Ophelia, je te tue.

Un frisson me parcourt l'échine. Comme moi, Harvey doit sentir que ce ne sont pas des paroles en l'air. Livide, il s'éloigne aussi vite que son corps meurtri le lui permet.

Quand il a disparu entre les arbres, je me tourne vers Z, qui s'étire la main douloureusement.

— Ça va ?

Il a les doigts bleus et enflés, les jointures à vif. Il ne porte pas de gants, la température sibérienne n'a rien arrangé. Et il tremble légèrement, de froid ou du contrecoup, je ne saurais dire.

Je ne peux pas le laisser là. Il m'a épargné un sort que je n'ose même pas imaginer. J'ai été trop bête de gober le prétexte de la voiture. Je me suis comportée exactement comme ces héroïnes de films d'horreur trop stupides pour vivre. Je m'en veux terriblement.

Tout à coup, une question me vient à l'esprit.

— Au fait, d'où viens-tu ?

À part les logements des employés, il n'y a rien ici. Que de la neige, des sapins et des rochers.

— Je me baladais, répond Z en ramassant son snowboard.

— Avec un snowboard ?

— C'est une longue histoire.

— Eh bien, je crois que tu vas avoir le temps de me la raconter, dis-je en lui prenant sa planche. Viens chez moi, que je te soigne.

Il demeure immobile.

— Tu n'es pas obligée. T'es sûre que ça va ?

— Oui, oui. Toi, en revanche, tu as l'air frigorifié. (Je regarde ses vêtements, mouillés, couverts de plaques de givre.) Hé, que t'est-il arrivé ?

Il plonge ses yeux saphir dans les miens.

— Que veux-tu dire ?

— T'es trempé. T'es tombé ?

Un demi-sourire, craquant, lui retrousse les lèvres.

— En quelque sorte.

— Viens, dépêchons-nous. Tu vas mourir de froid si tu restes dehors.

Même un pantalon de ski ne peut pas le protéger complètement.

— Ça va, je t'assure, je n'ai pas froid.

— C'est ça… Tu claques des dents.

Son sourire s'élargit.

— Tu te crois intelligente, hein, Ophelia ?

Je pense à Harvey. Au désastre auquel j'ai contribué à La Nouvelle-Orléans. À la façon dont Z me trouble, malgré moi.

— « Intelligente » n'est pas le premier adjectif qui me viendrait à l'esprit. Viens, allons-y avant que tu te transformes en glaçon.

Voyant qu'il ne fait pas mine de me suivre, je lui passe un bras autour de la taille. Il est gelé.

— T'es sûre que ça va ?

De ses mains glacées, il m'encadre le visage – un geste beaucoup trop familier qui devrait m'énerver, compte tenu de ce qui s'est passé entre nous vendredi, et d'autant plus que je déteste qu'on me touche. Mais non. Ce que je lis dans ses yeux me procure un sentiment de sécurité, que je n'ai pas éprouvé depuis des mois.

— Oui, ça va. (À présent, je suis sincère.) T'es arrivé juste à temps. Merci, tu m'as sauvée.

— Je t'ai juste aidée. Tu avais l'air de savoir te défendre toute seule. Du reste, je ne suis pas vraiment du genre à secourir les damoiselles en détresse.

Je n'en suis pas certaine. Il m'a ramenée chez moi en voiture quand j'attendais le bus, juste pour s'assurer que je ne fasse pas de mauvaise rencontre. Il m'a interrompue en pleine fellation, ce qu'aucun autre n'aurait fait, parce qu'il s'était rendu compte que je n'étais pas bien. Et aujourd'hui, il s'est interposé entre Harvey et moi. Force m'est de reconnaître qu'il m'apparaît un peu en héros. Décidément, j'ignore vraiment que penser de lui.

Nous marchons en silence jusqu'aux dortoirs. Je ne sais pas quoi dire et je suppose que lui non plus. Je n'aurais jamais songé qu'il me préserverait d'un viol.

— Enlève ton pantalon, dis-je en refermant la porte de mon studio derrière nous.

Il me coule un regard aguichant.

— Tu ne m'offres pas d'abord à dîner ? J'ai pas l'habitude de me déshabiller d'emblée.

Les yeux au ciel, je prends une couverture dans le placard près de mon lit et la lui jette.

— Tu m'as pourtant prouvé le contraire, vendredi. Et si charmante que soit la perspective de te voir nu, je pensais plus à t'éviter l'hypothermie qu'à te proposer une partie de jambes en l'air.

— C'est ce que tu racontes, mais tu sais comme moi que ce n'est pas vrai, réplique-t-il en dépliant la couverture. Cela dit, je n'ai rien contre.

— Et moi qui avais peur de heurter ta délicate sensibilité…

Il éclate de rire, et le frimeur reprend le dessus sur le garçon attentionné. Curieusement, la métamorphose ne me hérisse pas, surtout lorsqu'il déclare :

— Je t'aime bien, Ophelia.

— Moi aussi, dis-je brusquement, déterminée à ne pas lui montrer combien il me perturbe. Maintenant, change-toi.

— Si tu insistes.

Il défait la ceinture de son pantalon. Je me tourne face au mur.

— Arrête ! C'est une manie, chez toi, de te déshabiller en public ? La salle de bains est là, dis-je en la lui désignant.

— Tu parles d'une affaire… Tu m'as déjà vu à poil. En plus, il n'y a pas grand-chose à voir. Avec ce froid, je ne risque pas de bander.

Sans répondre, je me cache les yeux. Voilà ce que j'ai gagné à vouloir m'acquitter de ma dette : un Z à moitié nu dans ma chambre.

À cette pensée, mon estomac chavire, mais pas du tout de la même manière que lorsque j'étais sur le chemin avec Z. Ce qui ne fait que compliquer la situation. Il n'y a même pas un an que Rémi est décédé et je fantasme déjà sur Z.

Il est tout ce que je déteste chez les mecs, tout ce que je devrais fuir, et pourtant, je pense à embrasser sa peau, le toucher, le laisser me toucher.

Pour dire à quel point mon jugement est altéré.

— Tu peux regarder. J'ai enlevé mes vêtements mouillés.

Je me retourne. *Erreur.* Z n'a pas dit qu'il était couvert. La couverture que je lui ai donnée gît à ses pieds. Il n'est vêtu que d'un boxer noir et d'une paire de chaussettes grises, trouée au niveau du petit orteil droit.

Il me regarde, je le regarde. Il devrait être ridicule avec ses chaussettes en tire-bouchon, mais non. Il est superbe. Mince, bronzé, musclé. Terriblement sexy, à tel point que mon corps tout entier s'embrase. Des papillons virevoltent dans mon bas-ventre et je dois mobiliser toute ma volonté pour me retenir de le caresser. De le lécher.

Il porte deux piercings sous la lèvre inférieure, aujourd'hui, et je brûle soudain de les sentir sous ma langue. Mais je ne l'embrasserai pas. J'ai eu mon compte de junkies à l'adrénaline qui flirtent avec la mort. Et quand bien même, ses cicatrices m'effraient – tant les balafres sur son corps que celles que l'on devine sous sa belle gueule. Je lui suis reconnaissante de m'être venu en aide mais nous en resterons là. Je lui sécherai ses vêtements, puis il s'en ira.

— Donne-moi tes affaires, dis-je en feignant une totale indifférence vis-à-vis de son physique sculptural. Je vais descendre les passer au sèche-linge.

— Tu n'es pas obligée.

— Un peu, si. Ce ne serait pas très élégant de ma part de te laisser mourir de froid alors que tu m'as épargné de compter parmi les statistiques de viol.

— Je n'aurais jamais laissé ce malade mental te toucher.

— Je sais.

Au lien de s'envelopper dans la couverture que je lui ai donnée, il tire celle de mon lit défait et s'enroule dedans. Puis il y enfouit son visage et respire profondément. Une bouffée de chaleur m'envahit quand je comprends ce qu'il fait. Il renifle mon odeur.

Cette pensée me rend folle, elle éveille en moi toutes sortes de sensations que je réprime. Si je m'écoutais, je lui arracherais la couverture, mais dans mon intérêt, il ne vaut mieux pas que je voie ce torse, ces abdos, ces superbes tatouages.

Ou je ne répondrais plus de rien.

Son sourire indique qu'il lit en moi comme dans un livre ouvert. *Forcément.* Toutes les filles se jettent à ses pieds.

Ignorant le désir qui me dévore, je rassemble ses vêtements, prends quelques pièces dans mon porte-monnaie et je descends à la laverie.

À mon retour, il se tient devant l'étagère où sont rangés mes livres, *L'Attrape-cœurs* entre les mains.

Pourquoi ne suis-je pas étonnée ? Normal qu'il soit fan de Holden Caulfield.

— Tu aimes ce bouquin ? me demande-t-il d'un ton tout à fait naturel, signe que ma réponse l'intéresse vraiment.

— Oui, beaucoup. Et toi ?

— Je ne l'ai jamais lu.

— Même pas au lycée ?

— À quinze ans, je m'étais déjà fait virer de tous les établissements privés de Park City et de Salt Lake City.

Je ne suis pas plus surprise que ça.

— Il te plairait, je pense.

Il examine la couverture rouge et blanc.

— Ah, ouais ? Pourquoi ?

— Holden Caulfied, le personnage principal, s'est fait renvoyer de son école, lui aussi. C'est l'un des meilleurs antihéros de la littérature contemporaine.

Je m'avance dans la kitchenette, qui se limite à un minifrigo, un micro-ondes et la cafetière que Rémi m'a offerte l'an dernier pour Noël.

— Tu veux boire quelque chose de chaud ?

— Ouais, je veux bien.

Je lui désigne le carrousel avec les différentes dosettes, mais il est absorbé par la lecture de la quatrième de couverture.

— Je te le prêterai, si tu veux.

Immédiatement, il remet le livre à sa place.

— Non, merci.

— T'es sûr ? C'est une histoire super. Avec ce roman, Salinger a prouvé, bien avant la pop culture, que les antihéros sont les meilleurs héros.

À présent, Z regarde le bouquin comme s'il s'agissait d'un cobra prêt à lui bondir à la gorge.

— Je ne lis pas beaucoup.

— Moi non plus, je ne lisais pas, avant.

J'insère mon café préféré dans la machine puis je la mets en marche. S'il n'aime pas, il n'avait qu'à me dire ce qu'il voulait.

— C'est vrai ? Avec Ophelia pour prénom, je t'aurais vue en rat de bibliothèque. Tu t'es donc mise à lire du jour au lendemain ?

Je repense à ces longues semaines d'hospitalisation, à ces semaines encore plus longues sur le canapé de la maison, à attendre de reprendre des forces, à attendre que la douleur passe. Elle n'est jamais passée.

— C'est une longue histoire.

— On dirait qu'on a plein de longues histoires, à nous deux.

Son sourire arrogant a fait place à une intensité qui me coupe le souffle.

— Ouais…

Il soutient longuement mon regard.

— Tu me raconteras la tienne ? me demande-t-il.

Je retiens ma respiration.

— Je ne sais pas. Je… je ne crois pas.

Il hoche la tête, comme si c'était exactement la réponse qu'il attendait. Cela dit, si je l'avais invité à me confier ses secrets, je suis à peu près sûre qu'il aurait refusé. Alors pourquoi me poser une telle question ?

— Eh bien, raconte-moi autre chose.

Je le dévisage avec méfiance.

— Quoi, par exemple ?

— Je ne sais pas. Parle-moi de toi.

— Pourquoi ?

— Si tu le fais, je le ferai.

Je ne peux pas m'empêcher de sourire.

— Genre : si je me mets à poil, tu te mets à poil ?

Lorsque ses lèvres s'incurvent, je me rends compte de l'énormité de ce que je viens de dire. Il ne me provoque pas, toutefois.

— J'adore les contreparties, déclare-t-il, tout innocence, mais ses pupilles sont dilatées, ses iris bleu nuit.

Malgré moi, j'esquisse un sourire.

— Je déteste les choux de Bruxelles, le froid, et les mecs qui s'imaginent que tout leur est dû.

Chapitre 13

Z

Elle s'amuse. Ophelia joue avec moi et je ne comprends pas pourquoi ça me chiffonne. Ce n'est pas comme si je n'aimais pas jouer. Toujours est-il que je me sens dans mes petits souliers.

Je bois une longue gorgée de café tout en me demandant comment réagir à ce qu'elle vient de dire. Son sourire s'efface peu à peu, comme si elle pensait que je n'avais pas saisi son manège.

—J'aime les pêches, la poudreuse fraîche et les filles qui ne se laissent pas marcher sur les pieds.

—Moi aussi, j'aime les pêches, répond-elle en riant.

—Je sais.

Alors qu'elle était en train de se préparer un café, elle s'interrompt, surprise.

—Comment le sais-tu ?

— Tu sens la pêche. Tu as le goût de la pêche. (J'ajuste la couverture devant moi afin qu'elle ne voie pas mon érection.) La première fois que je t'ai rencontrée, j'ai cru que tu étais originaire de Géorgie.

Elle garde le silence plusieurs secondes, puis s'enquiert :

— Et toi, d'où viens-tu ?

J'aime bien le son de sa voix, grave, rauque, comme si elle venait de se réveiller.

— D'ici.

— Vraiment ? Je pensais que les sportifs ne venaient là que l'hiver pour s'entraîner.

— La plupart, oui. Mais Ash, Cam, Luc et moi, on est nés et on a grandi à Park City. On était sur les pistes pratiquement avant de savoir marcher.

— Sérieux ?

Elle paraît fascinée, si bien que je poursuis :

— Ouais. Mon père m'a d'abord mis sur des skis. Beaucoup plus chic que le snowboard.

— Il doit être fier d'avoir un fils de niveau olympique.

Merde. Pourquoi ai-je évoqué mon père ? Je ne parle jamais de lui, excepté avec mes amis. Je suis déconcerté de l'avoir si naturellement mentionné devant Ophelia. Le temps de me ressaisir, je prends mon café et me dirige vers le canapé-lit.

Ophelia me suit et s'assied à côté de moi sans la moindre hésitation. Mon sexe s'affermit encore davantage, de même que ma résolution de ne pas la toucher.

— À moi de te poser une question, dis-je en évitant de regarder ses lèvres roses et ses joues un peu rouges.

— Vas-y.

— Si tu détestes le froid, que fais-tu là ? Puisqu'il me semble évident que la glisse ne t'attire pas.

— Je cherchais un job. Comme ma tante et mon oncle tiennent le *Lost Canyon*, ils…

— Alex et Penny sont ton oncle et ta tante ?

— Oui. Ça a l'air de te choquer.

— Non, mais… Comment se fait-il que tu n'habites pas chez eux ?

— Ils me l'ont proposé mais je préfère être ici. On n'est pas très proches.

— Pourquoi ?

— Tu sais que tu m'as déjà posé trois questions ?

— Mais tu n'as répondu qu'à une. Les deux autres ne comptent pas.

— Bien sûr que si, réplique-t-elle en m'observant, les yeux plissés.

— OK. Alors pose-moi trois questions et je choisirai celle à laquelle je veux répondre.

— En fait, j'ai répondu à deux.

— Mais tu n'as pas terminé la réponse à la première.

— Parce que tu m'as interrompue !

Je hausse les épaules, m'efforçant d'afficher un air aussi innocent que possible.

— Les règles sont les règles.

— Quelles règles ? proteste-t-elle. On n'a défini aucune règle.

— Ce qui ne signifie pas qu'il n'y en a pas. Je les invente au fur et à mesure.

— Ah, oui ? Et pourquoi ce serait toi qui déciderais des règles ?

Je feins d'être froissé par cette récrimination.

— Parce que c'est mon jeu.

Elle fronce un sourcil sceptique, avant de me lancer :

— T'es vraiment chiant, tu le sais ?

— Parfaitement. Je n'ai jamais prétendu le contraire.

Elle lève les yeux au ciel et fait semblant de vouloir me donner un coup de poing. Je lui attrape la main et lui desserre doucement les doigts, puis je lui embrasse la paume, bien que ce ne soit pas une bonne idée, mais je ne peux pas m'en empêcher.

Elle plante son regard dans le mien et pendant une seconde, je m'attends à ce qu'elle me mette à la porte, à poil sous ma couverture. Dieu sait qu'après ce qui s'est passé la dernière fois, je ne pourrais pas lui en vouloir. Mais elle approche sa main de mon visage et du bout de l'index, elle trace le contour de mes lèvres. *Sauvé.*

— Comment se fait-il que tu n'aies pas décoré ta chambre de façon un peu plus personnelle ?

— Ça fait quatre questions et je n'en ai pas encore posé une !

— C'est pas une réponse.

— Tu n'en mérites pas.

Elle tente de s'éloigner, je la retiens et aspire lentement son doigt. Sa respiration s'accélère et ses prunelles virent au vert sapin. *Merci, mon Dieu!* J'ai l'impression de bander depuis des heures, et elle fait comme si de rien n'était. Je n'ai pas l'habitude que les choses se passent comme ça.

Elle pose son autre main contre ma joue et me regarde sans rien dire. C'est étrange, excitant et à la fois un peu terrifiant. Une partie de mon cerveau me crie de détourner le regard, de faire machine arrière tant qu'il est encore temps.

J'ai sauté du haut d'une falaise aujourd'hui, j'ai descendu un versant où personne n'avait jamais mis les pieds, et c'était un million de fois plus facile… Je ne bouge pas. Je respire à peine. Car ce que je lis dans ses yeux, ce que je vois d'elle me fascine et me fend le cœur. Pour la première fois de ma vie, j'ai plus envie de connaître une fille que de me préserver. Sentiment étrange, et déroutant.

Je ne sais pas combien de temps nous demeurons immobiles, les yeux dans les yeux.

À l'extérieur, le crépuscule a fait place à la nuit. Le vent s'est levé et la neige tourbillonne derrière la fenêtre.

Je ferais mieux de m'en aller, mais je ne peux pas. Je suis pétrifié par le regard d'Ophelia, subjugué par ses lèvres tremblantes, ses grands yeux interrogateurs.

— Qu'est-ce qu'on fait ? demande-t-elle enfin tout doucement.

— Je ne sais pas.

— Moi non plus.

Elle se penche vers moi. Ses lèvres effleurent les miennes. Je brûle de l'enlacer, d'enfouir mes doigts dans ses cheveux et d'explorer chaque recoin de sa bouche, chaque centimètre de son corps.

Mais le spectre de l'autre soir plane dans ma tête. Si elle me refaisait le même coup, elle m'achèverait.

Alors je me maîtrise. Je lui encadre le visage de mes mains, mes pouces caressant sa mâchoire. Je lui dépose des baisers sur les paupières, sur les joues, sur l'arête du nez.

— Je devrais y aller, dis-je, bien que tous mes instincts me hurlent de rester. Tu crois que mes vêtements sont secs ?

— Tu veux partir ? s'écrie-t-elle, le regard empli de désir.

J'émets un petit rire forcé.

— Je n'y tiens pas mais ce serait sans doute plus raisonnable.

— Pourquoi ?

Je hausse les épaules, pas sûr d'être capable de m'expliquer sans la blesser ou sans passer pour un abruti. Je l'embrasse sur la joue et je fais mine de me lever.

— Ne t'en va pas.

Elle jette ses bras autour de ma taille, et ce geste me surprend tellement que je vacille et retombe sur le lit.

Elle s'assied à califourchon sur moi et retire son pull. Dessous, elle porte un tee-shirt à manches longues blanc et usé, qui épouse chacune de ses courbes. Je devine l'ombre de ses tétons à travers le soutien-gorge.

Tout en moi frémit d'excitation. Si je ne pars pas immédiatement, il sera trop tard.

— Arrête, dis-je en lui retenant les mains, afin de l'empêcher de m'ôter tout self-control en même temps qu'elle enlève son tee-shirt. Tu n'es pas obligée.

Des larmes brillent dans ses yeux vert mousse.

— Tu ne comprends pas, murmure-t-elle. J'ai besoin de ressentir quelque chose, n'importe quoi. J'ai passé tellement de temps à essayer de me protéger que j'ai oublié ce que c'était d'être vivante. Je t'en supplie…

Elle tire sur la couverture, m'embrasse les épaules, le cou, la poitrine, parcourt du bout de la langue les lignes déstructurées de mon tatouage.

— S'il te plaît, Z, fais-moi sentir quelque chose.

Ces paroles me frappent avec la force d'un tsunami. Je ne comprends que trop bien ce qu'elle veut dire. Je le vis au quotidien et je ne le souhaiterais à personne. Surtout pas à cette fille belle, intelligente et drôle, qui menace de faire basculer mon univers.

Malgré sa langue courant sur mon ventre, je parviens à rassembler la force de la repousser, alors que toutes mes cellules me crient de la prendre, de plonger en elle sans me soucier des conséquences.

D'habitude, j'agis d'abord, je réfléchis ensuite. Rien n'a jamais eu assez d'importance à mes yeux pour que je pense au lendemain. Certes, je ne connais Ophelia que depuis quelques jours, des jours bizarres et chaotiques, mais une part de moi-même me chuchote qu'elle mérite que je prenne le temps de faire le point.

C'est pourquoi j'ignore mon sexe palpitant de désir.

— Si nous allons plus loin, dis-je, je veux que tu sois avec moi, du début jusqu'à la fin. Tu ne peux pas m'abandonner comme tu l'as fait la dernière fois. Je ne le supporterai pas.

Chapitre 14

OPHELIA

Les paroles de Z se réverbèrent dans la pièce comme elles se réverbèrent en moi, emplissant le vide auquel je me heurtais depuis si longtemps. Je plonge mon regard dans le sien, et j'y retrouve cette même vulnérabilité que l'autre soir. Je ne crois pas qu'il ait jamais laissé personne la voir d'aussi près.

Je devrais le laisser partir avant qu'on en arrive à un stade vraiment moche, ce qui n'est pas exclu, je le sais. Mais je n'en ai pas la force, le vide est devenu trop douloureux.

Bien que j'aie fait tout ce que j'ai pu pour surmonter le deuil de Rémi, le chagrin est là, que je le veuille ou non, me broyant de l'intérieur. Alors pourquoi ne pas le défier ? Pourquoi ne pas laisser Z me faire du bien, juste pour une nuit ?

— Ne compliquons pas les choses, observé-je. J'ai envie de toi, tu as envie de moi. Donnons-nous du plaisir, tout simplement.

— C'est tout ? demande-t-il.

— C'est-à-dire ?

— Ce n'est qu'une question de sexe ?

J'ai l'impression d'être dans la quatrième dimension, que le monde tourne à l'envers. Z Michaels, le tireur le plus rapide de l'Ouest qui se la joue sentimental… Z Michaels qui a couché avec un nombre de filles incalculable…

— Je ne comprends pas, dis-je.

Ma voix tremble, je tremble, et je ne sais pas comment y remédier, comment le cacher. Je ne sais plus ce que je dois faire.

— Je veux juste… Je veux juste prendre du bon temps, pour une fois. Je veux juste…

— Chut, bébé, je comprends, murmure Z en me poussant à m'allonger sur le lit, puis il m'embrasse dans le cou. Je te ferai du bien, je te le promets.

Il me donne un baiser sur le front, un sur chaque joue, en marmonnant quelque chose à propos de sa sympathie pour Hamlet. Le rouge me monte aux joues.

Je déteste mon prénom et ce qu'il symbolise : la fragile amoureuse de Hamlet, rendue folle par les sombres machinations des hommes de sa vie, qui succombe à une mort affreuse parce qu'elle n'a pas la force d'affronter la réalité, de faire face à ce qu'ils lui ont fait, à ce qu'ils ont fait d'elle.

La première fois que j'ai lu *Hamlet*, au lycée, j'ai demandé à ma mère si elle avait bu le jour où elle m'a donné ce prénom. Ou si elle me haïssait. Elle n'a pas compris, car elle n'avait jamais lu la pièce. Simplement, la sonorité d'Ophelia lui plaisait et elle aimait bien l'idée d'emprunter le nom d'un personnage de Shakespeare.

Super, maman.

Dommage qu'elle n'ait pas choisi Katharina de *La Mégère apprivoisée*. J'aurais peut-être eu un autre destin.

Enfin bref. Me voilà avec un gars qui, à coup sûr, me fera sombrer dans la folie si je le laisse faire. Mais aucun risque. Je n'attends de lui que du plaisir. Un instant d'oubli. Des sensations que je n'ai pas éprouvées depuis trop longtemps.

Z continue de m'embrasser, les joues, le menton, l'épaule. En même temps, ses mains s'immiscent sous la ceinture de mon jean, me caressent le ventre, les hanches, les fesses.

Ce contact m'est agréable, très agréable. Je me cambre sous lui et noue les bras autour de son cou afin d'attirer sa bouche à la mienne. Ses yeux, magnifiques et mystérieux, rencontrent les miens et j'y discerne quelque chose que je ne comprends pas. Quelque chose qui déclenche des alarmes dans mon cerveau.

— Z, je…

Il presse un doigt contre ma bouche.

— Tout va bien, Ophelia, ne t'inquiète pas.

Et il ne cesse plus de m'embrasser. Tout ce qui m'encombre l'esprit, tout ce que je voulais dire se noie dans un maelström de désir et je m'abandonne à lui.

À l'instant où nos corps se touchent, des étincelles jaillissent autour de nous. Je prends une profonde inspiration et me gorge du parfum de Z, un parfum de cannelle et de neige. J'enfouis mon visage au creux de son cou et je m'imprègne de son odeur.

Dans un rire à mi-chemin du grognement, il ferme les yeux et me serre plus fort contre lui. Je me laisse faire, tout en me demandant si je suis vraiment raisonnable. Je sens son souffle chaud sur ma joue, son corps ferme contre le mien. Le toucher me procure un bien-être que je n'ai pas ressenti depuis très longtemps.

— Qu'est-ce que tu me fais, Ophelia ? chuchote-t-il au bout d'un moment.

— Je ne sais pas, dis-je d'une petite voix tremblante.

— Moi non plus, murmure-t-il en me déposant un baiser dans les cheveux.

Puis ses mains sont partout, partout, et je pousse un petit cri quand il roule sur le dos pour me placer au-dessus de lui. Je me redresse, mes genoux de part et d'autre de ses hanches, et je tends le bras afin d'éteindre la lampe de chevet, mais il pose une grosse main balafrée sur la mienne.

— Je veux te voir, déclare-t-il.

— Non.

J'éteins la lumière, il la rallume.

— Bon, Ophelia, il faut que tu m'expliques ce qui se passe. Je ne comprends pas pourquoi je ne peux te toucher que dans le noir. Qu'as-tu peur que je voie ?

Je ne réponds pas. Je le regarde en me mordant la lèvre inférieure, indécise quant à ce que je dois lui dire. Ou, plus exactement, ne sachant pas comment m'en tirer sans rien dire.

— OK, ne te torture pas, chuchote-t-il en m'appuyant sur le menton jusqu'à ce que je retire ma lèvre d'entre mes dents. Tu n'es pas obligée de me dire.

— J'ai eu un accident de voiture. Il y a un an, à peu près. J'ai des cicatrices. Elles ne sont pas… Elles ne sont pas très belles à voir.

— Ça va ?

Je ferme les yeux dans l'espoir de refouler les larmes. J'aurais pu m'attendre à ce qu'il me pose cette question, lui qui se comporte comme un dur pour masquer une âme vulnérable.

— Ça va, oui.

Il porte ma main à ses lèvres et la couvre de baisers.

— Crois-tu vraiment que tes cicatrices te rendront moins désirable à mes yeux ?

Il amène ma main sur son ventre, la fait courir sur ses magnifiques abdos.

— Tu sens ? demande-t-il en pressant mes doigts sur un relief de sa peau. Moi aussi, j'ai des cicatrices. Les tiennes ne signifient rien pour moi, si ce n'est qu'elles t'ont fait souffrir, et j'en suis désolé. Sincèrement désolé.

Seigneur, ce mec est-il réel ? Je pensais que ce serait facile, que nous coucherions ensemble et puis voilà. Mais rien ne se déroule comme je l'avais prévu.

— Que veux-tu de moi ?

— Te voir, te toucher, te donner du plaisir. La question est plutôt : que veux-tu de moi ?

Je croyais le savoir, mais Z est tellement différent de ce que j'imaginais… Maintenant que je me retrouve là avec lui, tout est remis en cause. Je ne sais plus ce que j'attends de lui. Je sais seulement que j'ai envie de lui.

Timidement, non sans hésitation, je retire mon tee-shirt. C'est plus dur que je ne le pensais, terriblement angoissant d'attendre son jugement. Mes cicatrices ne sont pas trop vilaines mais elles ne sont pas jolies non plus. On m'a opérée pour un collapsus pulmonaire et une rupture de la rate. J'ai également subi plusieurs interventions du bras, où j'avais de multiples fractures. Et je ne parle pas du nombre de coupures dues aux éclats de pare-brise. D'après les médecins, c'est un miracle que je n'aie qu'une petite trace au visage. En revanche, j'en ai une quinzaine sur le buste, de toutes les dimensions.

Z soutient longuement mon regard, sans baisser les yeux sur ma poitrine et mon ventre. Il veut me montrer que mes balafres n'ont pas d'importance pour lui. Or elles en ont pour moi et j'aimerais autant qu'on règle ce point au plus vite.

Enfin, il finit par les regarder, impassible, même lorsqu'il passe une main sur la plus longue, d'un rouge violacé, qui s'étire de mon sternum jusqu'en dessous de mon nombril. Les chirurgiens m'ont assuré qu'elle s'estomperait avec le temps, qu'elle deviendrait du même blanc que les autres. Mais pour l'instant, elle est toujours très voyante, très moche, et je déteste la voir. Je la hais d'autant plus qu'elle est la preuve que je suis en vie, alors que Rémi est mort.

— Je suis content que tu sois là.

Je hoche la tête et détourne le regard.

— Moi aussi.

C'est la vérité, même si j'ai parfois tendance à l'oublier.

Z glisse une main derrière mon cou pour m'attirer à lui. Puis il m'embrasse comme si j'étais la femme la plus désirable du monde. Nous nous embrassons pendant ce qui me semble des heures, jusqu'à ce que j'oublie tout excepté lui et ce que je ressens entre ses bras.

Lorsqu'il dégrafe enfin mon soutien-gorge, d'une main experte, je suis déjà pantelante et frémissante de désir. Soudain en proie à la panique, je me cache les seins. Personne ne m'a vue nue depuis Rémi. En faisant l'amour avec Z, je m'éloignerai irrévocablement de mon passé, de celle que j'étais autrefois et de celui que j'aimais. C'est plus difficile que je ne le croyais.

L'angoisse est d'autant plus cruelle que Z ne semble pas pressé. Je sens son sexe contre le mien, dur, chaud, encore plus gros que dans mon souvenir. Il doit être impatient. Néanmoins, il ne bouge pas, il ne tente pas d'ôter mes mains de ma poitrine. Il se contente de m'observer, les yeux assombris de désir, et de quelque chose d'autre que je ne parviens pas à définir.

Lentement, aussi lentement que dans un rêve, je découvre mes seins et pose les mains sur le torse de Z.

— T'es sûre d'être prête ? me demande-t-il en m'encadrant le visage de ses mains, son regard rivé au mien.

Je m'apprête à acquiescer mais ma voix se brise, si bien que je hoche simplement la tête, en priant pour que ce signe lui suffise.

Au bout d'un long moment de silence et d'immobilité, il glisse les doigts dans mes cheveux et enlève les barrettes que je mets pour les retenir quand je travaille. Une à une, il les jette au pied du lit, et mes boucles se répandent autour de mes épaules, dans mon dos et sur ma poitrine.

— Tu es belle, murmure-t-il en me caressant le buste avec une douceur et une tendresse dont je ne l'aurais jamais cru capable.

— Toi aussi, tu es beau. Tes tatouages sont la chose la plus sexy que j'aie jamais vue. J'avais envie de les lécher, la première fois que tu me les as montrés.

— C'est vrai ? Tu m'aurais surpris ! Tu n'avais vraiment pas l'air impressionnée, l'autre soir, au café.

— Comment étais-je censée réagir ? dis-je en embrassant les flammes qui lui dévorent les pectoraux et les épaules. Tu aurais voulu que je me mette à genoux devant toi ?

— On aurait gagné du temps, répond-il en se cambrant sous mes baisers. On aurait fait ça quelques jours plus tôt.

— Devant tout le monde ?

— On serait allés dans les vestiaires, plaisante-t-il, les pouces sur mes tétons.

Le souffle court, je presse mes seins contre ses paumes.

— Pas très classe, les vestiaires…

Il esquisse ce sourire enjôleur qui transforme mon sang en lave et réduit ma volonté en bouillie.

— Je fais ce que je peux.

— Ah, oui ? dis-je en frottant mon pelvis contre son sexe. Je pensais que tu pouvais faire mieux.

Nous sommes à présent tous deux couverts d'une fine pellicule de sueur. D'un bras, il m'enlace les épaules, de l'autre la taille, et il me fait de nouveau basculer. Cette fois, je suis sur le lit et lui se trouve sur le plancher, entre mes genoux.

Il défait le bouton de mon jean, puis la fermeture Éclair, tout en m'embrassant le ventre, jusqu'à la lisière de ma culotte.

— Soulève les fesses, dit-il avant de m'enlever mon pantalon.

Puis il s'assied sur ses talons et me regarde. Au début, ça ne me gêne pas, mais au bout d'un moment, je commence à redouter que les cicatrices le dérangent plus qu'il ne le prétend.

Je tente de me cacher sous une couverture mais il les arrache toutes du lit et les jette au sol.

— Pourquoi tu fais ça? demandé-je d'une voix légèrement tremblante. Je sors de presque un an d'abstinence. Je suis nerveuse, excitée… et déterminée à le faire, cette fois.

— Tu essaies sans cesse de me fuir. Ça ne me plaît pas.

Pour je ne sais quelle raison, j'ai l'impression qu'il ne parle pas seulement de couvertures. Mais quelle importance, puisque ce n'est qu'une aventure sans lendemain ? Et que Z est lui-même un maître du déguisement.

— Alors, cesse de me regarder. Ça me gêne.

Il sourit, et me couvre le ventre de baisers chauds et humides.

— J'aime te regarder, il faudra t'y habituer. Je ne suis pas près de me lasser de t'admirer.

Ces mots me glacent. Ce ne sont pas des paroles en l'air. Ce qui ne me dérangerait pas – à condition que je parvienne à traverser l'heure suivante sans essuyer l'humiliation de ma vie.

Si Z remarque ma soudaine immobilité, il n'en fait pas cas. Sa langue longe le bord de ma culotte, il me lèche le bas-ventre très lentement, jusqu'à ce que je me sente sur le point de perdre la raison.

Je m'agrippe à ses cheveux. Je suis en feu, mon corps réclame le sien avec une avidité que je n'ai jamais connue.

Ma vie sexuelle avec Rémi me donnait satisfaction. Il était un amant attentionné, il a toujours veillé à me procurer autant de plaisir qu'il en prenait. J'étais vierge quand je l'ai connu, je ne pouvais pas faire de comparaison, mais il me comblait totalement.

Avec Z, c'est différent. Je ne peux pas employer le terme de « satisfaction ». Avec Z, j'ai l'impression d'être au centre d'un ouragan. D'une violente tempête électrique. Extrêmement dangereuse, si je ne me méfie pas.

Je dois être prudente – je croyais m'être cuirassée, pour être honnête. Mais rien n'aurait pu me préparer à ce déferlement de sensations.

— Hé, dit-il en levant la tête, où étais-tu partie ?

— Je suis là.

Ses yeux sont devenus encore plus sombres.

— Non, tu n'es pas là.

Je m'attends à ce qu'il ajoute quelque chose, voire à ce qu'il s'en aille. Désespérée, je lui étreins les épaules. S'il me laisse, je serai incapable de faire une troisième tentative.

Mais je me trompe. Z n'a l'intention d'aller nulle part. Au lieu de suggérer que nous en restions là, il adopte la tactique inverse. Il retire ma culotte et enfouit son visage entre mes cuisses.

Je glisse au bas du lit au premier frôlement de langue sur mon clitoris, et quelques secondes plus tard, mes jambes sur ses épaules, je succombe à mon premier orgasme depuis onze terribles longs mois. Je me cramponne à Z, je le maintiens contre moi, tandis qu'il continue de me lécher avec grand art.

Lorsque je reprends enfin les rênes de mon cerveau et de mes membres, je me redresse en position assise dans l'idée de lui rendre la pareille. Mais d'une main sur mon ventre, il me force à me rallonger.

— Que...

Sonnée, repue, j'ai du mal à formuler une phrase cohérente. Il rit – un son délicieux, grave et chaleureux, qui me donne des frissons. Puis il replonge dans le creux de mon intimité et introduit sa langue en moi, une fois, deux fois, trois fois.

— Z...

Il entrelace ses doigts avec les miens. Un deuxième orgasme me secoue violemment.

Puis un troisième.

Mon corps ne m'appartient plus. Z en a pris possession, résolu à me faire du bien, comme il me l'a promis.

— S'il te plaît...

Ma voix n'est qu'un faible gémissement ; sa langue me pénètre de nouveau avec lascivité.

— Arrête, s'il te plaît, je veux…

Je m'interromps juste à temps, avant de l'effrayer en avouant à quel point j'ai besoin de lui. Mais Z ne me laisse pas m'esquiver. Il fait tomber mes dernières barrières, me dépouillant de tous mes moyens de défense, comme il m'a dépouillée de mes vêtements.

— Qu'est-ce qu'il y a, mon ange ? Que veux-tu ?

Je n'ai pas envie de répondre, pas envie de lui céder cette dernière petite part de moi. Mais lorsqu'il m'embrasse tendrement l'épaule et la poitrine, je sens qu'il attend beaucoup plus que le simple moment de bon temps dont nous étions convenus, et les mots m'échappent malgré moi.

— Je te veux toi…, chuchoté-je, cambrée contre lui tandis qu'il glisse deux doigts dans mon sexe et caresse mon point G. J'ai besoin de toi, Z.

— Je suis à toi, Ophelia, murmure-t-il contre ma poitrine, entre deux coups de langue autour de mon mamelon.

Pour la première fois, j'aimerais que ce soit vrai, que nous puissions rester là, à l'abri du monde, pour toujours. Ou tout du moins jusqu'à ce que nos corps soient repus de plaisir.

Or Z n'en a pas encore pris. Il m'a fait jouir trois fois et tout semble indiquer qu'il compte recommencer, mais je tiens d'abord à lui faire autant de bien qu'il m'en a déjà fait.

Alors je lui empoigne les cheveux, et le hisse vers moi, son visage au niveau du mien et ses hanches entre mes cuisses.

— Maintenant, dis-je, s'il te plaît, viens.

Il se redresse, s'écarte de moi.

— Non !

Je ne veux pas que ce soit déjà fini, qu'il m'abandonne de nouveau. Pas encore. Par pitié, pas encore.

— Chut... Je suis là, murmure-t-il en attrapant son blouson et en ouvrant une petite poche intérieure, d'où il retire un préservatif.

OK, je ne dois pas oublier qui il est. Un gars qui a des capotes dans son blouson de snowboard, certainement dans son pantalon, son portefeuille et sa voiture. Je ne dois pas me leurrer. Il me rend folle, il me donne un plaisir inouï, mais je ne suis qu'une parmi les autres.

Pas de problème. Il ne sera aussi qu'une aventure éphémère.

Sa bouche retrouve la mienne tandis qu'il me pénètre et j'essaie de me noyer dans le flot de sensations physiques. En vain, malheureusement. Z est peut-être un meilleur amant que Rémi, et je m'en veux de le penser, mais il ne tient pas à moi. Ça ne me faisait ni chaud ni froid, l'autre jour, quand je n'avais moi non plus aucun sentiment pour lui. Or maintenant...

ce n'est plus aussi simple. Car il n'est plus uniquement un frimeur tentant de gagner un pari. Il est celui qui m'a tirée d'embarras chaque fois que l'occasion s'est présentée à lui. Il est celui qui a réussi à vaincre mes défenses et il compte désormais pour moi plus qu'il ne devrait.

— Ophelia…

Sa voix me ramène à la réalité. Je soulève les paupières et découvre son visage tout près du mien, ses yeux voilés de désir, sa mâchoire crispée par l'effort qu'il fournit pour se maîtriser.

— Ça va, dis-je.

Il me mord la lèvre inférieure.

— Aïe! Pourquoi tu m'as fait ça? m'indigné-je en portant la main à ma bouche.

Il ne répond pas, mais ce n'est pas la peine, car je sens déjà la chaleur se répandre en moi. Sa morsure m'a ramenée au fond du précipice de plaisir au bord duquel je me tenais en équilibre quelques minutes plus tôt.

Z scrute mon regard et recommence à bouger, à aller et venir avec une infinie lenteur. Je sens chaque centimètre de son sexe me caresser et attiser mon désir.

C'est un peu effrayant. Comment a-t-il fait pour me conquérir aussi facilement, et aussi totalement? D'un côté, j'ai envie de déconnecter de nouveau, par pur instinct de conservation. Mais Z ne m'en laisse pas l'occasion. Il choisit ce moment pour me mordre le cou.

— Z…

Mes terminaisons nerveuses s'enflamment, je m'agrippe à ses épaules. En léchant l'endroit où il m'a mordue, il glisse une main entre nous et me caresse le clitoris.

Le quatrième orgasme me submerge, et cette fois, Z jouit avec moi.

Chapitre 15

Z

Cette fille sera ma mort. Ça paraît idiot de dire un truc pareil, ne serait-ce que de le penser, compte tenu de ce que je fais de ma vie, mais c'est la vérité. Ce à quoi des années de snowboard n'ont pas abouti, Ophelia y parviendra d'un simple regard. D'un sourire. D'une caresse.

Au-dehors, des rafales de vent sifflent entre les arbres et font vibrer les fenêtres. Ophelia dort, mais elle doit les entendre, car elle se blottit contre moi, ses fesses contre mon sexe.

J'ai envie de me glisser en elle, d'être la première chose qu'elle sentira lorsqu'elle se réveillera, la première chose que verront ses magnifiques yeux verts, d'un vert jungle quand elle jouit. Mais nous avons fait l'a…

Je refoule le mot avant qu'il se forme. Nous avons couché ensemble quatre fois. « Baiser » ne convient pas plus que « faire l'amour ». Elle doit être irritée et fatiguée. Je dois la respecter.

Une part de moi, toutefois, se contrefiche de ces considérations. La même part de moi qui ne supporte pas qu'elle pense à autre chose quand je lui donne du plaisir. Cette part de moi qui voudrait qu'elle ne sente que mes mains, mon corps, mon odeur, mon goût. Qu'elle comprenne que je ne la laisserai pas m'échapper. Pas tout de suite. Pas encore.

Le seul fait d'avoir de telles pensées me terrifie. Je ne sors pas avec les filles, je ne cherche jamais à les revoir. Je ne fais que les baiser, juste pour évacuer la pression, pour ressentir quelque chose, même si ça ne dure qu'une minute, et peu m'importe avec qui je suis. Or hier soir, il ne s'agissait pas seulement de rechercher des sensations. Pas pour moi, en tout cas. Hier soir, et ce matin, je suis en proie à des sentiments que je me suis toujours interdits.

Déterminé à prendre mes distances, ou tout du moins un peu de recul, je m'écarte doucement d'elle afin de quitter le lit. Dans son sommeil, elle se rapproche de moi.

Un sourire m'étire les lèvres. J'aimerais rester près d'elle jusqu'à ce qu'elle se réveille. Je la contemple, et mon regard se pose sur les ecchymoses qui lui marbrent les bras. Harvey lui a fait des bleus. Il le paiera.

Cette idée en tête, je dépose un léger baiser dans les cheveux d'Ophelia et je me lève. Je prends une douche rapide. Puis, paré seulement de mon boxer et de ce sourire qui semble attaché à mes lèvres, je suis les flèches jusqu'à la laverie, au rez-de-chaussée, en espérant qu'on ne m'ait pas piqué mes vêtements. Je me vois mal envoyer un SMS à Ash pour lui dire que j'ai perdu mes fringues. Il est déjà furieux que j'aie refusé de lui envoyer les images de la caméra, hier soir. Si je continue de l'énerver, il chargera Luc de trouver des représailles, du genre piment dans mon slip. Les blagues de Luc sont légendaires.

Heureusement, mes vêtements sont là, bien que quelqu'un les ait sortis du sèche-linge et jetés en tas sur le comptoir. Je m'habille en maudissant le froid. Je ne le crains pas, d'ordinaire, mais il faut dire que je n'avais jamais passé une nuit serré contre Ophelia. Je ne reste jamais avec les filles jusqu'au matin, à moins d'être à moitié dans le coma, comme avec Stacy. Le fait d'avoir dormi avec Ophelia me remue plus que je suis disposé à me l'avouer.

Je remonte dans sa chambre, en espérant qu'elle sera debout, et que je puisse lui demander de m'offrir un petit déjeuner et de me ramener chez moi. Or elle dort toujours à poings fermés. Un coup d'œil à son réveil m'indique qu'il ne sonnera pas avant deux heures. Soit elle ne travaille pas, aujourd'hui, soit elle commence tard.

Quoi qu'il en soit, j'ai des comptes à régler, et vu qu'il n'est pas question que je me remette au lit, autant m'en occuper tout de suite. Je ne tolère pas ce qui a failli arriver à Ophelia hier. Certes, elle avait l'air de savoir se défendre, mais Harvey est costaud. Qui sait ce dont il aurait été capable ?

À l'idée qu'Ophelia aurait pu se faire violer ou tabasser, une bouffée de rage m'envahit. Je sens presque le cou de ce bâtard entre mes mains. Les mecs qui violentent les femmes ne méritent pas de vivre.

En m'efforçant de me calmer, je me penche au-dessus d'Ophelia, lui embrasse la joue et lui murmure :

— Je reviens dans un petit moment.

Elle me repousse en grommelant et je ne peux pas m'empêcher de sourire. Apparemment, elle n'est pas du matin. *Bougonne, donc. Mignon.* Quoique ça ne devrait pas me surprendre. Ophelia ronchonne à n'importe quelle heure du jour, quand on l'embête.

J'envoie un SMS à Luc et Ash, puis je mets mon blouson et je m'en vais par le chemin où j'ai rencontré Ophelia et Harvey, hier, mais dans la direction opposée. En me dépêchant, je serai de retour avant qu'elle se réveille.

Je cours jusqu'au centre de la station. Il fait un temps idéal pour un jogging, clair et vif ; l'air est si pur qu'il me brûle les poumons. Luc et Ash sont néanmoins déjà sur le parking, adossés contre ma Range Rover, à commenter les performances d'autres snowboarders professionnels.

— Au moins, tu as l'air entier, me lance Luc en m'examinant d'un œil critique.

— Je t'ai dit que tout allait bien.

— On n'était pas sûrs de pouvoir te faire confiance. Pourquoi tu n'as pas voulu nous rejoindre, hier soir ?

— Tu deviens une vraie mère poule, Luc. Au lieu de t'inquiéter, tu ferais mieux de t'amuser. Il faudra que je te sorte.

Il m'adresse un doigt d'honneur, sans animosité.

— Et toi, tu ferais mieux de te remettre à baiser. Ça t'épargnerait peut-être de te jeter dans le vide.

Je pense à ma nuit avec Ophelia, dont je n'ai aucune intention de parler. Certaines choses ne regardent personne.

— Vous me filez mes clés ? dis-je en tendant la main.

— Tu nous files la caméra ? réplique Ash en tendant lui aussi la main.

— La voilà.

Je la sors du petit sac à dos emprunté à Ophelia.

— La vidéo est bonne ?

— Je n'en sais rien, je ne l'ai pas regardée.

Ils me dévisagent comme si j'avais perdu la tête.

— Tu rigoles ou quoi ? Tu n'avais pas envie de voir ce que tu as fait ?

— Je l'ai vécu, je m'en souviens très bien.

— Tu me désespères, soupire Luc. Tu le sais ?

— J'ai toujours été un cas désespérant.

Ash me fusille du regard mais il est trop occupé à visionner le film pour dire quoi que ce soit. Évidemment, j'avais complètement oublié que la caméra était en marche pendant ma petite discussion avec Cam, si bien que je suis obligé de la réécouter, en même temps que mes potes.

— Oh, punaise, grommelle Ash en appuyant sur « Pause » juste avant que je m'élance. Je retire tout ce que j'ai dit. Si elle m'avait parlé comme ça, je me serais sûrement jeté dans le vide, moi aussi.

Nous rions tous les trois, puis Ash fait repartir la vidéo. Les images prises d'une caméra sur la poitrine me paraissent toujours surréalistes, surtout quand elles sont de moi, mais Ash et Luc n'ont pas l'air impressionnés.

Ils y vont de leurs petits commentaires, sifflent d'admiration, et Luc pousse un juron en découvrant ma chute libre. Puis personne ne dit plus rien jusqu'à la fin de la séquence.

— Purée, t'es tombé sur combien de mètres ? demande Luc, tandis qu'Ash revient en arrière pour repasser la vidéo. Ça n'en finissait pas…

— Exactement l'impression que j'ai eue. Sur le coup, j'ai pensé : une soixantaine de mètres, mais une fois en bas, ça paraissait plus proche de soixante-dix ou soixante-quinze.

— Sérieux ?

— Ouais. C'est le seul moment où j'ai cru que j'allais mourir. La terre ferme me semblait tellement loin…

— Elle était carrément loin, renchérit Ash en secouant la tête, admiratif. Ce saut est digne de *The Art of Flight*, mec.

Il fait référence au documentaire culte sur des snowboarders qui repoussent les limites de l'extrême dans les coins les plus dangereux du monde.

— Pas faux, dis-je. Travis Rice est un petit joueur à côté de moi.

Je ris, car ce type est un rider hors pair alors que je ne suis qu'un minable. Un minable qui a eu une chance monstre, hier, mais un minable quand même.

— Parfaitement. Si ça se trouve, tu as battu un record. Sais-tu que la plus longue chute libre…

Luc et moi l'interrompons pour déclarer en stéréo :

— Cent sept mètres.

Ash est le Wikipédia vivant du snowboard ; il nous a répété cette info des millions de fois.

— Exactement. Et je parie que tu n'en étais pas loin.

— Ça m'étonnerait.

Il relance les images de mon saut et compte les secondes.

— Si tu tombais à une vitesse de…

— Arrête ta science, dis-je. Ce genre de détail ne m'intéresse pas.

— OK, OK, maugrée-t-il en faisant défiler le film en accéléré jusqu'à l'une de mes figures.

— C'est vraiment un triple…

— Ouais.

— Et un 1440…

— Ouais.

— Tu caches bien ton jeu, mec, marmonne Luc. On *ride* tout le temps ensemble et je ne t'ai jamais vu faire ça.

Je hausse les épaules.

— On ne s'entraîne pas toujours ensemble.

— Non, penses-tu… Juste tous les jours.

— Il a fait le 1440, l'autre jour, intervient Ash. Vous dormiez, toi et Cam. C'était totalement dingue.

— Tu m'étonnes… Mon pote, tu vas redéfinir les X Games. Personne ne t'arrivera à la cheville, cette année.

— Oublie les X Games, renchérit Ash. Il va nous rapporter une médaille olympique.

— Arrête, c'est toi qui vas faire les JO. Tout le monde mise sur toi. Et sur ce mec du Colorado.

— En tout cas, ni Luc ni moi n'avons jamais réussi un 1440 arrière.

— Tu parles, j'arrive tout juste à faire un 1080, confirme Luc. Franchement, Z, t'es trop fort !

— Cette vidéo va cartonner, affirme Ash. J'ai hâte qu'elle soit en ligne.

— À ce propos…

Il se doute de ce que je vais dire.

— Sûrement pas, m'interrompt-il. Même pas la peine de me demander de ne pas la poster.

— Je pensais, peut-être…

— Non ! Tu es trop modeste. Tu ne veux jamais que les gens voient de quoi tu es capable. D'habitude, je respecte ta volonté. Mais là, c'est énorme ! Et on est en période de sélection olympique. Il faut mettre cette vidéo sur le Net.

— Je t'ai déjà dit que les JO ne m'intéressent pas.

— Eh bien, nous si, rétorque Luc. Elle nous apportera des tonnes de visites sur le site et de vues sur YouTube. C'est comme ça qu'on attire l'attention du comité olympique.

— On attire son attention en se distinguant lors des épreuves de sélection.

— Pas seulement. Tu sais comme moi que le style compte autant que les performances.

— Luc a raison, approuve Ash. Ce que tu fais sur cette vidéo est trop génial pour qu'on le cache. Je la mettrai en ligne.

Je sens qu'il est inutile de discuter ; Ash est déterminé, il ne cédera pas. Et après tout, quelle importance ? J'ai mieux à faire ce matin que de perdre mon temps avec deux têtes de mule.

— OK, comme vous voudrez, dis-je. Mais ne faites pas trop de buzz, d'accord ?

— Tu sais bien que ce n'est pas notre genre, rétorque Luc.

Je lui adresse une grimace sceptique.

— Bon, il faut que j'y aille. Merci de m'avoir amené ma bagnole.

— La vidéo vaut largement le service, dit Ash en rangeant la caméra dans son pick-up, garé à côté de ma Range Rover. On se retrouve au half-pipe ?

— Plus tard. J'ai d'abord des trucs à faire.

— En rapport avec tes jointures écorchées ?

Je regarde mes mains. Bien qu'elles me fassent encore un peu mal, j'avais presque oublié mes blessures. Autrement, j'aurais mis des gants.

— Peut-être.

— Tu as besoin de renforts ?

Je pense à Ophelia au chaud dans son lit.

— Non, ça ira.

— Au fait, me lance Luc, au lieu de draguer les minettes des autres, tu ferais mieux de te concentrer sur Ophelia, si tu ne veux pas que je fasse les compètes du week-end avec ton Burton Landlord.

Merde, j'avais complètement zappé ce stupide pari. Ce serait l'occasion d'informer Luc que j'ai gagné, mais les mots refusent de franchir mes lèvres. Je ne sais pas comment ma relation avec Ophelia va évoluer. En tout cas, ce qui s'est passé entre nous n'avait rien à voir avec le pari, et tant pis si je dois me séparer de ma planche favorite. Ça ne me réjouit pas, mais ce n'est pas grave. J'étais sûr de ne jamais dire cela d'une fille, mais Ophelia est plus importante qu'un snowboard.

Je quitte finalement mes amis quelques minutes plus tard. Timing parfait car les restaurants viennent d'ouvrir. Je me dirige tout droit vers l'un des établissements servant le petit déjeuner et je traverse la salle jusqu'aux cuisines centrales qui approvisionnent les trois différents restaus d'altitude.

— Hé, Z, tu n'as rien à faire ici.

Une brune aux grands yeux et à la poitrine généreuse m'arrête en me saisissant le bras. Je me rappelle avoir passé un moment avec elle, il y a quelques mois, mais je n'ai plus la moindre idée de son prénom. Preuve que je suis aussi salaud que me le répètent Cam et Luc.

— Je veux juste parler deux secondes à quelqu'un, dis-je avec mon plus beau sourire.

Elle lève les yeux au ciel.

— Tu n'as pas à venir draguer dans les cuisines. Si tu perturbes le service, on va tous se faire engueuler. On est en plein rush des petits déjeuners.

Elle essaie de me pousser vers la sortie, mais je résiste et lui chuchote à l'oreille :

— Je ne perturberai rien, c'est promis.

— C'est ça, ouais, grommelle-t-elle, mais elle me laisse passer.

Je lui dépose une bise sur la joue et me faufile entre deux plans de travail en acier avant qu'elle se ravise. Inutile qu'elle cause un scandale. Ce serait dommage que je me fasse virer avant d'avoir accompli ce que je suis venu faire là.

Les cuisines sont immenses. Les serveurs, les apprentis et les cuistots s'activent en tous sens. Il ne me faut pas longtemps, toutefois, pour repérer celui que je cherche, dans un recoin à l'écart de l'agitation. Il me tourne le dos, mais comme il est plus grand et plus costaud que la moyenne, je le reconnaîtrais entre mille. Du reste, il se déplace comme un vieillard arthritique.

Je devrais me sentir coupable, mais je n'ai qu'un regret : je ne l'ai pas assez amoché, ou il ne tiendrait pas sur ses jambes et n'aurait pas la force de charger un lave-vaisselle.

Je m'approche par-derrière et lui pose une main sur l'épaule.

— Salut, Harvey, comment vas-tu ?

Il sursaute et tente de me repousser. Je resserre l'étau de mes doigts. Entre le comptoir et moi, il est coincé. À ma merci, aussi vulnérable qu'Ophelia avec lui.

— Laisse-moi tranquille, Z, je travaille, bredouille-t-il, paniqué.

— Je vois, dis-je posément. Ne t'inquiète pas, je ne te retarderai pas trop.

— Si tu me frappes, j'appelle la police.

Il s'empare d'une poêle et la brandit devant lui telle une arme.

— Oh, je t'en prie. Tu crois me faire peur ? C'est toi qui as tenté de violer une fille, hier. Je n'ai fait que la défendre.

— Je ne lui voulais pas de mal.

— Mais tu lui en as fait, connard. (J'empoigne son tee-shirt et l'attire tout près de moi.) Tu lui as fait des bleus qui mettront des semaines à disparaître. Je ne peux pas laisser passer ça.

— Je ne savais pas que vous sortiez ensemble, gémit-il. Elle avait l'air intéressée. Elle cherchait…

— Elle cherchait à t'échapper. J'étais à plus de cent mètres, mais je l'ai très bien vu.

— C'est pas vrai.

— Oh, si, confirmé-je en écrasant mon talon sur son pied chaussé d'une tennis en toile. Et tu veux savoir ce qu'il y a d'autre de vrai ?

— Non, répond-il en scrutant mon regard avec méfiance.

— Eh bien, je vais te le dire quand même.

Je jette un coup d'œil par-dessus mon épaule afin de m'assurer que je n'ai pas attiré l'attention. Non. Nous sommes au fond des cuisines, cachés par une demi-cloison et une haute étagère où s'empilent divers ustensiles. Tant que je ne fais pas de bruit, je peux infliger ce que je veux à cette ordure sans que personne ne s'en aperçoive.

La perspective est tentante, trop tentante. Je lui serre le col, Harvey devient écarlate. Je pourrais l'étrangler, personne ne se rendrait compte de rien. En tout cas pas avant que la vaisselle commence à s'accumuler.

— Je ne te le dirai qu'une fois, alors tu as intérêt à m'écouter, compris ?

Il hoche la tête frénétiquement. Je relâche un peu mon emprise.

— Ophelia est mon amie, une très bonne amie. Si tu me connais un tant soit peu, tu sais qu'on n'emmerde pas mes amis. Alors, voilà ce que tu vas faire…

Je le plaque contre moi. La peur lui dilate les pupilles, des auréoles de sueur se forment sous ses aisselles, mais il ne tente pas de lutter, bien qu'il pèse au moins vingt kilos de plus que moi. Il essaie seulement de dégager son tee-shirt d'entre mes doigts, en geignant comme la petite chienne qu'il est.

— Tu vas foutre la paix à Ophelia. Tu ne lui adresseras plus la parole. Tu ne la regarderas plus. Tu ne penseras plus à elle. Tu ne penseras même plus à penser à elle. Sinon, si jamais tu oses simplement prononcer son prénom, je reviendrai. Te faire la peau. Pigé ?

Il hoche la tête, et je le laisse un peu souffler. Il inspire de grosses bouffées d'air, et tremble si fort qu'il lâche la poêle qu'il avait prise pour se défendre. Elle tombe sur le sol avec un bruit sourd.

— Je veux t'entendre dire que tu as pigé.

— J'ai compris, Z, je te le jure. Je ne savais pas que c'était ta copine.

Un frisson de rage me parcourt.

— Peu importe que ce soit ma copine ou non, pauvre merde. On ne touche pas aux femmes qui n'en ont pas envie. Elles méritent mieux. Ophelia mérite certainement mieux que de se faire violer par un loser que la violence fait bander. T'as compris ?

Il ne dit rien. Je lui serre de nouveau le col.

— Il me faut une réponse, Harvey, ou je te traîne dehors pour te l'arracher. Est-ce que… tu as… compris ?

— J'ai compris, bafouille-t-il enfin, amer, plein de ressentiment, mais assez futé pour savoir que je ne plaisante pas.

Je le libère en le poussant brutalement. Il se cogne contre l'évier. De l'eau éclabousse les comptoirs, les étagères, le sol, son tablier. Une tache humide s'élargit au niveau de son pelvis, comme s'il avait pissé dans son froc.

Il se retient afin de ne pas basculer dans le bac, juste au moment où deux serveurs apparaissent avec des plateaux chargés de vaisselle.

— Hé, ça va ? s'inquiète l'un d'eux.

— Je ne sais pas, dis-je en regardant Harvey d'un air interrogateur. Ça va, Harvey ?

Il me jette un regard mauvais, et je me dis que je vais devoir lui donner un avertissement plus clair. Mais il finit par hocher la tête, en tirant sur le col de son tee-shirt, qui lui a laissé des marques rouges, dont je sais qu'elles vireront bientôt au bleu-noir, comme sur les bras d'Ophelia.

J'ai envie de lui coller mon poing dans la tronche. Ce fumier s'en sort trop bien.

— Ça va, lâche-t-il enfin, la voix rauque. Z venait prendre de mes nouvelles. Il a été témoin de ma chute, hier, ajoute-t-il en désignant les hématomes sur son visage et ses bras.

Il raconte donc qu'il est tombé, plutôt que d'expliquer qu'il s'est fait casser la gueule parce qu'il avait agressé la nouvelle serveuse.

Pauvre lâche.

Je décoche un sourire insolent aux deux serveurs, que ma présence semble mettre mal à l'aise. Puis de l'index et du majeur, j'adresse un « au revoir » à Harvey, une menace autant qu'une promesse.

— Je te reverrai, mon pote.

— Je ne crois pas, non, rétorque-t-il, narquois, beaucoup plus courageux maintenant que nous ne sommes plus seuls. T'es trop occupé à être gentil avec les femmes, à les baiser et les manipuler avant de les laisser tomber. Tu n'as pas le temps de te soucier de moi. Ni d'Ophelia. C'est bien comme ça que tu fonctionnes, non, Z ?

Pendant quelques secondes, je ne pense à rien d'autre qu'à me jeter sur lui et effacer ce sourire de sa sale gueule. Deux ou trois dents cassées lui serviraient de leçon. Mais un petit attroupement s'est formé autour de nous : trois serveuses et deux cuisiniers ont rejoint les deux autres garçons. Je ne veux pas donner à Harvey la satisfaction de me voir en prison pour avoir provoqué une bagarre dans les cuisines du chalet. Même si le jeu en vaudrait la chandelle.

Du reste, j'ai d'autres moyens de me faire entendre. Et, surtout, de protéger Ophelia.

Je m'avance vers lui, personne ne tente de me retenir. Je suis si près que je perçois l'odeur de sa panique. Il sait que je ne lui pardonnerai pas ce qu'il a tenté de faire à Ophelia.

— Si tu touches encore à elle, je te montrerai comment je fonctionne exactement. La prochaine fois, je te coupe la queue et je te la fais bouffer. Comme ça, plus aucune femme n'aura peur que tu essaies de la violer.

Je prononce cette dernière phrase suffisamment fort pour que tous dans la cuisine l'entendent. Puis, dans un chœur de chuchotements, je tourne les talons et je m'en vais.

Mission accomplie.

Chapitre 16

OPHELIA

J'OUVRE LES YEUX AU SON DES « BIP » STRIDENTS DE mon réveil. Pelotonnée sous les couvertures, j'attends quelques secondes, dans l'espoir que Z l'éteigne.

Comme la sonnerie continue de retentir, je la fais taire, je me redresse en position assise et j'écarte mes cheveux de mon visage. Z n'est pas là. Il est parti avant que je me réveille.

Le salaud.

Cela dit, je savais à qui j'avais affaire. Je ne lui ai rien demandé, il ne m'a rien promis ; je ne peux pas lui en vouloir.

Néanmoins… J'ai cru hier soir qu'il y aurait peut-être autre chose. *Pauvre idiote que je suis.* Z ne m'a même pas dit « au revoir ».

Je me rallonge. Puisque je ne travaille pas, aujourd'hui, je n'ai qu'à me rendormir. Seulement, mon esprit complètement éveillé tourne en boucle, à essayer d'intégrer cette nouvelle réalité.

J'ai couché avec un mec.

J'ai couché avec un autre que Rémi.

J'ai couché avec un mec. Non, pas un mec. Avec Z.

Ça me fait bizarre. Jusque-là, Rémi était le seul garçon que j'avais connu, mon petit copain de lycée et l'amour de ma vie. Je pouvais affirmer que nous avions une relation belle et pure, malgré ce que certains ont insinué après l'accident. Du reste, j'étais persuadée de ne jamais rencontrer personne d'autre.

Maintenant, je ne suis plus sûre de rien.

Le chagrin est toujours aussi écrasant, une douleur qui m'est devenue si familière qu'elle est presque comme une extension de moi-même, une nouvelle partie de mon corps. Mais en même temps, la tristesse n'est plus tout à fait la même. Plus de regrets, moins de souffrance. Comme un baume sur ces sentiments dévastateurs.

C'est vrai, peut-être, que le temps et le sexe guérissent tous les maux.

Cette pensée, bien que cynique, me remplit de culpabilité. Je la refoule au plus profond de moi-même, comme tout ce que je n'ai pas envie d'affronter. Puis je me lève, direction la salle de bains. Inutile de broyer du noir, ce serait dommage de gâcher une journée de repos.

Je prendrai peut-être le bus pour me balader en ville, ou aller au ciné. Il doit bien y avoir des trucs à faire ici pour les gens qui n'aiment pas la neige.

Avant de prendre ma douche, je branche mon téléphone à ma mini-enceinte et je sélectionne une playlist au hasard. *Radioactive* des Imagine Dragons me remonte le moral. Après tout, pourquoi me prendre la tête ? Je voulais coucher avec Z, pour que Rémi ne soit plus le seul ; je l'ai fait, c'était bien, je n'ai aucune raison de me lamenter.

À force de me le répéter, je finirai peut-être par m'en convaincre.

Refusant de me morfondre, je me concentre sur un soin exfoliant. Puis je me rase les jambes, bien que les poils n'aient pas repoussé. J'applique un masque sur mes boucles indomptables. Tout et n'importe quoi pour ne pas penser à ma nuit avec Z.

Les yeux fermés, la tête en arrière, je me rince les cheveux lorsque j'entends le rideau de la douche s'ouvrir. En hurlant, je m'empare de la seule arme à portée de main, un flacon d'après-shampoing, que je m'apprête à fracasser sur le crâne de l'intrus.

— Hé ! crie Z en se protégeant derrière ses bras. Pardon, je ne voulais pas te faire peur.

Le flacon me tombe des mains et s'écrase dans la baignoire avec un bruit sourd.

— Z ? Qu'est-ce que tu fais là.

— J'ai apporté le petit déjeuner.

— Ah… D'accord… Tu étais sorti acheter le petit déjeuner…

Je le regarde fixement, le temps d'assimiler ce retournement de situation totalement inattendu. Il semble perplexe, puis son sourire s'évanouit.

— Tu croyais que j'étais parti ?

— Tu étais parti, répliqué-je en fermant le robinet et en attrapant une serviette.

— Je t'ai dit que je revenais.

Il recule dans la chambre afin de me permettre de sortir de la baignoire. La salle de bains n'est pas plus grande qu'un timbre-poste. Impossible de s'y tenir à deux si l'un n'est pas dans la douche.

— Ah bon ? Je ne me rappelle pas.

Il hoche la tête, le visage fermé, en cherchant mon regard.

— Tu veux que je m'en aille ?

— Oh, non !

C'est un cri du cœur, tellement spontané que c'en est embarrassant, compte tenu de ce que j'étais juste en train de penser sous la douche.

— Je veux dire, c'est cool que tu aies apporté de quoi manger. J'ai une faim de loup.

Le sourire de Z est de retour, un vrai sourire, lumineux, qui fait apparaître de petits plis sur ses joues et autour de ses yeux, ce qui me ravit et à la fois me met à l'aise. Pour la première fois depuis que je l'ai rencontré – à part au lit, hier soir –, j'ai l'impression de voir le véritable Z, celui que seuls connaissent Luc, Ash et Cam.

— Bon, ben, ça tombe bien, dit-il. Habille-toi, je prépare le café.

Il m'embrasse sur le front avant de se diriger vers la kitchenette. Je le regarde s'éloigner, les yeux rivés sur ses fesses, en me demandant qui peut avoir une aussi belle silhouette dans un gros pantalon de ski. *Personne. Excepté Z Michaels.*

Si j'ai traîné sous la douche, je m'habille à toute vitesse. J'ignore combien de temps Z a l'intention de rester, sûrement pas très longtemps, et je veux profiter de chaque minute avec lui. Ce n'est pas judicieux, j'en suis consciente. Je ne dois placer aucun espoir en Z, si je ne veux pas être déçue.

Stupide, me dis-je en enfilant un legging et un grand pull vert. Je n'attends rien d'autre de lui qu'un petit déjeuner. N'empêche que ce serait sympa qu'on soit copains. Je n'ai pas d'amis, et il ne semble pas en avoir beaucoup…

Je ne sais pas. Il paraît si différent de l'image qu'il renvoie. Je serais curieuse de mieux le connaître.

Le temps que je me maquille et que je me sèche les cheveux, ce qui me prend une éternité, Z a dressé ma minuscule table : pains au chocolat, sandwichs au fromage, bacon et œuf, salade de fruits d'hiver frais.

— C'est copieux, dis-je, les yeux écarquillés.

— Je ne savais pas ce que tu aimais, alors j'ai pris des trucs différents. Quant à moi, je suis un ogre…

— Le snowboard donne de l'appétit, j'imagine.

— Ouais.

Je me sers une assiette de salade de fruits, accompagnée d'une viennoiserie, puis je prends une tasse de café et je m'installe sur le lit.

— Tu veux manger là ? s'étonne Z.

— Il n'y a rien de meilleur que le petit déj' au lit.

— Vraiment ? Merde. Je n'ai pas dû assurer, hier soir.

— Ce n'est pas élégant de forcer les compliments. Surtout que tu sais très bien que tu as assuré comme un dieu.

— C'est vrai ? Tu es sincère ?

Il se prépare une assiette énorme et s'assied à côté de moi.

— J'ai joui neuf fois, et tu m'as apporté du chocolat pour le petit déjeuner.

— C'est le chocolat qui fait la différence, c'est ça ?

— Je ne te mentirai pas, c'est un plus.

Il se penche vers moi, m'embrasse la joue et le creux de la gorge.

— OK, je m'en souviendrai. Et la prochaine fois, je te ferai jouir dix fois.

— Tu tiens des comptes ? dis-je en riant. Ce n'est pas très romantique.

Il me regarde en arquant un sourcil.

— Certains considéreraient dix orgasmes comme romantiques.

— Certains considèrent un orgasme comme romantique.

— Dans ce cas, je pars gagnant.

— Comme tu aimes, pas vrai ?

— Tout à fait, opine-t-il. Mais si tu veux, on peut viser onze, juste pour être sûrs.

Je fronce les sourcils.

— Comment se fait-il que j'aie le pressentiment que onze équivaut à vingt, dans ton code ?

— Tu es aussi perspicace que sexy, répond-il en me titillant le téton du pouce.

La chaleur m'envahit et, malgré moi, je me cambre sous la caresse.

— Tu me trouves sexy ?

— Qui force les compliments ? réplique-t-il en glissant une main entre mes cuisses pour me frotter le clitoris d'un geste circulaire.

Ce mec sait ce qu'il fait, et en moins de deux minutes, je tremble au bord de l'orgasme numéro dix.

— Je te trouve très sexy, murmure-t-il contre mes lèvres, entre deux longs baisers envoûtants. Et je trouve aussi que tu as assuré grave, hier soir.

Je lui mords la lèvre inférieure.

— Il faut croire.

— Tu ne manques pas d'ego, dit-il en riant.

— Si tu es encore là, c'est un signe, non ?

— Sûrement, acquiesce-t-il, soudain sérieux.

Je m'agenouille entre ses jambes.

—Au cas où je ne te l'aurais pas encore dit, je suis contente que tu sois là. (Je lui descends son pantalon au-dessous des genoux.) Et puisque tu es là…

Je lèche lentement son sexe dressé, puis je le prends dans ma bouche. Z ne parle plus, et moi non plus.

—Non, je ne veux pas.

—Allez, Ophelia, essaie.

Je croise les bras sur la poitrine, fuyant le regard de Z.

—Non, je n'ai pas envie. N'insiste pas.

—Allez…

Je pousse un soupir agacé.

—C'est pas parce qu'on a couché ensemble que tu dois me faire la morale.

—Non, concède-t-il, mais n'oublie pas que tu as failli te faire violer, hier. Ce n'est pas prudent de rentrer seule par la forêt, surtout la nuit.

—Je ne t'ai rien demandé.

—C'est bien ça, le problème, non ? rétorque-t-il en s'adossant contre sa Range Rover, jambes et bras croisés. Tu n'oses pas demander d'aide.

—J'en demande quand j'en ai besoin.

—T'en as besoin maintenant, décrète-t-il en me collant la clé de sa voiture dans la main. Installe-toi au volant, Ophelia.

—Non.

— Si c'est comme ça, on est là pour un moment.

— Tu es là pour un moment. Je vais prendre le bus.

Je fanfaronne, mais je ne bouge pas. Je suis comme pétrifiée. Au creux de ma paume, la clé est aussi brûlante que des braises.

— Je t'ai dit que je t'emmènerai en ville. Mais je veux d'abord te donner une leçon de conduite.

— Je sais conduire, sûrement mieux que toi, même.

Rémi a passé des mois, des années, à s'assurer que je sois capable de parer à toute éventualité. C'était la condition sine qua non pour qu'il me laisse piloter un dragster.

— Je me doute que tu sais conduire. Mais tu viens de La Nouvelle-Orléans. À quand remonte la dernière fois que tu as roulé sur de la neige ou du verglas ?

Je ne réponds pas.

— C'est bien ce que je pensais. Mais tu ne pourras pas faire l'autruche indéfiniment. Tu habites maintenant dans l'une des régions les plus froides du pays. Tu dois être capable de faire face aux conditions climatiques.

— J'y fais face.

— Non, tu les esquives. Mais tu vas prendre le taureau par les cornes, maintenant.

Je soutiens son regard, furieuse qu'il ait percé mon écran de fumée, et encore plus furieuse d'être poussée dans mes derniers retranchements. Qui aurait cru que Z, le fêtard invétéré, puisse être aussi tenace ? Si je ne cède pas, je sens que nous passerons la journée ici.

D'un côté, j'ai envie de lui tenir tête, quitte à me changer en statue de glace. De l'autre, toutefois, force m'est de reconnaître qu'il a raison. Je ne pourrai pas éviter de conduire toute ma vie. La neige et le verglas m'ont jusque-là fourni un prétexte, mais tôt ou tard, il faudra bien que je prenne le volant. Alors pourquoi pas maintenant ?

— OK, dis-je en montant dans la Range Rover, déterminée à en ressortir à la première remarque désagréable.

Z prend place du côté du passager, étonnamment zen, comme s'il sentait à quel point je suis crispée. Et peut-être qu'il le sent vraiment. Après tout, c'est le seul qui ait deviné que j'avais peur de conduire. Ni ma mère ni mes amis de La Nouvelle-Orléans ne s'en étaient rendu compte. Ce qui signifie que Z est plus attentif que je ne le pensais, qu'il a vu en moi plus que ce que je croyais révéler.

— Conduire sur la neige est quasiment pareil que conduire sous la pluie, m'explique-t-il une fois que nous avons bouclé nos ceintures. Quand il pleut, tu te méfies de l'aquaplaning. La neige provoque à peu près le même phénomène, c'est-à-dire une accumulation d'eau entre les pneus et la route. Pour ne pas perdre le contrôle, il faut garder une vitesse constante.

— Comment ça ?

Déjà, je ne suis pas sûre de comprendre.

— Mets-toi en seconde, plutôt qu'en automatique.

Il a déjà sorti la voiture de sa place de stationnement, afin que je n'aie pas à le faire en marche arrière.

— Et laisse le véhicule avancer tout doucement, poursuit-il. Ne touche ni l'accélérateur ni le frein.

Je m'exécute, et nous démarrons à deux à l'heure. Au bout d'un moment, je lui jette un coup d'œil.

— On n'ira pas loin, à ce rythme.

— T'en as déjà marre ?

— Non…

Je suis juste impatiente. Impatiente de commencer, impatiente d'en finir. Impatiente de reprendre les commandes de ma vie. Ou tout du moins, de cette petite facette de ma vie.

— Je comprends, dit-il en posant une main sur mon genou.

Incroyablement, il semble tout comprendre, alors qu'il y a quelques jours à peine, j'aurais juré qu'il ne comprenait rien à rien.

— Maintenant, tu peux passer la troisième, reprend-il alors que nous approchons de la sortie du parking. Mais ne prends pas tout de suite la route. Je préfère qu'on fasse d'abord deux ou trois tours ici.

Je lève les yeux au ciel.

— On dirait Rémi la première fois qu'il m'a laissée conduire sa voiture.

— Rémi ? C'est ton frère ?

Je déglutis, furieuse contre moi-même. Je ne parle jamais de Rémi. Jamais. Mais Z ne le sait pas. Il ne sait rien de moi à part ce qu'il a vu ici à Park City. Et si c'est mieux ainsi, en même temps, ce n'est pas équitable car moi, je sais plein de choses sur lui, entendues à droite et à gauche.

— C'était mon mec. On s'est connus quand j'avais quinze ans. C'est lui qui m'a appris à conduire.

— Il était plus vieux que toi ?

— De deux ans et quelques.

Z hoche la tête, et bien qu'il ne dise rien, je sens qu'il fait le parallèle entre Rémi et lui. Et il ne connaît pas encore la moitié de mon histoire.

Quant à moi, j'ai couché avec lui en toute connaissance de cause.

Je croyais qu'une petite aventure sexuelle m'aiderait à franchir une nouvelle étape du deuil. Or me voilà au volant de sa voiture, suffisamment confiante pour réapprendre à conduire avec lui... Pas plus tard que tout à l'heure, dans mon studio, on riait ensemble... J'ai comme l'impression d'avoir pour lui plus de sentiments que je ne suis prête à l'avouer, y compris à moi-même. Surtout à moi-même.

Cette prise de conscience me perturbe, d'autant plus quand on sait qui est Z. Ce qu'il fait. Le snowboard est aussi dangereux que le dragster, et Z n'est pas connu pour sa prudence. Personnellement, je ne l'ai jamais vu sur les pistes ni sur une rampe, mais si j'en crois ce qu'on raconte, il n'est pas du style à mesurer les risques.

Est-ce pathologique de n'être attirée que par ce genre de mecs ? Rémi semblait avoir toujours quelque chose à prouver et, souvent, il jouait avec le feu. Je ne connais pas Z aussi bien que Rémi, mais quelque chose me dit qu'il est de la même trempe.

À cette pensée, mes mains tremblent sur le volant.

— T'as froid ? s'inquiète Z en montant le chauffage.

— Un peu, merci.

Je lui souris, il me rend mon sourire – encore un vrai sourire, qui me gonfle le cœur.

— Qu'est-il arrivé à Rémi ? demande-t-il alors que j'achève mon premier tour de parking, à la fois plus facile et plus dur que je ne l'imaginais.

Je devine à sa voix qu'il croit savoir, mais qu'il a besoin de poser la question. Je réponds sans le regarder :

— Il est mort. Dans l'accident…

Je fais un geste en direction de mon ventre.

— Je suis désolé, Ophelia. Sincèrement.

Je sens qu'il l'est vraiment, autant pour Rémi que de m'avoir forcée à conduire.

— Ce n'est pas ta faute, je…

Je ne sais pas trop ce que je voulais dire mais toujours est-il que je ne le dis pas, car la voiture dérape et fait un tête-à-queue.

— Tourne le volant à droite, m'ordonne Z calmement. Un peu plus, un peu plus… Voilà.

Je m'efforce d'ignorer mon cœur qui bat à cent à l'heure. Il n'y avait pas de réel danger : nous roulions tout doucement et il n'y avait pas d'autre véhicule que j'aurais pu percuter. Néanmoins, j'ai eu une peur bleue. Comme le soir où Z m'a ramenée chez moi, quand nous avons glissé, j'ai eu la même vision que juste avant l'accident avec Rémi, qui nous a surpris dans un moment d'euphorie hystérique…

— Ophelia ! crie Z, m'arrachant à ma stupeur.

Instinctivement, je me tourne vers lui.

— Ça va, dis-je.

— Je sais, réplique-t-il. Je voulais juste que tu le saches, toi aussi.

Du Z tout craché et, à la fois, exactement les mots que j'avais besoin d'entendre.

Je ralentis, je tire le frein à main et je me penche vers lui pour l'embrasser. Une main contre ma joue, il me rend mon baiser en me mordillant la lèvre inférieure. Des étincelles jaillissent en moi, et je m'apprête à suggérer que nous abandonnions la leçon de conduite et que nous remontions dans ma chambre, mais Z s'écarte de moi.

— Allez, on refait un tour, dit-il. Quand tu arrives au fond du parking, lève le pied de l'accélérateur et tourne légèrement les roues vers l'intérieur. Si jamais tu glisses, tu auras plus de marge de manœuvre pour éviter le ravin.

— On n'est pas au bord d'un ravin, observé-je avec une petite moue, car j'ai vraiment envie de faire autre chose que conduire.

— Tu as très bien compris ce que je voulais dire.

C'est vrai, et même si je préférerais être n'importe où ailleurs que dans cette voiture, j'admire la détermination de Z. Grâce à lui, j'ai surmonté ma phobie. Alors je me concentre et je m'applique à suivre ses consignes.

Nous faisons encore trois fois le tour du parking avant qu'il estime que je suis prête à prendre la petite route en lacets qui monte jusqu'au chalet. Il n'y a pas beaucoup de circulation mais je suis tendue.

Avec beaucoup de patience, Z m'indique quand appuyer sur l'accélérateur, comment freiner, comment tourner. Il m'explique également comment réagir si jamais je glissais en roulant vite, et il me fait une démonstration, lui au volant, bien sûr, trop protecteur pour me mettre en danger.

Finalement, nous passons toute la journée ensemble. La leçon de conduite dure deux heures et se termine en ville. Nous déjeunons dans un fast-food puis nous allons au cinéma. En sortant, nous flânons dans les rues, nous dînons au restaurant et nous retournons voir un autre film. Après quoi, il m'offre une glace au même endroit que l'autre jour. Cette fois, je déguste mon cône normalement ; plus de raisons de tourmenter Z, maintenant qu'il sait ce que c'est que d'être dans ma bouche.

Nous restons là un bon moment, à bavarder de tout et de rien. Puis il me ramène chez moi. Comme il fait nuit noire, c'est lui qui conduit mais, pour la première fois, je me serais sentie capable de prendre le volant.

Z m'a rendu mon assurance, ce que je n'oublierai pas de sitôt. En vérité, je n'oublierai jamais rien de ces dernières vingt-quatre heures. Ce qui explique peut-être pourquoi, sur le pas de ma porte, je l'invite à entrer.

En revanche, rien n'explique pourquoi il accepte.

Chapitre 17

Z

— C'EST VIRAL, MEC ! EXULTE ASH EN ME REJOIGNANT à l'arrivée du tapis roulant. Plus d'un million de vues en moins de vingt-quatre heures ! Tout le monde parle de toi !

— Qu'est-ce qui est viral ?

Pour être honnête, je ne l'écoute qu'à moitié. Je pense à Ophelia, je me demande dans combien de temps elle termine sa journée au café. C'est dingue. D'habitude, quand je suis sur ma planche, l'adrénaline à fleur de peau, je ne vois pas le temps passer.

Or aujourd'hui, les secondes durent des heures. Je ne pense qu'à elle, à la serrer entre mes bras, l'embrasser, la pénétrer. J'ai couché avec tellement de filles, depuis l'âge de treize ans, que j'ai perdu le compte. Je n'en suis pas fier, mais je n'en ai pas honte non plus. C'est comme ça, c'est tout.

Le sexe est pour moi un moyen de déconnecter. Sauf qu'avec Ophelia, c'est différent. Je ne suis pas amoureux, loin de là, que le ciel m'en préserve, mais… je me sens bien. Comme habité par autre chose que le désastre de mon passé. De ma vie.

De l'une des poches zippées de mon blouson, je sors mon téléphone dans l'idée de lui envoyer un texto pour lui proposer qu'on dîne ensemble. J'ai à peine passé le doigt sur l'écran que mon portable se met à sonner. J'espère que c'est elle, mais non, si bien que je laisse l'appel basculer sur la messagerie.

Le problème, c'est que ma boîte vocale est pleine. Du reste, j'ai cent quatre-vingt-sept nouveaux SMS, d'autres riders, de trois de mes sponsors et de divers sites et magazines de snowboard.

— C'est quoi, ce délire ? demandé-je à Ash. Mon téléphone va exploser.

— C'est ce que j'essaie de te dire. La vidéo cartonne.

— Tu l'as déjà postée ?

Il me regarde comme si j'étais un débile mental, or le fait est que j'ai du mal à suivre.

— Évidemment ! Hier après-midi. J'ai coupé le début, et je l'ai mise sur YouTube et sur le site. C'est de la folie ! Tu devrais voir les commentaires… Tous les plus grands l'ont vue et ont laissé des messages. En plus, ils la font circuler ! Tout le monde est scotché par les figures que tu as réussies, sans parler du culot que tu as eu pour te lancer comme ça dans le vide. Tu es une légende, mon pote ! conclut-il en brandissant le poing.

Je le dévisage, sceptique.

— Je ne veux pas être une légende.

— Trop tard, intervient Luc en nous rejoignant et en m'assenant une claque dans le dos, son téléphone à la main. Ta vidéo est sur tous les sites de snowboard du monde. Je reçois des *pingbacks* toutes les deux secondes.

— Merde. C'est vrai ?

Il me colle son portable sous le nez et me montre les statistiques du site Web que nous partageons. Le nombre de visites, de commentaires et de rétroliens est tout bonnement hallucinant. Des centaines, des milliers, toutes les heures.

Putain de bordel de merde !

— C'est quoi, ce délire ?

Avant que l'un ou l'autre me réponde, mon téléphone recommence à sonner et deux « bip » m'annoncent deux nouveaux textos.

Au secours ! Qui aurait cru qu'une petite descente hors piste puisse susciter autant de buzz ? Si j'avais su, j'aurais fracassé la GoPro au lieu de la donner à Ash.

Extatique, il se frotte les mains.

— Il faut qu'on s'organise, mon pote, décrète-t-il. Appelle Mitch et vois avec lui comment on peut tirer parti de ça. Je te l'avais dit, on est bons pour les sélections, cette année.

— Et je te l'avais dit : j'en ai rien à foutre des sélections.

— On sait, on sait, soupire Cam en me donnant un coup de poing dans l'épaule. Mais tu ne voudrais pas faire semblant d'être normal, pour une fois ? Tu n'es pas obligé de sauter de joie, mais laisse-nous au moins être contents pour toi. C'est carrément génial !

C'est quelque chose. « Génial » n'est peut-être pas le mot que j'emploierais, mais c'est quelque chose.

Mon téléphone sonne de nouveau. Je jette un coup d'œil à l'écran. *Mitch, notre agent à tous les trois, Luc, Ash et moi.*

— Mitch est déjà au courant, dis-je en agitant mon portable.

— *Yes !* s'écrie Ash en levant le poing. Je propose qu'on rentre, et qu'on commence à réfléchir aux tactiques qui pourraient te rapporter des contrats et te donner une chance de décrocher une médaille d'or.

Je secoue la tête, mais renonce à protester. Ash s'éloigne déjà en courant, ses rêves d'avenir plus extravagants que jamais. Qu'il évacue son trop-plein d'enthousiasme. Ensuite, nous pourrons discuter de ce à quoi j'aspire et de ce que les autres veulent pour moi.

— Ouais, allons-y ! approuve Luc, aussi excité qu'Ash. On se retrouve chez Ash et moi. On commencera par appeler Mitch, voir ce qu'il suggère et après, on avisera.

— Je m'arrête d'abord au chalet, dis-je. Je veux voir Ophelia.

— Sérieux ? me lance Cam. Tu lui cours toujours après ? Je croyais que tu l'avais oubliée.

— Oubliée ? s'exclame Luc. Alors que son Burton est en jeu ? S'il ne veut pas perdre son snowboard légendaire, il faut qu'il se la fasse avant le début de la compète, vendredi.

Si j'étais sûr qu'il cesse de parler de ce pari débile, je lui donnerais ma planche fétiche sur-le-champ. Je ne voulais pas manquer de respect à Ophelia quand j'ai fait ce pari, mais maintenant que je suis avec elle – enfin, si l'on peut dire –, je me sens minable.

Naturellement, je pourrais annoncer à Luc que j'ai gagné, mais ça me paraît encore pire. Pour l'instant, je suis donc obligé d'encaisser ses provocations. Néanmoins, en franchissant les portes du chalet, je me promets qu'il le paiera.

La journée touche à sa fin, le café est bondé. Ophelia s'active derrière le comptoir aux côtés de trois autres personnes. Il y a une queue interminable.

— Ça ne pourrait pas attendre ? bougonne Ash. On n'a pas que ça à faire, merde…

— Allez-y, si vous voulez. Je vous rejoins plus tard, dis-je sans quitter des yeux la fille superbe avec qui j'ai passé les deux dernières nuits.

— Ouais, j'ai déjà entendu ça, riposte Ash. On ne te perd plus de vue.

Il se faufile à travers les gens, et trouve une table libre dans un coin.

— Je viens d'envoyer un texto à Mitch, annonce-t-il en s'installant sur la banquette, les jambes étendues hors du box, en mode caïd. Il est en réunion, il en a encore pour au moins deux heures. On a du temps à tuer. Je prendrai un grand Power O.

Cam prend place en face de lui.

— Moi aussi, déclare-t-elle.

— Même chose pour moi, ajoute Luc en s'asseyant à côté d'elle.

J'ai envie de leur dire que je ne suis pas leur larbin, mais qui serait dupe ? Je ne suis là que pour m'approcher du comptoir. En m'éloignant, j'entends Luc chuchoter :

— Vous croyez que ça se passera mieux que la dernière fois ?

— Tout est possible, répond Cam. Cette Ophelia n'a pas l'air facile, mais Z est Z.

Derrière mon dos, je leur adresse un doigt d'honneur, et je prends mon tour dans la file d'attente. Au bout de quelques minutes, mon téléphone me signale la réception d'un nouveau SMS.

Je n'ai pas envie de le consulter, mais comme je n'ai rien de mieux à faire, j'y jette un coup d'œil. Il se trouve qu'il provient d'Ophelia.

Pause dans 10 min. Je vous apporterai vos consos.
3 Power O et… Tu sais ce que tu veux ?

Elle fait allusion à la débâcle du « Je-veux-quelque-chose-de-doux » et je ris tout fort. Cette petite chérie a de l'humour.

Grand café noir. Finalement, je préfère un truc fort et amer.

J'envoie le texto mais je reste dans la queue car de là, j'ai tout le loisir de la contempler. Elle sert quelques clients avant de regarder son téléphone. Après avoir lu le message, elle se tourne vers moi et me tire la langue.

Je ne peux pas m'empêcher de rire, puis je tape un dernier SMS :

Promesses, promesses. Tu as intérêt à les tenir.

Je retourne à la table quand sa réponse me parvient :

Tout le plaisir sera pour moi !

Je manque de peu de rentrer dans une femme portant un plateau chargé de boissons. *Merde.* Moi qui ne suis jamais maladroit, au bout de deux jours avec Ophelia, je m'emmêle les pinceaux. Voilà qui n'augure rien de bon pour ma carrière de snowboard, mais je suis tellement heureux que je dirais que le jeu en vaut la chandelle.

À la table, mes imbéciles de potes me regardent avec des yeux ronds.

— Quoi ? Tu abandonnes déjà ? me lance Luc. En gros, c'est comme si tu me donnais ton snowboard.

— Calme ta joie, les verres arrivent.

— Laquelle des autres serveuses as-tu charmée ? marmonne Cam avec un regard noir.

— Attends, tu verras.

Elle se renfrogne, mais Luc et Ash se contentent de cette réponse et continuent de surveiller les statistiques du site Internet, en se demandant s'il ne faudrait pas changer la page d'accueil pour attirer encore plus de visiteurs.

Je les écoute à peine – la com ne m'a jamais intéressé. Toutes les deux minutes, je zieute vers le comptoir pour voir si Ophelia arrive. Enfin, après ce qui me semble une éternité, elle se dirige vers nous avec un plateau en équilibre sur un bras.

Tout sourires, je bondis de ma chaise.

— Attends, laisse-moi t'aider.

Elle fait mine de vouloir protester, mais elle me tend le plateau.

— Tu me rejoins sur le parking de derrière ? J'ai vingt minutes de pause.

— On peut faire beaucoup de choses en vingt minutes.

— C'est bien mon intention.

Elle se mord la lèvre inférieure, en me faisant les yeux doux par-dessous ses longs cils. Je manque de renverser le plateau.

Merde. Je suis en train de devenir un maladroit pathologique, envoûté par les hanches sexy d'Ophelia. Soudain, j'ai hâte de me retrouver seul avec elle dans un coin tranquille et de passer les vingt prochaines minutes à la faire jouir.

Je dépose les verres sur la table et je prends la main d'Ophelia. Mais maintenant qu'elle m'a mis l'eau à la bouche, elle commence à bavarder avec mes amis, ce qui ne me dérangerait pas, si ce n'est que les minutes filent et que je ne suis pas sûr de pouvoir attendre qu'elle ait fini sa journée de travail.

De leur côté, mes potes ont l'air surpris de sa familiarité.

— Je ne savais pas que vous aviez sympathisé, dit Luc en me coulant un regard suspicieux.

Je ne réponds pas. Ophelia se tourne vers moi. Je hausse les épaules, peu enclin à lui expliquer pourquoi je n'ai pas parlé d'elle à mes meilleurs copains. Puis tout d'un coup, elle semble comprendre.

— Tu ne leur as pas annoncé que tu avais gagné le pari ?

Merde. Je secoue la tête.

— Non.

— Tu aurais dû leur dire que tu as remporté une victoire spectaculaire, susurre-t-elle en battant des cils et je me retiens de l'embrasser devant tout le monde.

— Ce que nous faisons ensemble ne regarde personne.

Luc et Ash en restent bouche bée. Cam contemple avec attention le fond de son verre.

— Elle est au courant du pari ? demande Ash, incrédule.

— Tu as gagné et tu ne me l'avais pas dit ? s'écrie Luc. Ça s'est passé quand ?

— Je répète : ce ne sont pas vos oignons.

Ça ne m'a jamais gêné qu'ils me posent des questions sur les filles avec qui je couche, mais là, je n'aime pas le tour que la conversation est en train de prendre. Je n'aime pas qu'ils imaginent Ophelia en pleins ébats sexuels, encore moins qu'ils en parlent.

— Je ne suis pas d'accord, objecte Luc. Si je dois te donner mon Flow Darwin…

Ash lui décoche un coup de coude, il s'interrompt.

— Je ne veux pas de ton snowboard, dis-je.

Il pousse un soupir de soulagement.

— Je suis désolée, intervient Ophelia. Un pari est un pari. J'ose espérer que je vaux au moins un snowboard.

— Beaucoup plus que ça, j'en suis certain, lui assure Luc.

Je lui allonge une bourrade.

— Hé, ça veut dire quoi, ça ?

— Ne t'énerve pas, je faisais juste un compliment à Ophelia.

— Elle n'a pas besoin de tes compliments.

Ils me regardent tous les quatre comme si j'étais devenu fou. Peut-être. Personne ne m'avait jamais inspiré de tels sentiments : de la joie, des instincts protecteurs, du désir, et la crainte de tout gâcher, une fois de plus. Ce n'est pas une bonne association et je ne peux pas m'empêcher de me demander si je ne devrais pas lâcher l'affaire. Seulement, je ne suis pas prêt à ne plus revoir Ophelia.

— Tu te trompes, déclare-t-elle d'une voix hautaine. Les compliments me font toujours plaisir. (D'une main levée, elle m'intime le silence.) C'est un truc de filles. Tu ne peux pas comprendre.

— Tu pourrais m'expliquer dehors, dis-je en lui prenant la main et en l'attirant contre moi.

— Je pourrais, acquiesce-t-elle en entrelaçant ses doigts avec les miens.

Excellent. J'essaie de l'entraîner vers la sortie mais, sur la table, où je l'avais laissé, mon téléphone se met à vibrer, m'indiquant la réception d'un énième texto. Je l'ignore ; j'ai mieux à faire que me soucier de mes groupies. Mais Ash ne l'entend pas de cette oreille. Il déverrouille l'écran et affiche le message. Tandis qu'il le parcourt, son visage devient blême.

— Qu'est-ce qu'il y a ?

Je tente de lui arracher le portable.

— Mitch veut que tu fasses la couverture du *Sports Illustrated* de février.

Je me passe une main agacée dans les cheveux.

— Et c'est pour ça que tu fais cette tête ? J'ai cru qu'il s'était passé un truc grave.

— Ce sera l'édition des JO, Z ! Tu vas faire la une du numéro des Jeux d'hiver !

Avant que j'aie pu ouvrir la bouche, Ophelia se met à sauter de joie.

— Waouh ! C'est super !

Moins super que le quart d'heure que j'aurais pu passer en tête à tête avec elle. Je m'apprête à le lui dire, mais elle tend la main vers mon téléphone.

— Je peux voir ? demande-t-elle à Ash.

Il le lui donne de bon gré et, tout en lisant le message, elle doit s'apercevoir que j'en ai reçu des milliers, car elle se tourne vers moi.

— Ton téléphone a chauffé aujourd'hui, on dirait. Il s'est passé un truc ?

— Non, rien.

— « Rien » ? se récrie Luc. Tout, oui ! Regarde…

Il lance la vidéo sur son portable et le tend à Ophelia. Elle la regarde en silence, mais je vois que ses mains tremblent et qu'elle secoue nerveusement le genou. Les autres se sont regroupés autour d'elle pour voir le film une fois de plus, même Cam, bien qu'elle se tienne le plus loin possible d'Ophelia. Je ne pense pas qu'ils aient remarqué son malaise, mais moi, je ne peux prêter attention à rien d'autre.

— C'est toi ? interroge Ophelia lorsque la vidéo prend fin. Tu as fait ça ?

Elle est toute pâle et ses yeux ont viré au vert malachite.

— Ben, ouais, dis-je. Il n'y a pas de quoi fouetter un chat.

— Hein !? s'exclame Luc. C'était grandiose, mec ! Tu n'as même pas regardé où tu sautais. Il n'y avait pas de passage, rien, et tu as *ridé* à flanc de montagne !

Son ton est empli de fierté, mais j'ai envie de l'égorger. Je lui jette un regard lui intimant de la fermer, car il n'arrange pas la situation. Semblant comprendre, il se tait, mais le mal est déjà fait.

Ophelia me dévisage comme si j'avais perdu la tête. Ou comme si je lui avais brisé le cœur.

— Tu as sauté du haut d'une montagne ? Tu n'as même pas regardé si c'était possible de passer ? Tu t'es jeté dans le vide ?

À chaque syllabe, sa voix monte un peu plus dans les aigus. Je hausse les épaules. Totalement hors de mon élément, je n'ai pas la moindre idée de ce que je suis censé dire.

— Je ne peux pas… (Sa voix se brise et elle se détourne brusquement.) Je dois retourner travailler, lance-t-elle par-dessus son épaule, bien qu'il lui reste encore dix minutes de pause et qu'elle s'éloigne dans la mauvaise direction.

— Hé, Ophelia, attends ! On peut parler ?

Je tente de la rattraper mais elle marche à grandes foulées.

—Je ne peux pas, dit-elle, la gorge nouée. Pas pour le moment.

Elle applique son passe contre le capteur de la salle de pause et la porte se déverrouille.

—On se verra plus tard, ajoute-t-elle.

Je place mon pied dans l'embrasure, comme chez elle le premier soir. Je ne comprends pas pourquoi cette fille essaie sans cesse de dresser des barrières entre nous – pas plus que je ne comprends pour quelle raison je suis déterminé à les faire tomber.

—Attends une minute. Tu ne veux pas m'expliquer ce qui te met dans cet état ? C'est ridicule !

—Oh, non, chuchote-t-elle, afin que ses collègues n'entendent pas, mais déjà, ils tendent tous l'oreille. N'inverse pas les rôles, s'il te plaît, poursuit-elle. Tu sais très bien ce qui m'a contrariée.

—Je suis indemne, dis-je pour ma défense en écartant les bras et en tournant sur moi-même.

—Cette fois, réplique-t-elle. Mais la prochaine fois, ou celle d'après ? Un jour ou l'autre, tu feras une connerie, tu prendras un risque fatal et tu ne t'en relèveras pas. Tu te tueras et…

Submergé de rage, je frappe le mur au-dessus de sa tête, indifférent à la douleur qui irradie dans mes jointures déjà meurtries.

— OK, j'ai compris ! Ce n'est pas à moi que tu penses ! C'est à Rémi et à l'accident de bagnole !

— Non !

— Oh, si !

Je fais mine de cogner de nouveau le mur mais elle paraît si peinée, si désespérée, que j'enfonce la main dans ma poche.

— Ce n'est pas parce qu'il est mort que je vais mourir aussi.

— Ce n'est pas parce que tu te crois invincible que tu l'es, riposte-t-elle.

Je scrute son regard, mais elle s'est complètement refermée sur elle-même, ce qui me panique et m'énerve à la fois.

— Tu savais avant de coucher avec moi que je faisais du snowboard. Rien n'a changé.

Elle s'apprête à dire quelque chose, puis semble se raviser.

— Tu as peut-être raison, concède-t-elle. Rien n'a changé, effectivement, à part ma perception. Je savais que tu faisais des figures de dingue. Mais ce que j'ai vu sur cette vidéo… (elle secoue la tête) c'est encore autre chose. Je ne suis pas sûre de pouvoir le supporter.

— Il faudra, parce que je n'ai pas l'intention d'arrêter. C'est totalement impossible.

— Je sais, murmure-t-elle en posant une main contre ma joue. Je ne te demande pas d'arrêter. Je t'explique juste que je ne crois pas avoir les nerfs assez solides. Je tiens à préserver ma santé mentale. Laisse-moi, Z, s'il te plaît, ajoute-t-elle en se haussant sur la pointe des pieds pour me déposer un baiser sur les lèvres.

Cet après-midi se déroule si différemment de ce que j'avais prévu que j'en perds mes moyens.

— « Te laisser » ? Maintenant ? Mais nous n'avons pas fini de parler...

Tout du moins, je ne crois pas. Je n'ai jamais eu de discussion sérieuse avec une fille, mais il me semble que nous ne pouvons pas en rester là.

— Je t'appellerai, répond-elle.

Pour avoir moi-même prononcé ces mots des milliers de fois, je sais qu'ils ne veulent rien dire. Je suis sur le point de le faire remarquer, de supplier Ophelia de ne pas mettre un terme aussi brutal à notre relation à peine naissante. Mais il est déjà trop tard. Je le vois dans ses yeux, et la porte qu'elle referme entre nous me paraît irrévocablement condamnée.

Chapitre 18

OPHELIA

Fermer cette porte sur Z est l'une des choses les plus difficiles que j'aie jamais faites. Il me regardait comme si je l'avais totalement anéanti, en voulant me protéger.

Des larmes brûlantes roulent sur mes joues ; je les essuie. Je ne m'étais même pas aperçue que je pleurais. À croire que je suis moi aussi démolie.

C'est ridicule. Il n'y a même pas une semaine que je le connais. Comment ai-je pu m'amouracher de lui aussi vite ? Pourquoi me mettre dans cet état à cause de lui ? Ce n'est pas comme si je n'avais pas été prévenue. Par Cam. Par mon oncle. Par tout ce qu'on raconte sur lui.

Et ce n'est pas comme si je n'en étais pas déjà passée par là, avec Rémi. *Rémi.* Onze mois plus tard, son absence reste un énorme trou noir. Je pensais avoir retenu la leçon. Mais non, je reproduis la même erreur avec Z.

Z, dont je sens qu'il possède le potentiel d'être beaucoup plus qu'un vide émotionnel.

Z, qui face à l'adversité ne se mue pas en trou noir. Il se transforme en supernova et réduit tout en cendres autour de lui. Il n'y a qu'à voir l'étendue des dégâts sur moi…

Je jette un coup d'œil à ma montre. Ma pause touche à sa fin. J'ai juste le temps de me rincer le visage et il faudra que je retourne travailler. Je n'ai aucune envie de servir des cafés pendant encore trois heures, surtout que chaque fois que je ferme les yeux, je revois le sourire de Z me préparant le café deux matins de suite.

Comme c'était prévu, le reste de l'après-midi n'en finit pas, et quand je regagne ma voiture, je suis complètement à plat. Oui, j'ai conduit, ce matin. C'était dur, mais j'ai pris mon courage à deux mains, grâce à Z, qui non seulement m'a poussée à surmonter ma peur mais qui a également amené ma voiture chez le garagiste pour la faire équiper de pneus neige et de chaînes.

À cette pensée, mon cœur se déchire. Rémi aussi aurait tenu à ce que j'aie des pneus neige, il m'aurait tannée jusqu'à ce que j'en fasse monter, mais il m'aurait obligée à m'en occuper moi-même. Z l'a fait pour moi. Pas parce qu'il m'en croyait incapable, mais parce qu'il est comme ça. Il se soucie de moi quand je ne sais même pas que j'ai besoin qu'on se soucie de moi.

Personne n'a jamais eu de telles attentions pour moi. Si inconscient, si taré qu'il soit, Z pense à moi et me traite comme un objet précieux. Je n'en reviens pas. Et je regrette un peu d'avoir été aussi dure avec lui. Cette vidéo m'a tellement perturbée que je me suis peut-être comportée de façon irrationnelle.

Je ne sais pas… et pour l'instant, je n'ai pas envie de savoir. Je n'ai qu'une envie : rentrer chez moi, me mettre en pyjama et m'endormir devant la télé. J'avais imaginé ma soirée autrement, mais tant pis. Je ne vais pas me lamenter sur une relation qui, de toute manière, était probablement vouée à l'échec.

Seulement, une fois en pyjama dans mon studio, je ne tiens pas en place. Je ne cesse de penser à Z et à cette vidéo, de me demander si je n'ai pas eu une réaction exagérée. Si bien qu'au bout d'un moment, c'est plus fort que moi, j'allume mon ordinateur portable et je cherche la vidéo sur Google. Le Net explose sur mon écran.

Pas étonnant que Z ait attiré l'attention de *Sports Illustrated*, et de toute la planète. Le film n'est en ligne que depuis un jour et demi, et il a déjà été vu un demi-million de fois. Les commentaires sont délirants. Totalement délirants. Je savais que Z était doué ; si tout le monde le dit, ce n'est pas pour rien. Mais ce qu'il fait sur ces images est complètement démentiel.

Une rapide recherche m'indique que seuls un ou deux snowboarders savent faire ces figures, sur rampe. En freeride, il s'agit apparemment d'un exploit inédit.

Je l'ai peut-être bel et bien jugé trop sévèrement. Pareil talent nourrit la confiance en soi. Peut-être savait-il exactement ce qu'il faisait. Auquel cas, c'est un mordu d'adrénaline, mais pas une tête à claques.

Néanmoins, j'ai beau essayer de m'en convaincre, le cri de Cam au début de la vidéo me hante. Il signifie que ce saut n'avait pas été préparé. Z s'est jeté dans le vide sans réfléchir, sans prévenir. Ce qui est pire que d'être un junkie ou un idiot. Ce type de comportement révèle un total mépris de soi et des règles de sécurité les plus élémentaires. Je le sais, car Rémi était comme ça.

Après avoir visionné la vidéo une quinzaine de fois, ce qui ne fait que me terrifier, je regarde d'autres images de Z. Hors-piste, en compétition, sur le domaine de Park City. Il apparaît qu'on parle beaucoup de lui ; il est plus célèbre que je ne l'imaginais. Entre YouTube, les sites de snowboard et la page Web qu'il partage avec Luc et Ash, j'en apprends plus à son sujet que je ne voudrais. Et je constate que chaque fois qu'il a été filmé, il est avec une fille différente, ou trois, qui le regarde comme s'il avait décroché la lune.

Cela dit, s'il les fait toutes jouir dix fois dans la nuit, pas étonnant qu'elles le vénèrent comme un dieu vivant. Même s'il les laisse tomber comme de vieilles chaussettes le lendemain matin. Dieu sait qu'en deux soirs entre ses bras, j'ai moi-même été assez impressionnée.

Je regarde tous les films que je trouve : des extraits de compétition, des descentes enregistrées à la GoPro ou avec des téléphones. Et ce que je découvre m'épouvante. En snowboard, il existe deux Z très distincts : celui qui n'a peur de rien, en quête de sensations fortes ; et celui qui essaie de se punir.

Il me faut un certain temps pour m'en apercevoir mais la quatrième ou la cinquième fois que je vois cette expression sur son visage, je n'ai plus de doutes. Avant qu'il s'élance du haut de la rampe ou de la montagne, je devine ce qui va se passer. Et je ne me trompe pas.

Il commence par des figures ahurissantes, à des hauteurs vertigineuses. Les commentateurs s'excitent : cette fois, c'est la première marche du podium, il va rompre la malédiction, il est totalement concentré… Et tout d'un coup, la débâcle. Il loupe un virage ou il dévie de son axe ou il se réceptionne mal, et inévitablement, il finit par se blesser.

Tendinite de la coiffe des rotateurs. Commotion cérébrale. Fractures des côtes. Fracture de la mâchoire, il y a dix-huit mois. Des accidents fréquents chez les snowboarders, résultant d'erreurs courantes pour un rider lambda. Sauf que Z n'est pas un rider lambda. Il est au top de sa discipline. Il ne commet pas d'erreurs. En tout cas, il ne dévie certainement pas de son axe. Le problème, c'est qu'il donne rarement le meilleur de lui-même. La plupart du temps, le dégoût se lit dans ses yeux avant la performance, et la chute est prévisible.

À tel point qu'on le dit maudit. À cause d'une enfance difficile, des épreuves qu'il a traversées. Personne ne s'étend, mais tout le monde semble en savoir davantage. Sauf moi, bien sûr.

Alors je fouine sur le Net, dans l'espoir de découvrir ce qui lui vaut tant d'indulgence. Je veux dire, oui, Z est un garçon charmant quand il veut. Oui, il est intelligent, drôle, charismatique, et doté d'un physique très avantageux – très avantageux, ce qui suffit à des tas de gens, je le sais, pour excuser beaucoup de défauts.

Mais n'y a-t-il que cela ? Pourquoi gâche-t-il son talent ? Pourquoi cherche-t-il délibérément à se faire du mal ? Pour quelle raison lui pardonne-t-on des comportements absolument impardonnables ?

Forcément, il y en a une, sans doute grave, mais que j'ignore. Et dans ce cas, c'est à lui de me la révéler. Je lui en voudrais d'aller chercher sur Internet ce qui est arrivé à Rémi plutôt que de me poser la question. Je lui dois le même respect.

C'est pourquoi, même si je suis curieuse de savoir ce qui le hante, j'éteins mon ordinateur et j'essaie de penser à autre chose. N'importe quoi.

Plus facile à dire qu'à faire, si bien que lorsque je finis par m'endormir, deux heures plus tard, je sombre dans un cauchemar où le passé de Z ressemble horriblement à la vision que je me fais de l'enfer.

Chapitre 19

Z

Je ne mentirai pas : j'ai envie de me soûler jusqu'à m'écrouler. J'ai envie de monter une bouteille de Herradura dans la chambre de mes parents, où je dors depuis des années, depuis que j'ai « hérité » de la maison de mon père. Oh, ce n'est pas officiel, mais il sait comme moi qu'il n'y remettra jamais les pieds. Il m'a laissé tout seul à l'âge de seize ans, et quand il est venu pour la remise de mon diplôme d'études secondaires, il a dormi à l'hôtel.

Il m'a demandé si je voulais qu'il vende le chalet pour en acheter un autre, et j'ai failli dire « oui », car je ne suis pas sûr que ce soit sain pour moi de vivre là, pas plus que je ne suis sûr des raisons pour lesquelles je m'obstine à rester. Est-ce parce que je me sens plus proche d'elles, ici, et que je ne veux pas perdre ce lien ?

Ou pour m'imposer une pénitence ? Je ne sais pas, mais les jours comme aujourd'hui, cette baraque ressemble plus à un mausolée à dix millions de dollars qu'au foyer que ma mère s'est évertuée à construire.

Cela dit, je n'ai même pas envie de tequila. Ni d'un joint d'herbe du sachet que j'ai acheté sur le chemin du retour. En vérité, je n'ai envie de rien, à part d'être avec Ophelia, la seule chose impossible.

Alors je ne fais rien. Je reste assis dans le patio surplombant Park City et je regarde les lumières de la ville pendant des heures. Bien qu'il fasse moins de zéro, je ne sens pas le froid, égaré à mi-chemin entre le passé et le présent.

Je pourrais aller m'épuiser sur la rampe mais, peut-être pour la première fois de ma vie, je n'ai même pas le goût de *rider*. C'est à cause du snowboard qu'Ophelia a décidé aujourd'hui de ne pas nous laisser une chance.

En fait, tant mieux. Je n'ai pas besoin d'une femme pour me compliquer l'existence. Dieu sait qu'elle l'est déjà bien assez. Je ne connais Ophelia que depuis quelques jours et elle m'obsède déjà beaucoup trop. Qu'elle m'ait claqué cette porte au nez, au propre comme au figuré, me contrarie beaucoup trop. Je n'ose même pas imaginer ce que ce serait si je tombais vraiment amoureux et qu'elle me larguait au bout d'un mois, ou de six.

Non pas que j'aie eu l'intention de demeurer avec elle aussi longtemps. Je ne suis jamais sorti avec une fille plus d'une semaine. M'engager à plus long terme, même avec Ophelia, me paraît totalement surréaliste. Néanmoins, à contempler les lumières en contrebas, ces lumières qui me semblent incroyablement loin alors qu'elles ne le sont pas vraiment, j'aimerais qu'elle soit là avec moi. Même si je ne la mérite pas.

Minuit passe. Une heure du matin. Deux heures. Trois heures, et je suis toujours assis dans le noir. *Et merde !* me dis-je finalement. Si je reste là toute la nuit, je vais péter un câble. Il faut que je fasse quelque chose, n'importe quoi, pour me changer les idées. Même s'il n'y a rien que j'aie envie de faire.

Je descends au garage. Je pourrais sortir faire un tour en Range Rover ou en Harley, rouler au hasard à fond la caisse sur les routes fraîchement salées. Mais ça ne me dit rien non plus, si bien que je ferme ma veste, j'attrape une paire de gants et une écharpe, et je pars à pied, sur le chemin de montagne le plus abrupt que je puisse trouver.

Le ciel est d'un noir d'encre. Les lumières du chalet ne tardent pas à disparaître derrière moi et je marche dans l'obscurité totale, sans rien d'autre pour me guider que les étoiles et ma connaissance du terrain. Ce qui ne me pose pas de problèmes. J'ai emprunté ce sentier des centaines, des milliers de fois, y compris la nuit.

Une fois de plus ne me tuera pas. *Dommage.* Je me gèle mais je suis encore loin de l'hypothermie.

Les rafales sont féroces et j'ai presque l'impression d'être tout nu. En équipement de snow, je suis protégé du vent, mais mon jean et cette veste ne le coupent pas. Je devrais faire demi-tour mais si je rentre, je sens que je vais faire une connerie. Une pulsion destructrice bouillonne en moi.

Or je ne veux pas faire n'importe quoi devant Luc, Cam ou Ash, qui dorment dans le salon après notre réunion tardive avec Mitch. Je ne voulais pas y participer mais on m'y a pour ainsi dire forcé. Mitch et Ash débordent de projets pour moi, dont aucun ne m'intéresse. Si je ne les ai pas refusés, c'est uniquement parce qu'ils pourraient nous apporter de nouveaux sponsors, de gros sponsors. Il n'y a que moi dans la bande qui ne vive pas que du sponsoring. Je suis le seul à bénéficier d'une énorme fortune familiale – *merci, l'industrie de la technologie* – et de capitaux d'assurance-vie – *merci, maman, et merci, papa, de ne pas vouloir t'occuper de moi*. Comme nous avons toujours fonctionné en équipe, de gros contrats pour moi impliquent de gros contrats pour les autres. Du coup, il m'est quasiment impossible de dire ce que j'aurais envie de dire : pas seulement « non », mais « allez vous faire foutre ».

Décemment, je ne peux pas faire ça à mes amis, alors qu'ils s'imaginent que le bout du tunnel approche, que je commence à aller mieux. Je sais qu'ils attendent avec impatience que cette semaine se termine, cette semaine atroce où je craque complètement, chaque année. Quand elle sera passée, ils espèrent que tout rentrera dans l'ordre.

Chaque année, je m'efforce de leur faire plaisir, de redevenir à peu près « normal », parce que c'est plus facile de leur cacher à quel point je suis dévasté.

Mais ces jours-ci, j'ai envie de leur montrer que leurs pires craintes peuvent se réaliser. Ce serait encore plus simple. Car la vérité, c'est que je ne vais pas mieux du tout. J'ai juste appris à dissimuler mon mal-être. Enfin, j'en avais l'impression. C'est drôle, alors qu'Ophelia ne me connaît que depuis une semaine, elle semble voir en moi plus clairement que mes amis les plus proches. Elle décrypte le rôle que j'ai mis des années à peaufiner.

Cette pensée me serre la gorge et je m'efforce de la chasser. Ou tout au moins de l'ignorer.

Le chemin se rétrécit mais je continue de grimper, par un sentier où seul un chamois pourrait se faufiler. Mes chaussures glissent, je ne cesse de déraper, je me cogne l'épaule contre un arbre, le genou contre un rocher. Mais la douleur ne m'a jamais arrêté, au contraire, et j'avance sans relâche.

Sur un petit replat, je fais une pause pour reprendre mon souffle. Une bourrasque secoue les sapins, faisant plier les plus frêles. Je rentre la tête dans les épaules, je m'arrime au sol, je m'arc-boute mais elle me déséquilibre.

Je lutte pour rester debout, car je déteste me casser la gueule à cause d'autre chose que ma connerie. Puis je poursuis mon ascension.

Je ne sais pas où je vais. Je ne sais pas où je suis ni même d'où je viens. Je sais seulement que je ne veux pas être celui que je suis, que je ne me supporterai pas une seconde de plus.

Je m'écarte du passage que je connais : trop facile, il me laisse trop de marge pour cogiter. La paroi est presque verticale mais j'entreprends de l'escalader. C'est idiot, il n'y a que peu de prises et elles sont couvertes de neige ou de glace, mais qu'à cela ne tienne.

J'évite plusieurs chutes de justesse, me retrouve accroché à la roche par le bout des doigts et par la force de ma volonté. L'espace d'une seconde, j'envisage sérieusement de rebrousser chemin, mais au point où j'en suis, il me semble plus facile et plus sûr de continuer à monter plutôt que d'essayer de redescendre.

C'est donc ce que je fais, un pas périlleux après l'autre. Je grimpe sans discontinuer.

Je ne suis plus qu'à quelques mètres du sommet, en équilibre précaire sur une étroite arête, quand survient le drame. Sur la pointe des pieds, je me hisse du bras gauche tout en cherchant une prise pour ma main droite, lorsque le morceau de glace où je m'agrippais se détache. Je dégringole mais, je ne sais pas comment, je réussis à me rattraper de la main droite.

J'ai glissé sur plusieurs mètres et j'ai beau tâtonner, je ne trouve pas d'appui où poser les pieds, il n'y a qu'un mur de glace lisse sur lequel mes semelles patinent.

Autrement dit, j'ai les jambes dans le vide.

Autrement dit, je suis suspendu à dix mètres au-dessus d'un ressaut rocailleux, les doigts gelés cramponnés à la roche enneigée.

Pour autant, je n'ai pas peur.

Mais le corps humain a l'instinct de conservation. Mon cœur cogne comme un batteur de hard-rock, l'adrénaline inonde mes veines. Le réflexe combat-fuite se met en branle, sauf que je n'ai personne à combattre et nulle part où fuir. Désespérément, je cherche une autre prise pour ma main gauche et, tout à coup, il me vient à l'esprit que ce serait plus facile de ne pas en trouver. Plus facile d'abandonner la lutte.

Je suis fatigué. J'en ai marre de me battre. *Pourquoi ne pas m'arrêter là, maintenant ?*

Je me suis dit des millions de fois que si je pouvais me rouler en boule et mourir, je le ferais. Je me suis collé le flingue de mon père sur la tempe, j'ai descendu à fond la caisse les pentes les plus dangereuses, j'ai roulé compteur bloqué sur des routes désertes et verglacées, en voiture ou en moto. J'ai passé des années à jouer à la roulette russe avec ma vie, à faire les pires conneries imaginables, dans l'idée de me supprimer sans vraiment me suicider. Histoire de ne pas quitter ce monde en égoïste.

Mon heure est peut-être venue. *La situation sans issue.*

Facile, parfaite. D'autant plus parfaite que je n'ai aucun effort à fournir. Qu'à laisser la gravité faire son boulot. Personne ne saura rien. À part moi, et je ne risquerai pas de le dire.

Mes mains glissent un peu plus, je ne fais rien pour me retenir. Je prends une profonde inspiration, je ferme les yeux et m'exhorte à lâcher prise.

Mais le visage d'Ophelia surgit derrière mes paupières et mes doigts refusent de bouger. Je ne parviens pas à les maîtriser. Ils résistent à ma volonté. Le suicide est un acte lâche et je suis tout sauf lâche. Je suis un minable, un loser, un inconscient qui n'en a rien à foutre des autres ni de lui-même, mais je ne suis pas un lâche.

Du reste, me tuer serait trop facile et je ne mérite pas une fin facile. Car April n'a pas eu cette option.

Une image d'elle danse devant mes yeux, mon adorable petite sœur en robe rose et chaussures de claquettes, si réelle que je jurerais pouvoir la toucher. Mais ce n'est qu'un mirage, qu'un espoir qui ne se réalisera jamais, et je le refoule au plus profond de moi-même, où la plaie continuera de suppurer.

J'ai des crampes dans les doigts. Dans une minute, deux au maximum, le choix ne m'appartiendra plus.

Merde! De la main gauche, je palpe le roc. Et finalement, je trouve une petite saillie à une cinquantaine de centimètres au-dessus de ma tête. Elle n'est pas très prononcée mais son relief est tel que je devrais pouvoir m'y appuyer d'au moins trois doigts. C'est ce que je fais, en remontant les genoux pour essayer de poser mes pieds quelque part.

Je parviens à caler à peu près le droit et, à la force des bras, je me hisse aussi haut que possible, jusqu'à dénicher une prise pour ma main gauche, qui me permet de progresser tout doucement, pied, main, pied, main.

Petit à petit, j'arrive enfin en haut de la falaise, où je m'écroule dans la neige. Je tourne la tête, j'aspire de grandes bouffées d'air, l'adrénaline reflue peu à peu. Puis je roule sur moi-même et je regarde le ciel.

Un douloureux éclat de rire m'échappe, de soulagement, d'épuisement, d'hystérie, qui se mue en fou rire irrépressible.

Je ne sais pas combien de temps je reste étendu là à me tordre de rire.

Assez longtemps pour que le froid et l'humidité traversent mon jean et pénètrent mes os.

Assez longtemps pour que les étoiles s'éteignent une à une pour faire place aux lueurs de l'aurore.

Assez longtemps pour qu'Ophelia revienne s'immiscer dans ma conscience. Une image d'elle se forme dans mon esprit, un gobelet de café vide à la main, ses yeux verts pétillants de triomphe.

Que fait-elle en ce moment ? À quoi pense-t-elle ?

Il est à peine quatre heures et demie du matin. Elle dort, au chaud dans son lit. Je l'imagine en nuisette sexy, pelotonnée sous les couvertures. Ou allongée en travers du lit, jambes écartées, sa chemise de nuit relevée sur ses cuisses, si bien que je vois… tout.

Ses cheveux blonds épars sur l'oreiller.

Sa peau laiteuse rosie par l'excitation.

Ses seins parfaits tendus sous la dentelle, son pu…

En un instant, je bande dur comme fer, et mes mains tremblent de désir.

Que m'arrive-t-il ?

Je suis à moitié congelé, je viens de me sortir *in extremis* de l'une des situations les plus dangereuses de mon existence, et j'ai tellement envie de cette fille que je peux à peine respirer. J'ai couché avec elle et pourtant, je ne suis pas satisfait. Il y en a des dizaines d'autres qui n'attendent qu'un sourire de ma part. Qu'a donc Ophelia qui me rende dingue à ce point ?

Correction : qui m'excite à ce point. Être dingue d'une fille est une tout autre histoire que je ne veux pas connaître. Pas quand c'est si facile pour elle de me chasser de sa vie.

Dans le lointain, un loup pousse un long hurlement, triste, solitaire, qui me glace le sang. Je me redresse en position assise, puis je me relève et me mets en marche, grelottant.

Le jour se lève, je vois à présent où je suis : sur le domaine du *Lost Canyon*, à guère plus d'un kilomètre de la première remontée mécanique et des logements des employés.

Je me demande si Ophelia est endormie ou réveillée.

Une fois cette idée en tête, impossible de m'en débarrasser. Et bien que je bifurque délibérément dans l'autre direction, je reviens malgré moi vers le chalet par un autre côté, comme si j'avais une corde autour de la taille et qu'Ophelia me tirait à elle.

Je tente de lutter, de prendre un autre chemin, mais je finis par me retrouver dans le couloir devant sa porte – quelqu'un a dû laisser l'entrée de l'immeuble ouverte pour un rendez-vous clandestin qui n'est jamais venu.

Je m'ordonne de repartir mais je reste planté là à hésiter : frapper ou m'en aller, m'en aller ou frapper ?

Au bout de je ne sais combien de temps, j'opte finalement pour la sagesse : je tourne les talons et je m'en vais.

Chapitre 20

OPHELIA

Il est un peu plus de quatre heures et demie du matin quand je termine de plier mes vêtements et que je remonte de la buanderie. C'est l'heure idéale pour faire une lessive : tout le monde dort, toutes les machines sont libres. Mais la journée va être longue. Je n'ai dormi que deux heures ; le rush de l'après-midi sera pénible, au café.

Je suis dans l'escalier, entre le deuxième et le troisième étage, mon panier de linge dans les bras, lorsque je me heurte à un mur de… quelque chose. Une image de Harvey surgit dans mon esprit, mais je n'ai pas le temps de paniquer que deux mains fortes et froides me retiennent. Bien que je ne voie pas de qui il s'agit, je sens à leur contact que ça ne peut être que Z.

— Hé, Ophelia, ça va ?

Il me prend le panier et je me retrouve face à son regard bleu nuit.

— Oui, oui, très bien.

C'est la vérité, même si mon cœur bat comme un métronome endiablé. À croire que je perds les rênes de mon corps, à proximité de Z.

— T'es sûre ? Je ne t'ai pas fait mal ?

Le panier sous un bras, il m'enlace la taille et nous gravissons la dernière volée de marches.

— Non, non, pas du tout.

Il est venu. Il est venu. Je n'arrive pas à y croire. Je n'arrive pas à croire qu'il est là. Alors que je ne voulais plus le revoir et que je le lui avais clairement fait comprendre.

Il est venu. Il est venu. Il est venu. Dans le couloir, les mots résonnent en moi tel un joyeux mantra.

Devant ma chambre, je cherche gauchement ma clé dans les poches de mon jogging, puis j'ouvre la porte. Z me rend le panier et recule de quelques pas, comme s'il avait hâte de partir.

Et tout à coup, il me vient à l'esprit qu'il n'est peut-être pas là pour moi. Il était peut-être chez une autre fille et je me suis trouvée dans l'escalier au mauvais moment.

Cette éventualité me rend malade, je lutte contre les larmes. Mais j'ai assez pleuré pour ce mec. J'ai pleuré plus pour lui en une semaine que pour Rémi au cours des onze derniers mois. Ce n'est pas normal, il est grand temps que je me ressaisisse. Grand temps que je cesse de me torturer à cause de Z et que je commence à m'inquiéter de moi.

Toutefois, maintenant que je le regarde, que je le regarde vraiment, il n'a pas l'air de sortir d'un lit. Il est trempé et il tremble de tous ses membres, à tel point que je l'entends presque claquer des dents.

— Que t'est-il arrivé ?

Je pose le panier de linge dans l'entrée du studio et je prends Z par la main afin de l'entraîner à l'intérieur. Il est glacé.

— Rien.

— Rien ? Et c'est pour ça que tu es à deux doigts de l'hypothermie ?

Je monte le chauffage à 26 °C, puis je reviens vers Z et lui enlève sa veste.

— Déshabille-toi. Tes vêtements sont tout mouillés.

Il me sourit tandis que je lui ôte son tee-shirt, un peu moins humide que son jean et sa veste, mais il ne peut pas le garder.

— J'ai l'impression de passer la moitié de mon temps à te déshabiller, dis-je en jetant le tee-shirt sur une chaise avant de m'attaquer à la boucle de sa ceinture.

Il essaie de la dégrafer lui-même mais ses doigts sont trop engourdis.

— Si tu veux me montrer ton corps, il suffit de demander. Ce n'est pas la peine de t'infliger des sévices.

Il me décoche ce même sourire provocant que la première fois où il m'a adressé la parole, mais cette fois, je le prends beaucoup mieux.

—Ce serait moins drôle, rétorque-t-il en claquant des dents.

—Ce n'était pas drôle hier et avant-hier soir ?

Il retire son jean, avec mon aide, et me plaque contre lui.

—Oh, si, répond-il. Tu veux qu'on recommence ?

—Ce que je veux, c'est que tu prennes une douche chaude, dis-je en le poussant vers la salle de bains. Réchauffe-toi et on discutera.

—Je me réchaufferai plus vite si tu viens avec moi sous la douche.

—Peut-être, mais il faut que je descende sécher tes vêtements, encore une fois.

—Je t'ai déjà vue toute nue, tu sais.

—Certes, mais je n'ai pas décidé si je voulais ou non que ça se reproduise.

—Viens près de moi, susurre-t-il avec un regard ensorceleur, dont ses claquements de dents n'atténuent en rien le pouvoir. Je parie que je saurai te convaincre.

Je n'en doute pas une seconde ; c'est pourquoi je me tiens à l'autre bout de l'appartement. Je prends un drap de bain dans le panier à linge et le lui jette. Grelottant, il le presse contre son torse. *Pauvre chou.*

—Allez, va te doucher. On parlera après.

Pendant qu'il prend une douche brûlante, je descends sécher ses vêtements, pour la seconde fois de la semaine. Puis je remonte en réfléchissant à ce que je pourrais lui donner à manger. Après une telle exposition au froid, il a besoin de calories. Malheureusement, je n'ai pas grand-chose dans mes placards, et surtout que des trucs de filles : quelques pommes, une demi-boîte de céréales, du beurre de cacahouète. Rien qui ne convienne, je le crains, à un sportif de vingt et un ans.

J'ai tout de même des restes de mon dîner de la veille, chinois, que je répartis entre deux assiettes et que je réchauffe au micro-ondes.

Sorti de la douche, Z est allongé sur mon lit, vêtu seulement de mon peignoir rose fluo, acheté en solde l'an dernier. Je ne sais quelle conclusion tirer du fait qu'il lui aille mieux qu'à moi.

En me voyant, il s'installe en position assise, mais reste sur le matelas. Je ne saurais dire s'il veut me laisser de l'espace – et c'est le plus loin qu'il puisse se tenir de moi – ou au contraire s'il cherche sournoisement à me rappeler tout ce que nous avons fait dans ce lit.

Auquel cas, le but est atteint. Peignoir rose ou non, je ne vois que Z agenouillé entre mes cuisses, me surveillant d'un regard incandescent tout en me conduisant vers le septième ciel. Ce souvenir me fait monter le rouge aux joues, ce qui ne lui échappe pas, car il bombe le torse et une lueur éloquente s'allume dans ses yeux.

Du reste, comme chaque fois que nous sommes côte à côte, les vibrations sont presque palpables, et ce matin tout particulièrement. Z m'attire comme un aimant et je dois me faire violence pour ne pas le rejoindre sur le lit.

Ce qui s'est passé hier n'est pas résolu, et je ne suis pas sûre de pouvoir le résoudre, si bien qu'en attendant, je préfère demeurer à l'autre extrémité de la pièce.

— Viens, me dit Z en me tendant la main.

Irrésistible Z, si beau, si sexy.

Bien que mon cerveau n'en ait pas donné l'ordre à mes jambes, je m'avance vers lui, puis je m'immobilise.

— Je ne crois pas que ce soit une bonne idée.

— Moi, si.

Je lève les yeux au ciel.

— Je m'en doute, mais ça ne change rien.

— Au fait, pourquoi faisais-tu une lessive à 4 heures du mat' ?

— Je n'arrivais pas à dormir. Et toi, que faisais-tu dans les couloirs à 4 heures du mat' ?

— Je n'arrivais pas à te chasser de mes pensées, répond-il, désinvolte, avec néanmoins cette vulnérabilité dans les yeux qui malgré moi me bouleverse. Alors je suis sorti faire un tour, et je me suis retrouvé ici.

— Faire un tour ? dis-je, sceptique. Et c'est pour ça que tu étais trempé de la tête aux pieds ?

Il hausse les épaules.

— Un tour en montagne, précise-t-il.

— Ah, oui ? Cool.

J'ai le sarcasme facile, aujourd'hui, mais après les vidéos que j'ai regardées, je l'imagine tout à fait escalader une falaise en pleine nuit, et les images qui me viennent à l'esprit ne me rassurent pas pour un sou.

— C'est pas important.

— Je ne suis pas d'accord.

— Pourquoi ? me lance-t-il, soudain exaspéré. On s'en fiche, non, de comment j'ai atterri là ? L'essentiel, c'est que je sois ici. Tu ne veux pas qu'on discute de ce qui t'a fâchée ?

— J'ai pas l'impression que tu sois du genre à discuter.

— Non, c'est pas mon genre. Ce qui en dit long sur le fait que je sois là. Je t'...

Mon cœur fait un bond, mais Z se rattrape juste à temps.

— Je t'aime bien, Ophelia. Et crois-moi, ce n'est pas quelque chose que je dis souvent. S'il te plaît, tu ne veux pas qu'on parle ?

Non, je ne veux pas, vraiment pas. Je commence tout juste à me remettre du drame que j'ai vécu à La Nouvelle-Orléans, je n'ai pas envie de remuer le couteau dans la plaie. Néanmoins, je sais que Z a raison, que je lui dois des explications. Parce qu'il m'aime bien, parce qu'il est adorable avec moi et, surtout, parce que je l'aime bien, moi aussi.

— J'ai réchauffé des restes, dis-je, histoire de gagner un peu de temps. Tu ne veux pas une assiette ?

— T'es sérieuse ? réplique-t-il en se levant et en se dirigeant vers moi. Je t'ouvre mon cœur et tu me proposes de la cuisine chinoise ?

Malgré le peignoir rose, sa démarche est tout ce qu'il y a de plus viril, voire légèrement menaçante.

— Pour ma défense, c'est de la très bonne cuisine chinoise.

Mon humour ne lui arrache pas l'ombre d'un sourire. Il scrute mon regard, et c'est comme si ses magnifiques yeux bleus lisaient en moi. Plus, même, comme s'ils me laissaient pour la première fois pénétrer dans son monde intérieur. Et tout à coup, je comprends que je l'ai blessé. Pas avec mes restes réchauffés, mais en le rejetant, hier, après avoir vu la vidéo.

Et si je peux accepter qu'il soit fâché, ou en colère, ou même indifférent, je ne supporte pas l'idée qu'il puisse souffrir à cause de moi. Alors au lieu d'essayer de trouver les bons mots, je m'efforce simplement d'être franche.

— Tu avais raison, tu sais, hier, en disant que tu payais pour Rémi. Je n'en étais pas consciente, sur le coup, mais c'est vrai, je te comparais à lui.

Un rictus sardonique lui déforme les traits, qui aurait pu me vexer si je ne savais pas qu'il tente seulement de se protéger.

— Laisse-moi deviner, crache-t-il, je n'étais pas à la hauteur.

— Ce n'est pas ce que je voulais dire…

— Tu n'es pas obligée de mentir, Ophelia. Je préfère la vérité à ce que tu crois que j'ai envie d'entendre.

— Alors, écoute-moi au lieu de te rabaisser.

— Je ne…

— Si. En une semaine, je t'ai déjà entendu te dénigrer sept ou huit fois. Si je posais la question à Cam ou à Ash, je suis sûre qu'ils me confirmeraient que tu ne cesses pas d'essayer de donner la pire image de toi-même.

Gêné, il fuit mon regard. J'ai touché une corde sensible, ce qui finit de m'effrayer. Qu'a vécu Z pour avoir une si piètre opinion de lui ?

Je pousse un profond soupir et m'enjoins de choisir mes mots avec soin, tout compte fait. Les révélations s'annoncent beaucoup plus difficiles que prévu, et je n'ai jamais supposé que ce serait simple.

— Viens, dis-je en m'approchant du lit et en lui tendant la main afin qu'il me rejoigne.

Il s'y assied, et je me blottis sur ses genoux, les bras autour de sa taille et la tête contre son torse. Son cœur bat à tout rompre ; il est aussi nerveux que moi.

Je rassemble mon courage. Autant y aller franco, comme pour arracher un pansement.

— J'avais quinze ans quand j'ai rencontré Rémi, il en avait dix-sept. J'ai eu le coup de foudre. Il faut dire que toutes les filles fantasmaient sur lui.

Z hoche la tête, plus sérieux que jamais.

— Je vois le genre, commente-t-il.

Je ne peux pas m'empêcher d'éclater de rire.

— Qu'est-ce qu'il y a de drôle ? demande-t-il, offensé.

— Tu m'étonnes ! dis-je entre deux hoquets. Tu es le roi des tombeurs, l'archétype du beau mec à la grande gueule et au cœur tendre, sous ses tatouages et ses piercings.

Il arque un sourcil, mi-amusé, mi-vexé.

— Je ne suis pas sûr que je me décrirais comme ça.

— Fais-moi confiance, c'est certainement la description qui te correspond le mieux. (Je marque une pause et fais semblant de réfléchir.) D'ailleurs, je devrais peut-être appeler les journalistes de *Sports Illustrated* et la leur suggérer pour leur article.

Il me tire les cheveux et je m'attends à ce qu'il proteste. Mais manifestement, il préfère rester dans le vif du sujet.

— Rémi n'était donc pas un gentil garçon bien propre sur lui avec sa vie toute tracée devant lui ?

— Oh, non, il était pilote de dragster.

— Pilote de dragster ? T'es sortie avec un pilote de dragster ?

— Oui, de haut niveau. Il y a deux jours, tout ce que je savais sur les voitures, c'était lui qui me l'avait appris.

— Pilote de dragster…, répète Z, comme s'il ne parvenait pas à y croire.

— Je ne vois pas ce qui t'étonne tant. Je sors avec un snowboarder maintenant. Il n'y a pas une grosse différence.

— On sort ensemble, ah bon ?

Je me contracte, redoutant d'avoir commis un faux pas.

— Il me semble, non ? dis-je en ôtant une bourre de son – *mon ?* – peignoir.

Il me soulève le menton et me force à le regarder dans les yeux.

— Je ne sais pas. C'est toi qui m'as claqué une porte au nez. Je ne décide de rien, moi.

Je savais qu'il me le reprocherait, tôt ou tard, si bien que je me contente de hocher la tête, puis je détourne le regard avant d'admettre :

— J'ai peur, Z, très peur.

Les mots ont un goût amer. Je n'ai jamais aimé avouer mes faiblesses.

— Je comprends. Tu as eu un accident avec Rémi. Tu l'as vu mourir, tu as toi-même frôlé la mort. C'est normal que ça t'angoisse de…

— Rémi voulait mourir.

Z se fige au milieu de sa phrase, les yeux écarquillés et la bouche entrouverte.

— Quoi ?

— Il voulait mourir. Il n'était pas franchement suicidaire, mais il était accro à l'adrénaline et il avait eu une enfance difficile. Au début, je croyais qu'il était juste à la recherche de sensations fortes, qu'il allait trop loin, parfois, et qu'il ne maîtrisait pas tout.

Z change de position, il semble tout à coup mal à l'aise. Et je comprends que je ne me suis pas trompée : ce que j'ai vu sur ces vidéos était bien réel. Ça me fend le cœur, mais ça me donne aussi la force de poursuivre :

— Et puis je me suis aperçue que c'était délibéré. On était ensemble depuis trois ans et, des fois, c'était évident qu'il était moins prudent, qu'il tentait le diable… Quand je le lui disais, il répondait que je dramatisais, qu'il savait ce qu'il faisait et qu'il n'y pouvait rien s'il aimait le risque.

Je m'interromps, submergée par les souvenirs. J'aimais Rémi, je l'aimais vraiment et il me manquera toujours, mais je lui en veux. La colère ne m'aide pas à avancer, je le sais, et j'essaie de la surmonter. En vain. Je suis furieuse qu'il soit parti en me laissant seule avec ma conscience.

— Tu… tu n'es pas obligée de m'en dire davantage si tu n'as pas envie.

Z paraît sincère mais je perçois sa tension et je ne veux pas prolonger son calvaire. Ce récit est dur à entendre pour lui. Il s'y reconnaît, je le sens, car il se tient très raide, les mains crispées sur la couette au lieu d'être posées sur moi. Preuve qu'il ressemble bien plus à Rémi que je ne le voudrais.

— C'était en décembre, mais l'hiver à La Nouvelle-Orléans n'est pas comme ici. La température descend rarement en dessous de 20 °C et le taux d'humidité est énorme. Décembre était toujours un mauvais mois pour lui. Je ne sais pas pourquoi, il ne me l'a jamais dit. Chaque année, plus le mois avançait, plus il jouait avec le feu. Tout le monde était en admiration, parce que personne ne comprenait. On le prenait pour un fou du volant, qui aimait s'amuser et qui s'en tirait toujours à bon compte. Il faut dire que c'était un excellent pilote. Je n'ai jamais rencontré personne qui conduisait comme lui.

» Bref, on était le 20 décembre et je voyais la tension monter en lui. Il était plus fébrile que d'habitude, il choisissait les bolides les plus puissants, il participait à des compétitions carrément dangereuses et il prenait des risques idiots.

» À 2 heures du matin, un gars lui a proposé de faire la course sur le pont Huey Long. Il a accepté, même si ce type, Kye, était un vicieux. Il gagnait tout le temps, parce qu'il était prêt à tous les coups fourrés. Rémi était le seul qu'il n'avait jamais réussi à battre. Ça l'énervait.

» J'ai supplié Rémi de refuser, parce que je savais qu'il prendrait des risques débiles pour relever ce défi. Le pont Huey Long est très étroit, tu n'as pas le droit à l'erreur même si tu respectes la limitation de vitesse. Alors si tu roules à fond la caisse… J'avais peur qu'il n'arrive un malheur.

— Donc tu es montée dans la voiture avec lui, dit Z d'une voix plate, dénuée de tout blâme, de tout jugement.

Mais sa mâchoire est contractée, ses mains… Je dirai juste que ma couette ne sera plus jamais la même.

— C'était bête de ma part mais j'ai pensé… (Je m'interromps, pousse un profond soupir.) Je ne sais pas ce que j'ai pensé, honnêtement.

— T'as pensé qu'avec toi, il prendrait moins de risques. T'as pensé que tu pouvais lui sauver la vie.

Je hoche la tête, car il a raison.

— Oui, c'est exactement ça. Rémi avait toujours été très protecteur. Moins que toi, mais quand même. Il tenait à moi. Je n'aurais jamais cru qu'il puisse me mettre en danger, que ma vie comptait moins que son désir de mort.

Je secoue la tête, je ferme les yeux, mais je revois l'accident, j'entends le bruit de la tôle froissée. Puis la chute dans le Mississippi.

— C'est ça, le plus horrible, dis-je.

— Qu'il ait essayé de te tuer avec lui ?

La voix de Z est glaciale.

— Je ne saurai jamais s'il l'a fait exprès ou s'il a perdu le contrôle. On gagnait. On était presque de l'autre côté du pont. Kye était loin derrière nous. Et tout d'un coup, Rémi a braqué sur la droite. La voiture a décollé et… il s'est noyé. Il était grièvement blessé, il ne s'en serait peut-être pas tiré... Mais il était coincé dans le véhicule et l'eau montait à toute vitesse. Je n'arrivais pas à le...

— Il a balancé la bagnole dans la rivière alors que tu étais là avec lui ?

Z me tient les épaules et un millier d'émotions se bousculent dans ses yeux.

— Je ne crois pas qu'il l'ait fait exprès.

Il me serre contre sa poitrine, si fort que j'ai du mal à respirer. Mais je ne me plains pas, car c'est de cela que j'avais besoin, même si je n'en étais pas consciente.

Mes amis ne m'ont fait que des reproches, d'être montée dans la voiture, d'avoir laissé Rémi accepter cette course, de n'avoir rien fait pour l'en dissuader. Oh, ils ne me l'ont jamais dit franchement, mais je l'ai toujours senti, dans leurs voix, dans leurs regards. Ils ne comprennent pas que j'ai tout fait pour le sauver. Ils savent seulement qu'il est mort, et ils pensent qu'en l'accompagnant, je l'ai encouragé à se foutre en l'air.

Je ne sais pas... Une part de moi pense peut-être aussi la même chose.

Mais pas Z. Il jure entre ses dents. *Pas contre moi, pour moi.* Je me blottis contre lui. C'est tellement bon d'être tenue comme ça, comme le trésor le plus précieux du monde. Rémi ne m'a jamais tenue de cette manière, ni personne d'autre. Jamais.

Parce que Z est là, parce que je peux enfin me raccrocher à lui, je noue les bras autour de son buste et je le serre moi aussi de toutes mes forces. Comme si ma vie en dépendait.

Chapitre 21

Z

Le salaud.

L'ordure.

Le monstre. Si Rémi était là devant moi, je le tuerais de mes propres mains. Lentement, cruellement, délibérément, qu'il sache que j'y prends un malin plaisir.

Qu'est-ce qui lui a pris ?

Qu'est-ce qui lui a pris, bon sang, de laisser Ophelia monter dans cette bagnole ? De faire avec elle une course hyper dangereuse ? De se crasher avec elle ? C'est totalement irrationnel, mais je suis dégoûté qu'il soit mort. Dégoûté de ne pas pouvoir lui arracher les yeux.

J'ai besoin de marcher, de bouger. Il faut que je fasse quelque chose avant que ma tête explose. Or je dois penser à Ophelia. Ophelia à qui cet enfoiré n'a pas pensé une seule seconde. Ophelia, prostrée entre mes bras, son corps tout entier recroquevillé autour du mien.

Elle ne doit pas se rendre compte que ses violents tremblements font bouger le lit. Je la serre plus fort… Et je m'aperçois tout à coup que ce n'est pas elle qui tremble.

C'est moi.

Putain de bordel de merde! Comment a-t-il pu lui faire ça? Comment pouvait-il lui dire qu'il l'aimait et lui faire ça? J'ai vu ses cicatrices. Je les ai touchées, embrassées, caressées. De savoir qu'elles sont dues à un loser qui n'avait pas envie de vivre… Je ne comprends pas.

J'ai peut-être moi-même des tendances autodestructrices mais je n'y mêle jamais personne. Je ne mettrai plus jamais en danger quelqu'un à qui je tiens. Rémi n'aurait jamais dû faire ça. Il n'aurait jamais dû. Quand on a la chance d'être avec une fille comme Ophelia, on ne joue pas avec sa vie. On la protège. On la chérit.

Ce mec était un moins-que-rien.

J'ai envie de donner des coups de pied. La fureur m'aveugle. Je vois rouge. Mais Ophelia n'a pas besoin de ça. Même si je déborde de rage, même si je donnerais cher pour remonter le temps et défoncer la gueule de ce type, je dois me calmer. Car Ophelia m'a fait confiance en m'expliquant la cause de ses angoisses. À moi, maintenant, de la rassurer, de chasser ses peurs. Je ne suis certes pas un spécialiste des relations humaines, mais je sais au moins ça.

Le problème, c'est que j'ignore comment faire. Je n'ai jamais réconforté personne de ma vie. Je n'y ai même jamais songé. Mais c'est ce qu'elle attend de moi, alors je vais trouver. Je refuse d'être aussi minable que ce connard qui l'a lâchement abandonnée.

Ne sachant que faire d'autre, je lui frictionne doucement le dos, je lui caresse les cheveux. Je lui chuchote des mots débiles qui n'ont pas de sens mais qui semblent l'apaiser. Peu à peu, elle se détend, les battements de son cœur ralentissent et elle se blottit douillettement contre moi.

J'aimerais la tenir toujours au creux de mes bras, lui faire oublier le cauchemar qu'elle a vécu. Elle méritait mieux que les délires morbides de cet abruti. Elle méritait mieux que lui. Elle méritait beaucoup mieux que cet oiseau de malheur.

OK, elle mérite également mieux que moi, un égoïste qui passe la majeure partie de son temps à jouer lui aussi avec la mort. Mais je ne la laisserai pas tomber. À l'évidence, j'en suis la preuve, elle est attirée par les mecs torturés. Livrée à elle-même, Dieu sait sur qui elle risquerait de tomber. Par conséquent, je dois rester avec elle, et changer. Parce qu'elle le mérite. Parce qu'Ophelia mérite le meilleur de moi-même.

— Cette vidéo m'a fait flipper, c'est pour ça que je t'ai repoussé, explique-t-elle, comme si je ne l'avais pas compris tout seul. J'ai eu l'impression de revoir Rémi juste avant l'accident, sûr de lui, indomptable. Tu fais du snowboard comme il conduisait, sur une corde raide entre la vie et la mort.

Je m'éclaircis la voix dans l'intention de me justifier. Mais que dire ? Elle a raison. Nous savons tous les deux qu'elle a raison.

— Je suis désolée, poursuit-elle. Tu n'es pas Rémi. Je ne devrais pas te comparer à lui. J'ai regardé des vidéos de toi, hier soir. Je t'ai vu *rider* comme un dieu et puis tout gâcher. Encore et encore, et…

— Je t'aime.

Les mots m'échappent sans que j'en aie conscience, mais une fois que je les ai prononcés, je n'ai pas envie de les retirer, parce qu'ils sont sincères. Je suis tombé amoureux de cette fille extraordinaire, moi qui me croyais incapable d'aimer. Personne. Jamais.

— Qu'est-ce que tu as dit ? demande-t-elle au bout d'une minute, la voix brisée et les pupilles dilatées par le choc.

— J'ai dit : je t'aime. Désolé d'être aussi nul.

— Tu n'es pas nul.

— Si, insisté-je en riant. Depuis que ma…

Je m'interromps, pas sûr d'être prêt à m'aventurer sur ce terrain. Pas sûr que je le serai un jour.

— Je sais pour ta sœur.

— Ah bon ?

Merde. Comment ? Par Cam, quand elle lui a parlé du pari ? Ou peut-être par Ash ? Mon cœur cogne tellement fort que j'ai l'impression qu'il va sortir de ma poitrine et que je vais m'évanouir comme une pauvre petite nature.

— Je suis désolée que tu aies perdu ta sœur et ta mère.

Ouf. Elle a eu vent de la version aseptisée, celle que Mitch raconte aux médias depuis que je suis pro. Elle ne connaît pas la véritable histoire. Sinon, elle aurait pris ses jambes à son cou. Les abrutis qui sèment la destruction, elle a déjà donné.

Si j'avais des tripes, je lui dirais la vérité, qu'elle sache où elle met les pieds. Mais je ne suis pas courageux, je n'ai jamais prétendu l'être, si bien que je me garde de m'étendre sur le sujet. Au lieu de quoi, j'emploie ma bouche à un meilleur usage.

Ses lèvres s'entrouvrent sous mon baiser, comme si elles étaient faites pour moi, et sa langue se mêle à la mienne. Elle a le goût du caramel, du café et de la plus exquise des crèmes fouettées. Je lui mordille la lèvre inférieure, l'aspire. Je ris quand elle frémit contre moi avec un petit râle. Si je le pouvais, je resterais là éternellement. Je ferais durer ce moment à jamais, mon amour entre mes bras, mes cauchemars tapis et silencieux.

Avide d'elle, je l'embrasse plus profondément. Je parcours son palais de ma langue, je m'attarde sur le creux presque imperceptible là où l'une de ses dents est très légèrement déchaussée. Et parce que je le peux, parce qu'elle est à moi, je glisse ma langue sous la sienne et je joue avec son frein.

Haletante, tremblante, elle s'agrippe à mon tee-shirt.

— Qu'est-ce que tu fais ? chuchote-t-elle.

— Tu aimes ?

— Oui.

Elle renverse la tête en arrière et gémit tandis que je recommence, une fois, deux fois.

Je lui suce la lèvre, je la mords, puis j'apaise la petite douleur en y passant la langue, quand elle s'écarte de moi.

— Qu'y a-t-il, ma chérie ? Que veux-tu ?

Elle me regarde droit dans les yeux.

— On ne se connaît que depuis quelques jours, mais il faut que je te le dise : je t'aime, moi aussi, Z.

Ces paroles me frappent de plein fouet, bien que je m'ordonne de ne pas y croire. Elle essaie seulement d'être gentille. Elle ne veut pas me placer en position d'infériorité.

— Tu n'es pas obligée de dire ça.

Elle m'encadre le visage de ses mains et me plante farouchement un baiser sur la bouche.

— Si, parce que c'est vrai.

— Comment peux-tu aimer un…

Un loser, un connard, un salaud à qui on ne peut pas faire confiance. Un alcoolo, un tombeur et tout ce qu'on dit de moi, sans compter ce qu'on ne dit pas. Je suis parfaitement conscient de ce que je suis, je l'ai toujours été.

Je m'apprête à terminer ma phrase, je le dois, elle a le droit de savoir, mais je ne peux pas. Sinon, elle me tournera le dos, comme tout le monde. Sauf Luc, Cam et Ash. Or je ne pourrai pas me passer d'elle. *Pas maintenant.*

— Tu es une calamité, voilà ce que tu es, déclare-t-elle en me déposant des baisers dans le cou. Trop arrogant. Trop doué. Trop habitué à faire tout ce que tu veux. Trop impulsif. Trop beau. Trop protecteur. (Elle secoue la tête et m'embrasse derrière l'oreille.) Trop gentil. Et des tas d'autres choses que je devine en toi.

Elle fait mine de s'éloigner, mais je place une main derrière sa tête et ramène sa bouche contre ma gorge.

— Tu me confonds avec quelqu'un d'autre, je crois.

— Pas du tout. Je suis presque sûre que tu es le seul égocentrique dans les parages.

— Waouh, tu ne me ménages pas, fais-je remarquer avec un rire surpris.

Puis je l'attrape par les cheveux pour qu'elle redresse la tête et que je puisse lui embrasser le menton.

— Dis-moi ce que tu penses vraiment.

— Ce que je pense vraiment ? Je suis tombée amoureuse de toi environ soixante secondes après avoir versé ce café sur ton pantalon.

Je souris, car ce sera peut-être le plus beau souvenir de ma vie.

— Tu as craqué pour mes abdos, pas vrai ?

Elle lève les yeux au ciel.

— Mon Dieu, ce que tu peux être prétentieux ! Non, ce ne sont pas tes abdos qui m'ont fait craquer. C'est ton rire. Je t'ai remis à ta place devant tout le monde et tu ne t'es même pas énervé. Tu as ri et tu as continué à me draguer. C'était… mignon.

Je la renverse sur le lit et me place au-dessus d'elle.

— « Mignon » ? Tu sais ce qui est mignon ?

— Quoi ? demande-t-elle, le souffle un peu court, pour ma plus grande joie.

Je soulève son pull, retire son débardeur de la ceinture de son jogging et le remonte au-dessus de sa poitrine, pulpeuse, superbe.

Je me penche au-dessus d'elle pour donner un coup de langue sur l'un de ses tétons, puis je le prends dans ma bouche. Les doigts dans mes cheveux, elle se cambre contre moi et presse ses seins contre mon visage, exactement où j'aime qu'ils soient.

— Encore, murmure-t-elle, d'une voix rauque d'excitation, qui me fait instantanément bander.

Je suce son mamelon, en appuyant fort ma langue, comme j'ai découvert qu'elle aimait. Elle gémit et me plaque contre elle. Avec Ophelia, force m'est de reconnaître que je redeviens comme un puceau incapable de se maîtriser. Si elle remue les hanches, si elle se frotte contre mon bas-ventre, je suis fini.

À cette pensée, je m'écarte d'elle. En gémissant, elle essaie de me retenir. Je dépose une traînée de baisers sur sa poitrine, sur son ventre, afin de l'apaiser, et de me calmer.

Ça ne marche pas. Elle est si belle, allongée là, sa peau si soyeuse… Le désir se répand dans mon sang, dans ma tête, dans mon cœur.

Je l'aime.

Je suis amoureux d'Ophelia.

Cette évidence s'empare de tout mon être. Elle exacerbe mon impatience de la pénétrer, de sentir son sexe se resserrer autour du mien. Et, étrangement, elle m'insuffle une bouffée de tendresse.

Oui, j'ai hâte de plonger en elle et de prendre tout ce qu'elle m'offrira, mais en même temps, je voudrais la protéger, la choyer, autant qu'elle me le permettra.

— Z, s'il te plaît, souffle-t-elle, cramponnée à mes cheveux et mes épaules. J'ai envie…

Sa voix se brise.

— Je suis à toi, mon amour, chuchoté-je contre son ventre tout en me laissant glisser au pied du lit. Je suis à toi.

L'impact de ces mots me fait trembler les mains tandis que je lui enlève son pantalon. Je suis à elle et elle est à moi. *Ophelia est à moi.*

L'espace d'une seconde, juste une seconde, les larmes me montent aux yeux. Je les refoule avant qu'elle les voie mais le sentiment qui les a causées m'étreint la gorge. Je peux à peine respirer, à peine penser, submergé de désir, de joie et d'une indicible terreur.

Elle doit sentir le maelström auquel je suis en proie, ou bien je le cache mal. En tout cas, elle comprend. Ophelia comprend toujours tout.

Elle se laisse glisser au sol entre mes bras. Nous sommes agenouillés face à face, les yeux dans les yeux, poitrine contre poitrine, et c'est le moment le plus intense de ma vie. Un bref instant, j'ai envie de détourner le regard, mais ses magnifiques yeux verts sont rivés aux miens et je ne peux pas m'en détacher.

— Je suis à toi, moi aussi, Z, dit-elle en m'encadrant le visage de ses mains. Je suis à toi, je te le promets.

Et elle m'embrasse avec une fougue qui réduit à néant tout ce que nous avons pu vivre avant de nous rencontrer.

Le baiser dure une éternité, et quand il se termine enfin, nous sommes tous deux en transe. Elle m'arrache le peignoir, et je suis tellement pressé de sentir sa peau contre la mienne que je déchire les boutons de son haut de pyjama.

Puis elle s'allonge sur moi et introduit mon sexe en elle.

— Viens…, chuchote-t-elle.

Je n'ai jamais pénétré une fille sans préservatif. Les sensations sont incroyables. Les paupières fermées, une longue seconde, je frémis de volupté tandis qu'elle monte et descend au-dessus de moi. Je voudrais rester là comme ça à tout jamais, me noyer en Ophelia, me laisser engloutir par sa moiteur et sa chaleur, plus délicieuses que tout ce que j'ai connu et que je connaîtrai jamais.

Mais elle s'est donnée à moi et je dois la protéger. Bien que ça me tue, je pose les mains sur ses hanches afin de ralentir ses mouvements.

— Non ! crie-t-elle. Je t'en supplie !

— Préservatif, dis-je dans un souffle, en maudissant ma veste qui se trouve à l'autre bout de la pièce, mais tout en me séparant d'Ophelia, je ne peux pas m'empêcher de caresser du pouce ses tétons magnifiquement dressés.

— Je prends la pilule, lance-t-elle désespérément. Depuis trois ans.

La pilule, merci, mon Dieu.

Je n'ai jamais fait confiance aux filles qui m'ont dit ça. Mais aucune n'était Ophelia. Aucune n'était à moi. Je lui soulève le bassin et la replace sur moi. Néanmoins, je veux être certain qu'elle sait ce qu'elle fait.

— T'es sûre ?

— Oui. Merde. Oui. Z !

Elle sanglote presque, me saisit les biceps et les serre si fort que ses ongles s'enfoncent sous ma peau.

Cette petite douleur annihile mon dernier brin de raison et se propage dans tout mon corps.

Ophelia pousse un petit cri et je me fige, redoutant d'avoir été trop brusque, de lui avoir fait mal.

Mais elle recommence à onduler, à un rythme effréné, qui me coupe le souffle. Elle est sur le point de jouir. Je le sens à sa respiration, à la façon dont elle tremble autour de moi. Une chance, car je ne tiendrai pas longtemps.

Je lui pince un téton. Un gémissement s'étrangle au fond de sa gorge, qui vibre dans chacune de mes terminaisons nerveuses. L'orgasme est imminent, il me secoue tel un violent blizzard, mais je me retiens car je veux être certain qu'elle jouisse avec moi.

Alors je glisse mon autre main sous son bassin et, du pouce, je lui caresse le clitoris d'un mouvement circulaire. Parcourue de frissons et de tremblements, elle se déplace légèrement afin que mes doigts touchent une autre partie de son sexe. Ce changement de position lui arrache un râle de plaisir et une déferlante de désir nous emporte.

Ruisselante, brûlante, elle succombe à l'extase, son sexe se contractant autour du mien à un rythme frénétique. Oubliant toute retenue, je m'élance en elle, une fois, deux fois. L'orgasme me balaie telle une avalanche, m'ensevelissant sous un plaisir si intense qu'il en est douloureux. Me submergeant de bonheur. Me submergeant d'amour. Et je m'abîme en Ophelia, jusqu'à ne plus voir qu'elle, ne plus sentir que son odeur, que sa saveur, jusqu'à la fondre en moi aussi sûrement que je suis encore fondu en elle.

Elle se laisse retomber sur moi et, pendant de longues minutes, nous demeurons emmêlés à essayer de reprendre notre souffle.

— Je t'ai menti, murmure-t-elle lorsque nos cœurs se remettent enfin à battre normalement.

Elle est lovée contre moi dans le lit étroit, la couette douillettement ramenée sur nous. Mon estomac se serre, comme quand je loupe un saut.

— À quel propos ?

Je m'efforce de ne rien montrer de mon affolement.

Son visage est pressé contre ma poitrine et je sens ses lèvres s'incurver.

— J'ai quand même un peu craqué pour tes abdos.

Ma tension s'évacuant dans un éclat de rire, je l'attire contre moi, son cœur contre le mien.

— Je le savais.

— Pour ma défense, dit-elle en caressant la partie en question de mon anatomie, tu as des tablettes de chocolat à se damner.

Chapitre 22

OPHELIA

Mon téléphone vibre alors que je suis en train de servir deux *latte*. Je fais signe à ma collègue Mélanie que je prends ma pause, elle hoche la tête. J'attendais cet appel de Z depuis des heures.

—Allô, dis-je en sortant, m'efforçant d'ignorer le fait qu'il fasse encore plus froid que lorsque je suis partie travailler, ce matin.

—Salut, ma chérie. T'as l'air frigorifiée.

—Va savoir pourquoi. Peut-être parce que j'habite maintenant en Arctique.

—Tu n'es pas très bonne en géographie. L'Arctique est à plusieurs centaines de kilomètres au nord de Park City.

—Ouais… Il faudrait me le prouver.

—Ça ira mieux l'an prochain, répond-il, compatissant. Ton sang se sera épaissi.

— J'espère, parce que ça ne pourrait pas être pire.

— Vraiment ?

Il me taquine, mais je sens qu'il s'inquiète un peu, si bien que je précise :

— La météo, pas Park City.

Comme il rit, je change de sujet.

— Comment ça se passe à Aspen ?

— Il fait encore plus froid qu'à Park City. T'as prévu des vêtements chauds ?

— Je pense. Ma tante m'a aidé à faire mes bagages. Ça devrait aller.

— J'ai hâte que tu sois là. Tu me manques horriblement.

Je ne peux pas m'empêcher de lever les yeux au ciel, même s'il n'est pas là pour me voir.

— Tu n'es parti que depuis deux jours, Z. C'est tout de même pas la mer à boire.

— Je le croyais aussi, mais j'ai du mal à dormir, sans toi.

C'est drôle, moi aussi, je me suis habituée à lui. Nous ne sommes ensemble, vraiment ensemble, que depuis dix jours, mais j'ai l'impression que ça fait beaucoup plus longtemps. Incroyable mais vrai, Z est l'homme parfait : attentionné, impliqué, d'un grand soutien. Il est allé exprès pour moi à Salt Lake City, récupérer des brochures sur les universités. Il voudrait que je reste à Park City après la fin de la saison, et si cette option était totalement inenvisageable il y a deux semaines, maintenant, je ne me verrais nulle part ailleurs. Sans lui, bien sûr.

— De bien grandes paroles de la part d'un mec connu pour filer à l'anglaise sitôt ses conquêtes endormies…

— Hé ! On n'était pas convenus que tu n'écoutais plus les rumeurs ?

— Ce ne sont pas des rumeurs, mon cœur, mais la stricte vérité, dis-je avec un sourire.

Z monte sur ses grands chevaux dès que j'évoque son passé, ce que je trouve hilarant. Je suis sortie avec lui en toute connaissance de cause, après tout. Je suis même au courant pour Stacy, la pieuvre rousse qui a passé la nuit dans son lit. Et si ça me fait un peu grincer des dents, je ne peux pas lui jeter la pierre. On n'était pas encore ensemble, à ce moment-là, et j'avais été pour le moins castratrice, juste avant. De toute façon, il n'a pas couché avec elle, si incroyable que ça puisse paraître. J'en suis flattée, sachant ce que je sais de lui.

— Bref… Tu pars quand ?

Ce changement de sujet est si soudain que je ne peux retenir un éclat de rire. Néanmoins, je m'abstiens de commentaires. Certes, c'est amusant de piquer Z, mais je préfère l'entendre me parler de sa voix douce et sensuelle.

— Je finis au café dans une heure. On prend la route juste après.

— Avec les parents d'Ash ?

Je suis de plus en plus confiante au volant, mais pas encore prête à conduire sept heures dans des cols enneigés.

— Et son frère, oui. Merci de t'être arrangé avec eux. Ils ont l'air adorables.

— Ils sont super. Sans eux, je n'aurais sûrement jamais terminé le lycée.

— Pourquoi ?

Je sais toutefois qu'il ne répondra pas car autour de lui, il y a soudain du brouhaha, ce qui signifie qu'il vient de descendre de la remontée mécanique. Épatant comme en dix jours, je suis devenue experte en sons de la montagne. Sans parler des figures de snowboard.

— Je vais te laisser, ma puce. J'ai un gars devant moi et ensuite c'est à mon tour.

L'angoisse me serre le ventre mais je l'ignore. Z est snowboarder, il l'a toujours été. Être avec lui implique que je m'y résigne. Et je l'accepte, tant qu'il ne fait rien de colossalement stupide. Je veux bien qu'il soit dingue – on ne le refera pas – mais pas ouvertement suicidaire. Jusque-là, il a tenu sa parole ; par conséquent, je dois tenir la mienne et ne pas m'inquiéter pour un rien.

— Amuse-toi bien ! dis-je. Fais de belles pirouettes.

— Il va falloir que je te donne des cours de vocabulaire, grommelle-t-il. C'est nul de dire « pirouettes ».

C'est justement pour ça que je ne cesse de le répéter, bien que je commence à me familiariser avec le langage du snowboard. J'adore taquiner Z.

— Qu'est-ce qu'il faut dire, alors ?

— « Fais une descente d'enfer » ou : « Déchire tout. »

— OK, déchire tout.

— Toi aussi. À dans huit heures, ma chérie.

— On s'arrêtera peut-être pour manger, dis-je en riant, ou pour aller aux toilettes.

— Bon, à dans neuf heures, alors, soupire-t-il. Mais pas une minute de plus.

— Je verrai ce que je peux faire.

— Je compte sur toi, réplique-t-il sur un ton entendu. Et quand tu seras là, on verra ce que je peux faire.

— À ce soir, mon amour.

— Bye, Ophelia. Je t'aime.

Mon cœur cesse de battre une seconde, puis il fait un double bond. Bien que Z me le répète sans cesse, ces mots me chamboulent toujours autant. Ils me toucheront toujours, je crois.

— Moi aussi, je t'aime.

Ma dernière heure de travail n'en finit pas, d'une part parce que c'est le moment du déjeuner et que le restaurant ne désemplit pas, de l'autre parce que j'ai hâte de partir et que je ne quitte pas la pendule des yeux. Les parents d'Ash, Gemma et Todd, arrivent une demi-heure à l'avance, avec leur second fils, Logan, quatorze ans. Je leur sers des cafés et commence à compter les secondes.

Je suis excitée comme une puce. Non seulement je vais bientôt retrouver Z, mais je vais aussi assister à une vraie compétition de snowboard, à laquelle ils participent tous les quatre, Z, Luc, Ash et Cam, en catégorie féminine.

Il m'est arrivé de voir les X Games ou les JO d'hiver à la télé, mais je ne me sentais pas personnellement concernée : je ne connaissais pas les sportifs, je ne les avais pas vus se préparer.

Depuis une semaine et demie, Z n'a fait que s'entraîner. Enfin, à part quand il était avec moi. Je l'ai accompagné sur les pistes deux ou trois fois, et bien qu'il fasse tout le temps des trucs effrayants, je le sais capable de largement pire. De sauter du haut d'une falaise, par exemple, ou de tenter des figures qu'il ne maîtrise pas.

Ash affirme qu'ils ont tous une chance de se classer parmi les dix meilleurs, ce qui serait génial. Cela dit, je l'avoue, je croise surtout les doigts pour Z. Avec tous les articles de presse et les nouveaux sponsors que lui a rapportés sa descente en terrain vierge, sans compter le temps qu'il a consacré à s'entraîner, ces jours derniers, il mérite vraiment de réussir. Je souhaite de tout mon cœur qu'il se rende compte qu'il a droit au succès.

L'horloge qui refuse d'avancer marque enfin 13 heures et je cours chercher mon sac de voyage au vestiaire. Et nous voilà enfin sur la route, Gemma, Todd, Logan et moi, riant et bavardant comme de vieux amis. Logan est super cool pour un ado de quatorze ans, et nous passons une grande partie du trajet à discuter musique, cinéma et, bien sûr, snowboard.

Il est déterminé à marcher dans les pas de son grand frère, ce qui n'a rien d'étonnant. Je ne connais Ash que depuis deux semaines, mais je peux déjà dire qu'il est formidable. Je l'admire moins que Z, naturellement, mais j'ai énormément de respect pour lui.

— Je suis contente que tu sortes avec Z, me confie Gemma lorsque nous nous arrêtons à mi-chemin pour prendre de l'essence et acheter des sandwichs. Je le connais depuis qu'il a cinq ans, et je ne l'ai jamais vu aussi heureux.

— Même quand il était petit ?

Je ne le formule pas, mais je pense à l'époque où sa mère et sa sœur étaient encore en vie.

— Jamais, répète-t-elle fermement tandis que nous regagnons la voiture. À la vérité, ce pauvre garçon n'a pas grandi dans un foyer très uni. Il n'y a qu'à voir comment son père a réagi, après le drame…

— « Son père » ?

Z n'en parle jamais, et les rares fois où j'ai tenté de lui poser des questions, il les a éludées. Moi-même, je ne suis pas hyper proche de ma mère mais nous nous téléphonons deux ou trois fois par semaine, et Z sait déjà tout d'elle.

Gemma secoue la tête d'un air affligé.

— Cet homme est un monstre d'égoïsme. Il ne s'est jamais soucié que de lui-même. Z a dû affronter le deuil tout seul. Je n'ose même pas imaginer comment il aurait tourné, sans le snowboard, et sans Luc, Cam et Ash.

— Il m'a justement dit ce matin que c'était grâce à vous et à votre mari qu'il s'en était si bien sorti.

Les yeux de Gemma s'emplissent de larmes et bien qu'elle les refoule, je vois qu'elle est touchée.

— Je l'aime autant que mes propres fils. Et j'en veux terriblement au mauvais coup du sort qui l'a frappé.

Je sais que c'est bas, mais j'aimerais vraiment savoir comment Z a perdu sa mère et sa sœur, non pas par curiosité malsaine, simplement parce que je ne voudrais surtout pas dire ni faire quelque chose qui puisse le peiner.

Mais Todd et Logan remontent dans la voiture et ils parlent tous les trois de ce que Gemma a acheté à manger, si bien que je ne peux pas l'interroger. J'espère toutefois que l'occasion se représentera. Un jour ou l'autre, il faudra bien qu'on me raconte le passé de Z. Bien sûr, je préférerais que ce soit lui, mais tant pis si c'est quelqu'un d'autre. Tant que je sais comment éviter de le blesser, peu importe la source.

C'est le branle-bas de combat lorsque nous arrivons à la station où a lieu la compétition : des journalistes, des snowboarders et des fans partout, ainsi que pas mal de visages connus, des sportifs et autres, venus assister à l'événement. Du parking, j'envoie un texto à Z, qui nous rejoint devant l'hôtel.

— Ophelia !

Il me soulève de terre et m'embrasse comme si nous ne nous étions pas vus depuis des mois. Des flashs crépitent autour de nous et quand le baiser se termine enfin et que je reprends mes esprits, je m'aperçois que c'est nous que les reporters photographiaient.

— Une nouvelle copine, Z ? lance l'un d'eux.

— On peut refaire une photo ? crie un autre.

— Juste une, s'il vous plaît !

Indifférent, Z me passe un bras autour des épaules et m'attire contre lui. Il échange une poignée de main avec Todd, fait la bise à Gemma, leur murmure un « merci » et salue Logan en lui cognant le poing.

Gemma balaie la foule du regard, les yeux écarquillés.

— Waouh, c'est impressionnant.

— Le tralala olympique, marmonne Z en haussant les épaules.

— On dirait que tu es la nouvelle coqueluche ! réplique-t-elle.

— Ash n'est pas en reste. Il ne peut pas faire un pas sans provoquer l'hystérie. C'est le délire depuis qu'on est là. Merci encore d'être venus avec Ophelia, ajoute-t-il en lui donnant une brève accolade.

— Tout le plaisir était pour nous, intervient Todd. Tu sais où est notre fils ?

— Sûrement dans sa chambre. La 927, chuchote Z discrètement.

— Super. On passe à la réception et on monte.

Z hoche la tête, puis me fait signe de me préparer à courir, et nous nous frayons un passage à travers l'attroupement, pour aller nous engouffrer dans un ascenseur.

— C'est toujours comme ça ?

— Désolé, j'aurais dû te prévenir. Je suis complètement dépassé par les événements. Avec les sélections olympiques qui débutent dans quinze jours et depuis cette maudite vidéo, tous les journalistes du pays me réclament des interviews.

— Tu les leur accordes ?

Le regard qu'il me décoche est du pur Z, arrogance et dédain mêlés à un infime soupçon de vulnérabilité.

— Tu rigoles ou quoi ? Tu crois que j'ai que ça à faire ?!

Nous descendons de l'ascenseur au dernier étage mais nous n'avons pas fait trois pas dans le couloir que nous sommes de nouveau assaillis par les flashs. Et soudain, nous sommes encerclés de gens brandissant des téléphones et des appareils photo. Des fans, cette fois, qui veulent le saluer ou faire des *selfies* avec lui.

C'est de la folie. À Park City, on parle sans cesse de Z, mais il est rare qu'on le prenne en photo. Ici, il est une star. Tout le monde veut des autographes, discuter avec lui ou se faire immortaliser à ses côtés.

Hébétée, je reste plantée près de lui, bousculée de toutes parts. Z gère la situation comme un pro et je ne peux pas m'empêcher de me demander si c'est le même cirque à chaque compétition ou si en deux jours, il s'est déjà habitué à cette nouvelle célébrité.

Quoi qu'il en soit, il m'enlace la taille et m'entraîne hors de la mêlée. Il doit y avoir au moins trente-cinq personnes autour de nous et il en arrive d'autres par l'ascenseur.

Un peu effrayée, je me tiens tout contre Z. Il resserre son étreinte et me chuchote :

— N'aie pas peur, ma chérie. Je te protège.

Puis il s'adresse à ses fans :

— Si vous voulez bien m'accorder une minute, le temps que j'accompagne mon amie à la chambre, et je reviens vous signer des autographes, c'est promis.

Il doit le répéter plusieurs fois mais finalement, les gens s'écartent afin de nous laisser passer.

Z est logé dans une luxueuse suite, que je contemple bouche bée. Ce n'est plus nécessaire, maintenant, mais je n'ose pas parler à voix haute.

— Ça se passe toujours comme ça quand tu quittes Park City ?

— Non, répond-il avec une grimace. C'est à cause de cette vidéo à la con. Ash mériterait que je l'étrangle. Ce n'est pas la première fois qu'on me demande des autographes, en compète, mais on ne m'avait encore jamais pris en chasse jusqu'à l'intérieur de l'hôtel.

Il dépose mon sac sur le banc à bagages, puis va prendre un Dr Pepper dans le petit réfrigérateur du coin bar.

— Tiens. Je t'en ai acheté quelques canettes, avec de la réglisse rouge et des pommes.

Mon cœur fond, de même que mes dernières craintes quant à la foule massée dans le couloir. Je comprends que les gens aient envie de rencontrer Z. Qui pourrait lui rester indifférent ? Quand on passe outre à son attitude, c'est un être formidable.

Et le plus fabuleux des amoureux, qui m'embrasse de nouveau à m'en donner des frissons, avant de retourner vers la porte.

— Je signe juste quelques autographes et je reviens, me promet-il, la main sur la poignée.

— Prends tout ton temps, ne t'inquiète pas pour moi. Je vais prendre une douche et je t'attends. Nue. Sur le lit.

— C'est pas juste, bougonne-t-il. J'étais tellement impatient de te retrouver.

— La vie est souvent injuste, dis-je avec un sourire. Dépêche-toi, tes admirateurs sont de plus en plus nombreux et le jour se lève tôt, ici. Va vite leur faire plaisir, que je profite de toi au maximum.

Il revient me donner un baiser, qui me fait tourner la tête et vaciller sur mes jambes.

— Crois-moi, me chuchote-t-il à l'oreille avant d'ouvrir la porte, tu auras ta part de plaisir.

Je le regarde sortir de la chambre en souriant, car que pourrais-je dire d'autre ?

Quelques minutes plus tard, sous la douche, je ne peux pas m'empêcher de formuler le vœu que les choses demeurent exactement telles qu'elles sont. Car pour le moment, je flotte sur un petit nuage.

Chapitre 23

Z

Elle est là. Enfin là, vraiment là. OK, je suis conscient que c'est ridicule d'être aussi excité parce qu'Ophelia va assister à la compétition et faire ensuite la fête avec moi. Mais pour être honnête, je m'en fiche. Je n'ai jamais eu quelqu'un dans les tribunes pour m'encourager, quelqu'un qui tenait à moi.

Si, les parents d'Ash. Et Cam. Mais ce n'est pas pareil. Ophelia, elle, n'est là rien que pour moi.

Pour la première fois de ma vie, je suis déterminé à me surpasser. C'est drôle comme j'ai changé depuis que je suis avec elle. Avant, je ne participais aux compétitions que pour faire plaisir à Luc et Ash, parce que cela faisait partie de notre deal, mais le cœur n'y était pas. Et souvent, j'étais délibérément médiocre juste pour qu'ils soient meilleurs. Non qu'ils soient mauvais, mais ce sont mes potes et ils aspirent à gagner. Alors pourquoi ne pas leur donner un coup de pouce ?

Ce sont toujours mes amis, bien sûr, et je leur souhaite toujours de réussir, mais pour la première fois, j'ai envie de me distinguer, moi aussi. Je ne veux pas me couvrir de honte devant Ophelia.

— Hé, les gars, vous déchirez tout, hein ? nous lance Mitch, notre agent, tandis que nous prenons le chemin, Ash et moi, de la remontée qui nous amènera en haut de la piste.

Les premières épreuves de *slopestyle* commencent dans une quinzaine de minutes et je suis au taquet.

— T'inquiète, lui répond Ash. On finit premier et deuxième. Et Luc va cartonner en half-pipe, tout à l'heure.

— Vous avez intérêt ! Je compte sur vous pour vous placer, cette fois. (Mitch me regarde durement.) Pas d'excuses, pas d'erreurs à la con, tu assures, hein ?

— OK, OK, je verrai ce que je peux faire.

— Ne vois pas, fais !

Après un poing-à-poing avec moi, puis avec Ash, il s'éloigne en direction des gradins.

— Il veut se reconvertir en coach ou quoi ? dis-je à Ash avec un rire moqueur.

— Il est excité, c'est normal. Ses plans se réalisent enfin.

— Ses machinations, tu veux dire. Vous êtes comme des savants fous, tous les deux, à vous frotter les mains et à glousser de joie en tramant vos complots diaboliques.

— Hé, il faut bien quelqu'un pour dominer le monde, rétorque Ash avec un sourire. Pourquoi pas nous ?

— Tu me fais flipper, dis-je en secouant la tête. Sérieusement.

— Ça fait juste partie du plan, mec. Juste partie du plan.

Nous nous dirigeons vers le tapis roulant qui nous conduira à la ligne de départ et, dans le public, j'aperçois le bonnet à rayures violettes et roses d'Ophelia. Je fixe mes yeux sur elle, dans l'espoir qu'elle tourne la tête. Elle me regarde, et je lui adresse un signe de la main. Je ne distingue pas son visage, mais je sais que c'est elle à sa façon de bouger. À sa façon de me faire « coucou ».

Un sourire béat m'étire les lèvres. Ash lève les yeux au ciel.

— Franchement, cette fille te rend gaga.

Je n'essaie pas de me défendre. Il a raison. Je suis en train de devenir complètement débile. Mais ça m'est égal.

— Si tu cessais de te mêler de ma vie amoureuse et que tu commençais à te soucier de la tienne ? Oh, pardon, c'est vrai que tu n'en as pas.

— Par choix. Je me concentre sur les JO.

— Ah, ah ! Qui de nous deux est le plus bête ?

Il brandit un doigt d'honneur, mais je me contente de rire. Je ris beaucoup, ces derniers temps.

Quelques minutes plus tard, Luc nous rejoint et m'assène une claque dans le dos.

— T'es prêt, mec ?

— Ouais, t'inquiète.

C'est ce que je réponds systématiquement à cette question mais, cette fois, j'ai le sourire, car la différence, c'est que je suis sincère.

— Parfait, c'est ce que je voulais entendre.

Il a le trac, ça se voit. Il ne tient pas en place et ne cesse pas de tâter ses poches, de vérifier sa planche. Je connais ces symptômes, nous les connaissons tous. Je lui donne un coup d'épaule.

— Et toi, ça va ?

— Ouais, carrément. Je vais mettre le feu, tout à l'heure, affirme-t-il, en référence au half-pipe, sa discipline de prédilection.

Au départ de la remontée, les reporters se pressent derrière un cordon de sécurité. Ils prennent des photos de tous les snowboarders, tentent de nous arracher une phrase ou deux, au cas où l'un de nous serait le nouveau champion.

En temps normal, ces compétitions ne sont pas très médiatisées, mais ce sont les dernières aux États-Unis avant le Dew Tour, qui sert de qualifications pour les jeux Olympiques. Du coup, tout le monde est à l'affût des étoiles montantes et se demande qui sera la prochaine équipe à représenter le pays.

Ce genre de considération m'est totalement indifférent, je ne suis là que pour l'adrénaline, mais je sais que les sélections sont suivies de près. C'est pour ça que les médias et les fans sont en effervescence aujourd'hui. Et à cause de cette vidéo qui, du jour au lendemain, a mis le monde du snowboard en émoi.

Si j'avais su qu'elle déclencherait cette hystérie, j'aurais interdit à Ash de la mettre en ligne. OK, ça ne me dérange pas de parler aux fans et de leur signer des autographes. En revanche, les journalistes sont une autre paire de manches. Tant qu'ils s'en tiennent au snowboard, je veux bien leur répondre, mais je n'aime pas qu'ils abordent des sujets plus personnels. Il y a des choses de mon passé qui doivent rester dans le passé, et je n'ai pas envie de l'expliquer à une bande de vautours qui ne me connaissent pas et ne s'intéressent qu'aux aspects du sport les plus superficiels.

Ash et Luc adressent des signes de la main aux reporters, je les imite. Ash daigne même s'arrêter pour accorder une mini-interview, ce à quoi je ne tiens pas le moins du monde. Mais nous sommes obligés de l'attendre, Luc et moi, et c'est dur d'ignorer les gens qui nous interpellent. Au bout d'un moment, nous posons tous les trois pour une photo de groupe, tout en répondant aux questions qui fusent de toutes parts.

La plupart sont anodines. « Quelles figures allez-vous faire ? » « Vous sentez-vous prêt ? » « Cette vidéo était hallucinante, comment gérez-vous le buzz qu'elle a engendré ? » « L'assumez-vous ? »

Je donne des réponses bateau, Luc et Ash aussi, et je commence à m'impatienter lorsque l'un des journalistes me crie quelque chose que je n'entends pas bien.

Une provocation, manifestement, car Ash se raidit et les autres reporters paraissent gênés. Je redresse les épaules, conscient que je devrais passer mon chemin, prendre le tapis roulant, monter en haut des pistes et me mettre en condition pour réaliser la meilleure descente de ma carrière professionnelle.

Mais mon côté autodestructeur ne demandant qu'à affleurer, j'ai envie d'en découdre.

Je scrute les visages des journalistes, et repère celui qui fixe ses yeux sur moi d'un air satisfait, une expression suffisante que je connais bien, pour moi-même l'afficher souvent. Malgré les jurons qu'Ash marmonne entre ses dents, je me dirige vers lui. Luc me saisit le bras et tente de me retenir.

— Laisse tomber, Z. Viens, on y va.

— Une minute, dis-je en le repoussant.

Je suis tout près du type, quelques mètres à peine nous séparent.

— Pouvez-vous répéter, s'il vous plaît ?

— Je vous ai demandé si vous aviez des commentaires concernant votre rôle dans le kidnapping qui s'est soldé par la mort de votre sœur.

Je m'attendais à cette question depuis le buzz de la vidéo. Les journalistes ne sont jamais que des fouille-merde.

Néanmoins, elle me frappe de plein fouet. J'ai envie de lui dire d'aller se faire foutre, de s'occuper de ses oignons, mais je suis comme paralysé, face à mon pire cauchemar, la chose la plus horrible de ma vie, étalée au grand jour.

— Va te faire foutre, connard ! lance Ash pour moi, furieux. Vérifie tes sources !

— Oh, je les ai vérifiées. Et mon article est sur le point de paraître. Je voulais juste laisser à Z une chance de s'exprimer.

— Z avait dix ans. Il n'a rien fait de mal.

— C'est ce que vous voulez que j'écrive, Z ? Que vous ne vous sentez pas responsable de ce qui est arrivé à votre sœur ?

— Espèce d'enculé ! hurle Luc en se ruant vers le cordon de sécurité, le poing serré.

Je m'interpose et prends le coup destiné au reporter. Heureusement que j'étais là. Luc a du tempérament et la dernière chose dont nous ayons besoin, c'est que les médias racontent qu'il a agressé l'un des leurs.

— Merde ! Ça va, Z ? s'inquiète Ash en me palpant la mâchoire.

— Ça va, ça va.

Les photographes nous mitraillent et je ne veux pas donner à ces charognards plus de munitions qu'ils n'en ont déjà. Luc et Ash essayaient juste de me protéger.

— Désolé, mec, bredouille Luc, confus.

— Ne t'en fais pas, il n'y a pas de mal.

Une fois qu'il est rassuré, j'affiche une expression blasée et je me tourne vers le journaliste.

— Publiez ce que vous voulez, je m'en tape.

— Puis-je citer ces paroles ?

— Je vous en prie.

Et là-dessus, je tourne les talons. Luc et Ash m'emboîtent le pas.

— Ne te prends pas la tête, me dit Luc. Il tentait seulement de te tirer les vers du nez.

J'acquiesce d'un vague signe, sans le regarder.

— C'est vrai, renchérit Ash en trottinant derrière moi, car je marche vite. Il espérait des révélations. Il ne sait rien.

— Ça n'a aucune importance.

— Tout à fait, approuve-t-il tandis que nous prenons place sur le tapis roulant. Ne te prends pas la tête à cause de lui. Reste concentré, OK ?

Il continue de parler, mais je ne l'écoute pas. Je ne vois que le visage du journaliste, déformé par une joie malsaine, la satisfaction de tenir un scoop. Je n'entends que sa voix, réduisant ma vie en miettes.

J'aurais dû tout raconter à Ophelia. C'est à elle que je pense en premier, avant April et ma mère. J'aurais dû tout lui raconter avant qu'elle tombe sur un article dans un torchon à scandales.

Au lieu de quoi, j'ai essayé de me convaincre que cette vidéo n'aurait pas de conséquences, alors que je savais pertinemment que ce ne serait pas le cas. Quand les choses se sont-elles bien passées pour moi ? Quand ai-je mérité qu'elles se passent bien ?

Quand ai-je mérité quoi que ce soit de bien ?

Ash me pose une main sur l'épaule.

— Arrête, Z. Ne te laisse pas déconcentrer par cet abruti. Il cherchait juste à te faire réagir.

Je le repousse.

— Ça va. Je l'emmerde.

La pression monte, elle me dévore. Je me sens faible, vulnérable, claustrophobe. Comme si le monde se refermait sur moi.

Arrivé en haut de la piste, je descends la fermeture de mon blouson, puis je l'enlève. J'ai le vertige, je tiens à peine debout.

Merde ! Je marche comme un débutant qui n'a jamais mis des boots de snowboard.

Je me penche en avant, les mains en appui sur les cuisses, et je m'efforce de calmer ma respiration afin de ne pas tomber dans les pommes comme une pauvre petite chochotte. Ça marche presque, sauf que mon portable sonne et vibre comme un dingue.

Ça y est, tout le monde est au courant.

Je bloque les appels, trois textos arrivent les uns à la suite des autres. *Putain de bordel de merde !* Je jette le téléphone de toutes mes forces, aussi loin que possible.

Ash et Luc se tiennent derrière moi, je m'attends à un chorus de jurons, mais ils gardent le silence. Le genre de silence traduisant qu'ils calculent comment me maîtriser.

Je dois me ressaisir. Car il n'y a pas que Luc et Ash ici. Il y a des tas de snowboarders et d'officiels, et je sens qu'ils me regardent. Je ne peux pas me permettre de lâcher prise devant eux. Ils peuvent avoir tout ce qu'ils veulent de moi, mon sang, mes os brisés, ma mort, même, peut-être, un jour, mais pas ça. *Pas maintenant. Jamais.*

L'angoisse de mes amis est palpable, et je me sens minable. Ils devraient être en train de se concentrer, pas de s'inquiéter pour moi. Toujours la même histoire : plus ils se font du souci, plus je leur donne matière à s'en faire.

Je suis lamentable. Tout ça est lamentable. Je ne sais ni quoi faire ni que dire. La presse nationale va se repaître de mon passé croustillant et mon père en souffrira de nouveau. Et je n'y peux rien. Plus il y aura de personnes qui verront cette vidéo, plus on s'acharnera sur moi.

Sitôt la compétition terminée, je demanderai à Ash de la retirer du Web. Ça ne réparera pas le mal déjà fait, mais ça l'empêchera de s'aggraver. Tôt ou tard, quelqu'un mettra un autre exploit en ligne et on m'aura vite oublié.

Cette pensée m'apaise et je parviens à respirer un peu plus calmement. Pour le moment. Il faut que je me défoule, il faut que je fasse quelque chose sans tarder si je ne veux pas derechef frôler la crise. Mais pour l'instant, je peux me contenir. Ou tout du moins faire semblant.

Je ramasse mon blouson et je le remets. Puis je vérifie que mes chaussures sont bien lacées et que je n'ai pas endommagé mon snowboard en le jetant par terre.

Il semble indemne, seule une vis est un peu desserrée. Je fouille dans mes poches à la recherche de mon petit tournevis, mais Luc a déjà sorti le sien et il procède à l'ajustement nécessaire.

— Merci, t'es un frère.

Il hoche la tête, s'efforçant de paraître détendu.

— J'ai envoyé un texto à Mitch, m'informe Ash. Il prend les choses en main. Ce connard ne publiera pas son article. N'y pense plus. Concentrons-nous et on en reparlera ce soir autour d'une bière.

— OK, dis-je.

Sauf que j'ai d'autres plans pour ce soir. J'ai autre chose à faire que picoler avec mes potes, des choses que je dois faire absolument si je veux de nouveau y voir clair dans ma tête, ou tout du moins un peu plus clair.

— Ça va ?

— Ouais, ça va. Désolé d'avoir craqué. Tu sais comment je réagis quand on réveille des souvenirs douloureux.

Je joue délibérément la carte de la culpabilité, dans l'espoir qu'il me laisse tranquille.

— Je sais… Essaie de ne plus y penser.

J'aimerais bien, mais c'est hélas totalement impossible. Même si Mitch parvient à dissuader l'autre enfoiré de faire machine arrière, des dizaines d'autres journalistes étaient présents. L'un d'eux sautera sur l'occasion. Telle est la nature humaine. Et mon ignominie sera livrée en pâture au grand public. Exactement comme je le mérite.

Or mon père n'a pas besoin de replonger dans ce cauchemar, maintenant qu'il a une nouvelle femme, un nouveau gamin, une nouvelle vie. Il a tiré un trait sur le passé et je ne l'en blâme pas. Si je pouvais faire table rase, comme lui, je ne m'en priverais pas, et alors, tel le phénix, je pourrais renaître de mes cendres.

Mais je ne le mérite pas. Je ne le mériterai jamais. C'est pour ça que j'en suis là, à me noyer dans le cloaque de ma vie, quoi que je fasse pour m'en sortir.

Je me garde bien toutefois de révéler le fond de ma pensée et me contente de hocher la tête en feignant d'écouter mes amis.

— Ne nous affolons pas pour rien, dis-je. Cette histoire ne sera qu'un feu de paille.

Ash me regarde d'un air coupable, je vois qu'il se torture.

— Ne t'en fais pas, ajouté-je en lui tapant dans le dos. Il n'y a pas de quoi en faire une montagne.

— Mitch étouffera l'affaire, il a le bras long.

— Ouais, je l'appellerai, tout à l'heure.

— On n'a qu'à l'appeler tout de suite, suggère Luc en sortant son téléphone.

— Non ! Je veux juste *rider*, mec, d'accord ?

Je ne tiens surtout pas à revenir sur ce sombre épisode, ni avec mon agent, ni avec personne. *Plus jamais.*

Luc paraît hésitant, mais il range son portable.

— OK, acquiesce-t-il. Allons-y.

— J'ai ton téléphone, me dit Ash en me le collant dans la main. L'écran est fêlé mais il a l'air de marcher.

— Merci.

Je ne prends même pas la peine de le regarder. Je m'en fiche.

Je me fiche du passé.

Je me fiche de mon père.

Je me fiche d'être une épine dans le pied de mes amis.

Je me fiche de ce qu'Ophelia pensera quand elle apprendra la vérité.

Et je me fiche de toutes les conneries que je peux faire.

Je me fiche de tout. J'en ai marre de tout.

Je parviens à garder mon calme jusqu'à ce que mon tour arrive. Je passe septième, il n'y a donc pas beaucoup d'autres concurrents avant moi. La neige sera encore bonne. Le parcours n'est pas très long et je suis assez confiant. Je n'ai que quatre figures à réaliser, et je dois les faire bien.

Je regarde le numéro six, Brian Mitchell, de Calgary, dévaler les rails puis exécuter deux doubles *backflips*, suivis d'un triple. Il assure, mais je peux faire mieux, les yeux fermés.

Puis c'est à moi. Je surfe sur les rails comme s'ils n'étaient pas là. J'en prends même deux en arrière, juste pour prouver que j'en suis capable. Le premier tremplin se présente rapidement et je le franchis avec un triple *cab*. J'atterris en douceur et enchaîne par un 1440 arrière. La foule m'acclame et, l'espace d'une seconde, je me dis que les choses pourraient si facilement se gâcher...

J'aborde le troisième tremplin avec un léger déséquilibre mais j'essaie de me récupérer. Je tente un autre triple *cab* mais j'ai trop d'élan et je ne suis pas dans la bonne position. L'adrénaline fuse dans mes veines. Je suis désaxé, je redescends trop vite...

Je me réceptionne brutalement et je culbute jambes par-dessus tête sur plusieurs mètres. Mon épaule heurte quelque chose, et une douleur aveuglante se répand dans mon bras et dans mes reins. Je continue de dégringoler en me faisant mal partout, aux côtes, à la hanche, au poignet...

Après un interminable roulé-boulé, je m'immobilise enfin au bas de la piste, face dans la neige. Je sais que je devrais me redresser, montrer au public que je suis sain et sauf, mais la douleur déferle par vagues de plus en plus grosses et je ne peux penser à rien d'autre.

Reconnaissant, je m'y abandonne et m'y laisse sombrer.

Chapitre 24

OPHELIA

Je ne comprends pas tout de suite ce qui se passe. Je vois Z s'élancer dans les airs, partir en vrille et retomber en se cognant l'épaule, mais je n'arrive pas à concevoir pourquoi. Cette figure est un jeu d'enfant pour lui, je l'ai vu réussir des centaines de triples *cabs* ces jours derniers. Il y parvenait les yeux fermés. Alors pourquoi dégringole-t-il le long de la pente sans pouvoir s'arrêter ?

Près de moi, Gemma pousse un cri, se plaque une main sur la bouche et commence à prier tout fort. De l'autre côté, Cam se tient aussi raide qu'une statue. Et moi, au milieu, je ne saisis pas ce qui s'est produit mais je pressens le pire. *Par pitié, pas la tête ! Pas les cervicales, par pitié !* J'assumerai n'importe quelle autre blessure, mais s'il vous plaît, s'il vous plaît, faites qu'il ne se fracture pas le crâne ni la colonne vertébrale.

J'agrippe le bras de Cam lorsque Z s'immobilise enfin.

— Il n'a rien ?

Elle secoue la tête avec gravité.

— Vu comme il est tombé, j'en doute. Il a encore dû se faire une rupture de la coiffe, et ça ne m'étonnerait pas qu'il se soit cassé le poignet. Dans tous les cas, ce ne sera pas cool.

C'est tout ce que je voulais entendre. Comme mue par un ressort, je me lève et me faufile dans les gradins. Cam et la famille d'Ash me suivent mais je ne leur prête pas attention. Je ne vois que Z à plat ventre dans la neige, les secouristes qui accourent vers lui.

— Il ne bouge pas. Pourquoi il ne bouge pas ?

— Parce qu'il s'est pété l'épaule, répond Cam sèchement. Ça fait un mal de chien.

Je me raccroche à ces mots comme à une bouée de sauvetage, tout en me frayant un passage à travers les journalistes et les fans agglutinés au pied de la piste.

— T'es sûre que ce n'est que l'épaule ?

— Je ne suis sûre de rien, aboie-t-elle, aussi stressée que moi.

— Comment on va faire pour aller le voir ?

— Toi, tu restes ici, m'intime-t-elle. J'y vais.

— Mais…

— Attends-moi là, ajoute-t-elle en m'indiquant un coin devant les barrières. Je participe à la compète, pas toi. On ne te laissera pas franchir le cordon de sécurité.

C'est vrai, je le sais, mais ça me tue de rester sur la touche alors que Z vient d'être victime d'un accident.

Non, ce n'était pas un accident, me souffle une voix intérieure. Cette figure ne présentait aucune difficulté. S'il l'a loupée, c'était volontaire.

Je refuse néanmoins d'y croire. Z était motivé, préparé. Pourquoi aurait-il insisté pour que j'assiste à cette compétition s'il avait l'intention de faire exprès de se planter ? Ça n'a pas de sens.

D'un autre côté, je revois toutes ces vidéos où il assurait mais où il finissait par tout gâcher, presque malgré lui.

Mais cette fois, il n'était pas dans les mêmes dispositions. C'est un accident, ça ne peut pas être autre chose. Je ne dois pas me monter la tête.

Tandis que Cam montre son badge aux vigiles, Logan s'approche de moi et essaie de me rassurer.

— Ne t'en fais pas, Ophelia, ça va aller.

— Qu'est-ce que t'en sais ?

Il s'efforce de sourire, bien que l'inquiétude se lise dans son regard.

— C'est Z, répond-il. Il s'en sort toujours bien.

Je suis assez près maintenant pour voir que Z parle aux secouristes, ce qui signifie qu'il est vivant et, je l'espère, lucide. Mais il ne bouge toujours pas et je redoute qu'il soit plus grièvement blessé que ne le pense Cam.

Gemma me frictionne le bras.

— Ça va aller, ma belle. Depuis que je connais ce garçon, Dieu veille sur lui.

Ce ne sont pas les réponses que j'attends mais je dois m'en contenter, et je décide de puiser le réconfort où je peux.

Quelques secondes plus tard, la sonnerie de mon téléphone retentit. *Ash.* Je décroche dès que son nom s'affiche à l'écran.

— Comment va-t-il ? demandons-nous tous deux en même temps.

Merde ! J'espérais qu'il aurait des nouvelles, en haut de la piste avec les officiels.

— J'en sais rien. Cam pense qu'il s'est fait une rupture de la coiffe.

— Il y a de fortes probabilités, acquiesce-t-il sinistre, d'après ce qu'on a vu de la chute sur les écrans. Il s'est relevé ?

La panique monte d'un cran.

— Non ! Il ne bouge toujours pas !

Ash doit sentir mon angoisse, car il passe soudain en mode tranquillisant.

— C'est pas grave, je te le promets.

— C'est ce que vous me dites tous, mais qu'est-ce que vous en savez ?

— Ne t'en fais pas, c'est Z, répond-il, comme son frère.

— Ça veut dire quoi ? hurlé-je, hystérique. Et que s'est-il passé ? Je l'ai vu ce matin, il avait l'air en forme.

— C'est une longue histoire, marmonne Ash. Un reporter l'a provoqué et…

Il ne termine pas sa phrase, ce qui me confirme que mes soupçons étaient fondés. Z l'a fait exprès. Il a délibérément essayé de se tuer.

Il est peut-être paralysé, maintenant, parce que quelque chose l'a fait disjoncter. Quelque chose qu'il ne voulait pas regarder en face.

La rage me submerge, exacerbée par l'anxiété.

— Il l'a fait exprès. Il l'a fait exprès, putain !

— Ce n'est pas aussi simple. Calme-toi. Je t'expliquerai plus tard.

— OK. Ouais. On en reparlera. (Je suis tellement furieuse que je sais à peine ce que je dis.) Appelle Cam. Elle est avec lui, elle en sait peut-être davantage.

Soudain, une clameur s'élève de la foule. Je me retourne. Avec l'aide des secouristes, Z s'est redressé en position assise. Même de loin, je vois que son épaule est disloquée, mais il a le sourire. De l'autre bras, il adresse un signe au public.

L'enfoiré. Le salaud. Je lui ai raconté l'accident de Rémi, je lui ai fait part de mes craintes, et il m'avait promis de ne plus refaire ça. Mais ça ne l'a pas empêché de foirer la dernière grande compétition avant les sélections olympiques, juste pour être sûr que tout soit fini pour lui avant même de commencer.

Il aurait pu mourir. Je ne parviens à penser à rien d'autre. Il est à peu près indemne mais il aurait pu se tuer. *Le salaud. Le monstre.*

On l'emmène sur un brancard. Cam lui tient la main, les larmes aux yeux. *Quel ingrat.* Il nous torture et nous tient à la merci de ses sautes d'humeur et de ses tendances suicidaires.

Mon téléphone sonne de nouveau et je réponds parce que c'est Cam.

— Alors ?

— Les infirmiers pensent qu'il s'est fait une luxation de l'épaule. Un moindre mal. Mieux qu'une rupture de la coiffe. Il a aussi sûrement des côtes fêlées, et son poignet est très enflé. Ils l'emmènent à l'hôpital d'Aspen Valley. Ils verront là-bas s'il faut l'envoyer ailleurs.

— Pourquoi faudrait-il l'envoyer ailleurs ?

— Aspen Valley est un petit hôpital. Vingt-cinq lits. Les médecins peuvent s'occuper d'une épaule démise mais s'il faut l'opérer, il sera transféré dans un établissement plus grand. (Elle s'interrompt un instant.) Tu veux que je vienne te chercher ? Tu pourras monter dans l'ambulance avec lui.

Je devrais dire « oui », je le sais. Mais je ne vois que Z dégringolant le long du parcours de snowboard. Z, et Rémi à l'instant où nous avons plongé dans le Mississippi.

Le corps inerte de Rémi quand on l'a extrait de la voiture. Toutes ces images se mélangent dans ma tête, et je vais devenir folle si je ne me dépêche pas de les endiguer.

— Pars avec lui, déclaré-je à Cam. Je vous rejoindrai là-bas.

— Il n'y a qu'un hôpital à Aspen, tu ne peux pas te tromper.

— OK. À tout à l'heure.

Je raccroche et compose le numéro d'Ash. Il décroche à la première sonnerie et je lui répète ce que Cam vient de m'expliquer. J'entends Luc lui poser des questions mais je n'ai pas les réponses. Je n'ai pas pensé à les demander. Je raccroche afin qu'ils appellent Cam.

— Viens, me dit Todd en me passant un bras autour des épaules. On t'amène à l'hôpital.

Je hoche la tête et nous nous mettons en marche, lorsque je me remémore tout à coup :

— Ash, c'est bientôt à son tour !

Gemma me sourit gentiment.

— On l'a déjà vu en compète et on le reverra, tout à l'heure en half-pipe et demain aux finales.

— Restez regarder Ash, dis-je. Je prendrai un taxi.

— On veut voir Z, nous aussi, proteste Todd.

Peut-être, mais ils ne doivent pas rater le passage de leur fils parce que mon mec est un égoïste qui ne pense qu'à lui.

— Vous le verrez plus tard. Restez pour Ash ; on se retrouve à l'hôpital.

— Tu es sûre ?

Gemma paraît hésitante mais son mari lui enlace les épaules et lui chuchote quelque chose qui amène un sourire sur ses lèvres.

— C'est vrai, acquiesce-t-elle, je comprends que tu veuilles être seule un moment avec Z avant l'arrivée de la horde.

— Ce n'est pas…

Todd me tapote l'épaule.

— Tu as besoin d'argent pour le taxi ?

— Oh, non ! Je vous remercie.

Gemma me serre entre ses bras et me fait une bise sur la joue.

— À tout à l'heure, ma belle.

Je hoche la tête, car que dire de plus ?

À moitié sonnée, je regagne l'hôtel et monte dans un taxi garé devant.

Tout le long du trajet, je pense à Z et à Rémi, à Rémi et à Z. Rémi décédé, Z qui sans cesse frôle la mort. Tout se brouille dans mon esprit, à tel point que je ne vois plus rien, que je ne parviens plus à réfléchir. Rémi, Z. Et moi, au milieu.

J'arrive à l'hôpital en proie à un mélange d'angoisse, de colère, de tristesse et de mille autres émotions que j'ai du mal à démêler. Un brouillard m'emplit la tête ;

j'ai envie de pleurer. Envie de me coucher sur le trottoir et de laisser libre cours à mes larmes.

Mais je me ressaisis, je paie calmement le chauffeur, j'entre dans l'hôpital et je me présente à l'accueil des urgences, où l'on m'indique où se trouve Z. Puis subitement, je tourne les talons et je ressors.

J'en ai assez.

Je n'en peux plus.

Chapitre 25

Z

Elle ne viendra pas.

J'essaie de me dire que je ne l'attends pas, que je m'en fiche, mais je sais très bien que c'est faux. Chaque fois que la porte s'ouvre, j'espère que c'est elle et qu'elle me dira qu'elle m'aime même si je ne suis qu'un pauvre loser.

Mais elle ne vient pas.

Cam est là, avec Luc et Ash. Les parents d'Ash sont passés, ainsi que Logan. Mitch. Plusieurs snowboarders, après la compète. Il paraît que des journalistes campent au-dehors pour avoir de mes nouvelles. Mais pas d'Ophelia.

Je ne lui en veux pas. J'ai fait exactement ce que je lui avais juré de ne pas faire. Elle m'a laissé tomber, comme promis.

Tant pis. C'est juste que je ne pensais pas que ça me ferait aussi mal. En vérité, je ne pensais pas pouvoir souffrir autant. Depuis des années, j'étais persuadé d'être devenu complètement insensible.

Certes, en tombant amoureux d'Ophelia, je me suis aperçu que ce n'était pas le cas. Mais je croyais qu'après la tragédie d'April, j'étais immunisé contre les petites douleurs de la vie. Ce n'est pas très réjouissant de constater qu'il n'en est rien.

La bonne nouvelle, en dépit de ma nullité, c'est que je suis moins amoché que j'aurais dû l'être. Que je le souhaitais quand j'ai disjoncté.

Je me suis déboîté l'épaule ; ce n'est pas la première fois. On me l'a remise en place, on m'a donné des antidouleurs et prescrit des séances de kiné. Je me suis aussi fêlé quelques côtes et foulé le poignet. Je suis couvert de bandages, mais avec les antalgiques, je ne souffre pas trop. On me garde en observation, histoire de s'assurer que je n'ai rien d'autre mais, en principe, si je me repose d'ici là, je devrais pouvoir participer aux sélections olympiques.

Je n'en méritais pas autant. J'ai merdé. Je sais que j'ai merdé. Je n'aurais pas dû me laisser déconcentrer par ce journaliste. À cause de lui, j'ai perdu Ophelia. Les sélections olympiques ne sont qu'une piètre consolation. Plus que je ne mérite, néanmoins.

— Z ? Ça va ?

Ash et Luc me regardent d'un air inquiet. Une fois de plus, je ne faisais pas attention à ce qu'ils me disaient.

— Pardon. Avec le Vicodin, je plane un peu.

Je tente de dissimuler mon ingratitude sous l'effet des médicaments. Ash me tapote l'épaule.

— On va te laisser dormir, je crois. Mes parents viendront te chercher demain matin.

— C'est pas la peine, je prendrai un taxi.

— Tu rigoles ou quoi ? Ils seront là dès que j'aurai fini la compète.

— Merci, mec. Et bonne chance pour demain. À tous les trois. Vous allez déchirer.

Ash cogne son poing contre le mien, puis c'est au tour de Luc. Cam se penche au-dessus du lit pour m'embrasser. Et je me retrouve seul.

Comme d'habitude.

Une vieille comédie passe à la télé, plutôt drôle, mais je n'ai pas envie de la regarder. Je n'ai envie de rien.

Sauf d'Ophelia et elle n'est pas venue.

Elle n'est pas venue.

Je ferme les yeux, somnolant, et j'essaie de trouver une raison de continuer à respirer. De ne pas en voir une seule n'est pas vraiment encourageant.

On frappe à la porte. Je me redresse en sursaut, éveillant une vive douleur dans mon épaule.

Ophelia. Enfin, elle…

— Salut, mec. Désolé de te réveiller. Je te laisse juste ça, je repasserai plus tard.

Mitch se tient sur le seuil de la chambre, un sac de fast-food à la main.

— Non, c'est bon, je ne dormais pas vraiment. C'est juste les cachetons qui m'assomment.

Il s'avance vers le lit.

— Je t'ai apporté des tacos. Je me suis dit que ce serait toujours meilleur que ce qu'on te sert ici.

— Merci.

Il s'assied sur une chaise et déballe le dîner. Il m'a acheté un Coca mais il boit du Dr Pepper. La vue de cette maudite canette bordeaux ravive mon amertume, et je m'en veux d'être aussi niais. Ophelia m'a brisé. Pire, je me suis laissé faire.

Je refoule ces considérations. Je ne veux pas penser à elle. Pas pour le moment. Je ne peux pas me le permettre. Il y a déjà suffisamment de trucs qui me pourrissent la tête. Plus tard, peut-être, quand j'aurai repris le dessus. Mais pas maintenant.

Je grignote deux ou trois bouchées de tacos, sans appétit. Mitch mange le sien en évitant soigneusement d'aborder le sujet qui fâche.

Au bout d'un moment, le poids du silence devient insoutenable.

— Alors ? demandé-je. T'as pu faire quelque chose ?

— L'article ne sera pas publié.

Je le regarde en attendant des explications, qui ne viennent pas.

— Pour quelle raison ?

— J'ai menacé d'intenter un procès à quiconque parlerait de cette histoire. De toute façon, la plupart des journaux et des magazines ne s'intéressent pas à ce genre de ragots. Il n'y a que les tabloïds qui s'abaissent à ces manœuvres. Et mon avocat leur a touché deux mots, ils savent à quoi s'en tenir. Ne t'en fais pas, Z, l'affaire est close.

Je ferme les yeux. Je devrais être soulagé, mais même pas. J'en ai ras le bol de me cacher, ras le bol de fuir, ras le bol de m'enfouir la tête sous le sable et d'occulter le passé. April est morte, d'une mort atroce. Et depuis onze ans, je suis trop lâche pour l'assumer.

Une larme s'échappe de ma paupière. Mitch se racle la gorge, gêné.

— Ça va ?

Je m'essuie la joue du revers de la main, m'éclaircis la voix.

— Ouais, ça va. Merci.

— Pas de quoi, bredouille Mitch en ramassant les restes du repas. Je vais te laisser te reposer. On discutera demain, quand tu te sentiras un peu mieux.

— Ouais, OK, pas de problème.

Il jette le sac à la poubelle et se dépêche de s'en aller, après m'avoir dit de l'appeler si j'ai besoin de quoi que ce soit. *Super ! Il faut être balèze pour faire fuir sa copine et son agent en moins de quelques heures.*

À la pensée d'Ophelia, dévasté, j'attrape mon téléphone. Pas de SMS, pas de message vocal. Rien.

Parce que tu es un connard, me chuchote une petite voix. *Tu l'auras cherché. Tu ne la méritais pas.*

J'ai envie de fracasser ce maudit portable contre un mur. Mais je ne peux pas. Parce que j'attends qu'elle m'appelle. J'ai besoin d'elle. *Pathétique.*

Finalement, c'est plus fort que moi, je rédige un bref texto. Et avant de me raviser, j'appuie sur « Envoyer ».

Je passe le reste de la soirée avec le téléphone serré dans la main.

Elle ne répond pas.

Chapitre 26

OPHELIA

On frappe à la porte, pour la quatrième fois de la soirée. Je ne réponds pas. Je suis dans la chambre d'hôtel de Z ; ce n'est certainement pas à moi qu'on veut parler.

On frappe de nouveau, plus fort, du plat de la main.

— Je sais que tu es là, Ophelia. Ouvre-moi, nom de Dieu !

Je reconnais la voix de Cam. Redoutant le pire, je me rue à la porte, et me prends un coup de poing dans la figure qui me fait vaciller.

— Espèce de garce ! crache-t-elle. Je ne sais pas ce qui me retient de t'éclater la tronche.

Je me palpe l'œil délicatement. Il me fait mal et il commence déjà à enfler.

— Tu ne t'es pas gênée…

— Ce n'étaient que les préliminaires !

Elle se contente toutefois de claquer la porte derrière elle et me regarde, les bras croisés sur la poitrine, un vilain rictus déformant son joli petit minois.

— Si c'est tout ce que tu voulais, tu peux repartir.

— Ne me cherche pas ! aboie-t-elle.

Mais elle ne fait pas mine de vouloir récidiver. Elle se dirige vers le minibar et se verse une fiole de vodka dans un verre.

— Tu sais quoi ? Je ne te comprends pas, dit-elle après en avoir bu une longue gorgée.

— C'est pas grave. Moi non plus.

Elle est amoureuse de Z, sans doute depuis toujours. Je m'en suis rendu compte il y a quelques jours, et tout s'est éclairci : la raison pour laquelle elle m'a parlé du pari, son animosité. Elle devrait se réjouir, maintenant. Je le lui laisse, son Z.

— Je te croyais à son chevet, lui tenant la main et lui murmurant de ne pas s'inquiéter.

Mes paroles me pincent le cœur et je serre les poings. Pourtant, je n'ai pas le droit d'être jalouse. C'est moi qui ai décidé de ne pas aller voir Z à l'hôpital. C'est moi qui ai pris mes distances une seconde fois.

Parce qu'il le fallait. Perdre Rémi a failli me tuer. Perdre Z… Le regarder aller à la rencontre de la mort… Je n'y survivrais pas. Déjà, j'ai peur d'avoir volé en éclats et de ne pas pouvoir recoller les morceaux.

— C'est ça, vas-y, joue les victimes.

— Je ne joue pas.

— Alors tu es un sacré faux-cul. (Elle avale une autre rasade de vodka, qui lui arrache une grimace.) Tu sais, Z s'imagine qu'il n'a besoin de personne. Mais il a besoin de toi. Et tu l'as laissé tomber comme une vieille chaussette.

— C'est pas ça.

— Oh, si ! Tu n'es qu'une sans-cœur, comme tous ceux à qui il se raccrochait. Tu l'aimes quand tout va bien, mais dès que le vent tourne, tu quittes le navire.

J'aimerais lui expliquer qu'elle se trompe, mais que dire pour ma défense alors que Z est à l'hôpital et que je me terre ici à ruminer de vieux souvenirs ?

— Comment va-t-il ?

— Qu'est-ce que ça peut te faire ? Tu n'avais qu'à aller le voir.

— Je suis allée à l'hôpital.

— Bien sûr... J'y ai passé tout l'après-midi. Comment se fait-il que je ne t'aie pas vue ?

— J'ai juste pris de ses nouvelles et je suis repartie. Je ne pouvais pas...

— Tu ne pouvais pas quoi ? Affronter la réalité ? Supporter que ton super-héros soit un être humain ? Un écorché vif trop difficile à gérer pour toi ? (Elle secoue la tête et vide son verre d'un trait.) Franchement, je ne comprends pas pourquoi il s'est amouraché de toi.

— Au lieu de toi, tu veux dire ?

Je ne sais pas pourquoi j'ai balancé ça. Parce que je suis blessée, sans doute, en colère, et triste, horriblement triste. Je me sens déjà bien assez coupable, je n'ai surtout pas besoin que Cam en ajoute une couche.

— Je t'emmerde, connasse.

Je me dirige vers la porte et l'ouvre.

— Dégage.

— Pas avant que tu m'aies expliqué pourquoi tu es aussi cruelle avec Z. Pour te venger du pari ? Ça t'amuse de l'enfoncer alors qu'il est déjà au plus bas ?

— C'est sa faute.

— Tu es pathétique, rétorque-t-elle avec un ricanement sarcastique.

— Tu t'es vue ? Tu te voiles la face depuis toujours. Tu refuses de regarder la réalité en face, parce que tu serais obligée de reconnaître que tu ne peux rien pour Z.

— Oh, je suis la première à reconnaître que personne ne peut rien pour lui, qu'il est brisé, irréparable. C'est toi qui ne veux pas l'accepter. Qui ne veux de lui que quand il fait semblant d'aller bien.

Ces mots me frappent comme une gifle.

— Tu ne comprends pas. J'ai vu ce qui s'est passé aujourd'hui. Je sais qu'il l'a fait exprès.

Elle hausse les épaules.

— Personne n'en sait rien. Rien n'est jamais aussi évident, avec Z. De toute façon, ce n'est pas la question.

— Si, c'est la question, justement. Tu es bien placée pour savoir qu'il est trop bon pour tomber comme ça.

— Ce que je sais, c'est qu'il était motivé. Mais un connard de journaliste lui a pris la tête juste avant la compète.

— Alors il a tout fichu en l'air ?

— Bon sang, Ophelia, ouvre les yeux ! Tout n'est pas tout noir ni tout blanc, ce n'est pas aussi simple. Tu n'as jamais fait de snowboard. Tu n'imagines pas comme c'est facile de perdre une demi-seconde ta concentration et de partir en vrille.

— Tu crois que c'était un accident ?

— Je n'en sais rien. Peut-être. Peut-être pas. Mais il n'avait pas l'intention de se planter comme ça. J'en suis sûre et certaine.

— C'est pas un peu naïf? Tu as dit toi-même qu'il était perturbé.

— Il l'est et, crois-moi, je le sais mieux que personne. Mieux que toi, en tout cas. Ça fait dix ans que je le vois se détruire à petit feu et que j'essaie de l'en empêcher, avec Luc et Ash. J'étais là quand on a retrouvé April. J'étais là quand il a découvert sa mère. Et depuis, je suis là tous les jours, à le ramasser à la petite cuillère quand le monde devient trop dur pour lui. Sauf aujourd'hui, où il comptait sur toi. Mais tu lui as fait faux bond. Tu ne vaux pas mieux que son père.

Elle pose brutalement son verre sur le comptoir, se dirige vers la porte. Mais elle fait volte-face avant de l'atteindre.

— Ne t'approche plus de lui, tu m'entends ? Tu lui as déjà fait assez de mal. Alors laisse-le tranquille, maintenant, OK ?

— Sinon quoi ?

Je ne sais pas pourquoi je la défie, alors que j'avais de toute façon l'intention de ne plus revoir Z.

— Sinon ton œil au beurre noir ne sera qu'un moindre mal. Ash et Luc ne te toucheront pas, parce que t'es une fille. Mais moi, je te défoncerai.

Là-dessus, elle s'en va en claquant la porte, et je me retrouve seule, plantée au milieu de la suite qui paraît vide et désolée, sans Z. À me demander si je n'ai pas commis la plus grosse erreur de ma vie, pire encore que d'être montée dans la voiture avec Rémi.

N'y tenant plus, la tête – et le cœur – sur le point d'exploser à force de me poser des questions, j'allume la tablette que Z m'a offerte quand il s'est aperçu que je n'en avais pas, et je lance une recherche.

Tout le monde est au courant des traumatismes de Z. Je crois qu'il est grand temps que je les connaisse, moi aussi.

Chapitre 27

Z

J'ai dû m'endormir car il fait nuit noire quand je me réveille en sursaut, le cœur tambourinant, émergeant à grand-peine d'un cauchemar.

— Ce n'est rien, tout va bien.

Une main me caresse tendrement le front, se pose contre ma joue, et je me dis que je suis encore en train de rêver. Mais ces doigts qui jouent dans mes cheveux me semblent bien réels. Ils sont trop froids pour ne pas l'être.

Je me force à ouvrir les yeux, et elle est là, assise près du lit. *Ophelia.*

— Tu es venue.

Elle hoche la tête, se mord la lèvre inférieure.

— Désolée d'avoir mis tout ce temps.

— Tu n'as pas à t'excuser.

— Si.

Je tends vers elle mon bras valide.

— Non. Je comprends.

— Tu crois ? Moi-même, j'ai du mal à me comprendre.

— Rémi…

— Rémi n'a rien à voir là-dedans, m'interrompt-elle d'une voix ferme. Il n'a pas à interférer entre nous.

Je lui prends la main et la serre dans la mienne.

— Il fait partie de ton passé.

— Et tu es mon avenir.

Je me fige, détourne le regard. J'ai attendu ces mots toute ma vie, et je ne connais Ophelia que depuis quelques semaines.

— Tu ne me crois pas, dit-elle.

— Ce n'est pas ça…

— Si, c'est exactement ça. Tu défies la mort parce que tu t'imagines que tu n'as pas d'avenir. Ou en tout cas, tu es persuadé que l'avenir ne te sourira pas.

— Tu te trompes.

Elle plonge ses yeux dans les miens. Ce soir, ils sont d'une couleur que je n'ai encore jamais vue, d'un vert de jade pur, glacial, aussi déterminés que magnifiques.

— Prouve-le-moi.

— Pardon ?

— J'ai dit : prouve-le.

Mon cœur s'affole. Du geste, je désigne le lit d'hôpital, mon épaule bandée.

— Comment ?

— Tu sais très bien comment.

Je commence à saisir ce qu'elle attend de moi, et la panique me gagne.

— Tu ne peux pas comprendre…

— Si tu ne m'expliques pas, non, je ne peux pas. Alors explique-moi.

Je secoue la tête.

— C'est pas aussi simple.

Je ne peux pas le lui dire. Je suis incapable d'en parler.

— Est-ce que ça t'aide si je t'annonce que je sais déjà ?

Merde.

— C'est vrai ?

Elle hoche la tête.

— Oui.

Merde, merde, merde !

— Cam ?

— Non, tes amis ne trahiraient jamais ta confiance.

— Qui, alors ?

Avec un soupir, elle pose la tête contre les barreaux du lit. J'en profite pour glisser les doigts dans ses boucles. Je m'attends à ce qu'elle s'éloigne, qu'elle ne veuille pas que je la touche maintenant qu'elle sait quel minable je suis, mais elle ne bouge pas. Elle me laisse la câliner autant que je veux. Je n'en reviens pas du réconfort que son contact me procure, alors que les fragiles pans de ma vie qui tenaient encore debout s'écroulent autour de moi.

— Je suis venue à l'hôpital, cet après-midi, peu après l'ambulance.

— Ah bon ? On m'a dit…

— Chuut, souffle-t-elle, un doigt sur mes lèvres. Je suis repartie tout de suite. Je… J'étais trop mal. Je suis désolée de ne pas avoir été là avec toi.

— C'est pas grave. Je ne te demande pas…

— Tu vois, c'est ça, ton problème. Tu ne te rends même pas compte à quel point c'est horrible. De croire que personne ne tient à toi. Que tu ne le mérites pas. Et je t'ai conforté dans cette idée, aujourd'hui. Je le regrette. Je regrette d'avoir été aussi égoïste.

— Je ne veux pas de tes excuses, Ophelia, ni de ta pitié.

La pitié est la dernière chose que j'attends d'elle.

— Tu penses que c'est ça ? Vraiment ? De la « pitié » ?

— Quoi d'autre, alors ? (Soudain, je suis en colère, et je ne sais même pas pourquoi.) Tu m'as rejeté à cause de ce que j'ai fait et, tout d'un coup, tu découvres mon passé et tu reviens. Qu'est-ce que c'est si ce n'est pas de la pitié ?

— De la compréhension. De l'empathie. De l'amour. Un sentiment que tu ne connais peut-être pas, je le conçois, puisque personne ne t'en a jamais donné, apparemment.

Je secoue la tête.

— Tu mens. Tu m'avais dit que tu m'aimais, et pourtant…

— Pourtant, je t'ai lâché. Je sais. Mais crois-moi quand je te dis que je devais essayer d'y voir clair dans ma tête. Si j'étais venue plus tôt, dans l'état où j'étais, ç'aurait été une catastrophe. Je t'aurais fait encore plus de mal…

Je me redresse en position assise, refusant d'avoir cette discussion avachi au fond de mon lit comme un handicapé.

— Ne t'inquiète pas pour ça, j'ai l'habitude d'encaisser la douleur. Mais que tu me fuies pour me protéger ? Je ne suis pas d'accord. Si tu es malheureuse, si tu es blessée, tu m'en parles et je t'aiderai.

— Rien ne m'y oblige.

— Pardon ? Ça veut dire quoi, ça ?

— Ça veut dire que tu ne m'en parles pas, toi, quand tu es au trente-sixième dessous. Il a fallu que je fouille dans de vieux articles de presse pour comprendre ce qui te hantait. Pourquoi te confierais-je mes états d'âme si tu n'es même pas capable de me raconter ton passé ? me crache-t-elle à la figure, toute douceur évaporée.

Je me laisse retomber contre les oreillers. Une douleur s'élance dans mon épaule. *Merde.* Je l'aurai bien cherché.

— C'est pas pareil.

— C'est exactement pareil et tu le sais, ou tu ne ferais pas cette tête de chien battu.

— Je ne fais pas une tête de chien battu.

— Ah, d'accord. C'est juste que de loin, ça y ressemblait.

Je soutiens son regard, elle soutient le mien, avec cet air de dure terriblement sexy. *Mon Dieu que je l'aime !*

C'est pour cette raison que je prends mon courage à deux mains. Parce que je l'aime et que je ne veux pas la perdre comme j'ai déjà perdu presque tous ceux auxquels je tenais. Je ne croyais pas qu'elle resterait si elle savait. Or elle est là. Elle sait tout et elle est assise près de moi, à me défier de la chasser de ma vie.

Je ne peux plus me passer d'elle mais la mise à nu n'est pas facile. Depuis onze ans, je tiens mes démons enfermés au fond de moi. Les extérioriser me paraît aussi douloureux que d'avaler des lames de rasoir.

— Elle s'appelait April. (Après avoir finalement réussi à articuler cette première phrase, je ferme les yeux et je renverse la tête en arrière.) Ma sœur. Elle avait sept ans quand…

Ma voix se brise quand j'essaie de le dire. Je me racle la gorge et tente de recommencer.

— Quand elle a été kidnappée et assassinée, termine Ophelia, prononçant d'une voix forte et ferme les mots que je n'ai jamais pu formuler.

Je serre sa main dans la mienne.

— Oui. Mon père était au téléphone. Il trouvait qu'on faisait trop de bruit. Que je faisais trop de bruit.

Il nous a envoyés dans le parc au bout de la rue, en me recommandant de surveiller ma petite sœur. Naturellement, je prenais un malin plaisir à faire le grand frère qui commandait.

» Tout se passait bien. Pendant une heure, peut-être, on a joué sur l'aire de jeux, on s'est couru après, on s'amusait bien, quoi… Et puis j'ai eu envie de faire pipi. J'ai dit à ma sœur de m'attendre près de la fontaine devant les toilettes. Je lui ai fait promettre de ne pas s'éloigner, mais elle n'avait que sept ans…

» Je ne suis resté aux WC que deux ou trois minutes. Quand j'en suis ressorti, elle n'était plus là. J'ai cru qu'elle s'était cachée, j'ai commencé à la chercher. Je l'appelais, elle ne répondait pas, j'étais furieux. Je lui ai crié plusieurs fois que j'allais la laisser toute seule dans le parc. Elle ne se montrait toujours pas.

» Au bout d'un moment, mon père est venu nous rejoindre. Quand il a compris qu'elle avait disparu, il m'a traité de tous les noms. Et il a appelé la police, qui m'a longuement interrogé. Pendant longtemps, j'ai été le suspect numéro un. Les flics étaient persuadés que j'avais fait du mal à ma sœur et que j'avais caché son corps quelque part. Mes parents ne me l'ont jamais dit franchement mais je suis presque sûr qu'ils le pensaient, eux aussi.

Les larmes me brûlent les yeux. Je tourne la tête afin qu'Ophelia ne les voie pas. C'est pour ça que je ne parle jamais de mon passé, que je ne veux même pas y songer. Parce que je suis trop faible.

Ophelia se penche au-dessus de moi et embrasse les larmes qui ruissellent sur mes joues.

— Ne t'en fais pas, mon amour, chuchote-t-elle. Tu n'as pas à avoir honte devant moi. De rien. Jamais.

— Je ne lui aurais jamais fait de mal…

— Je sais. Je le sais.

Elle exerce une pression sur ma main. Je hoche la tête et m'efforce de poursuivre, car si je ne le fais pas maintenant, je ne le ferai jamais.

— On l'a retrouvée six semaines plus tard, à cent soixante kilomètres. Elle avait été… violée. Ce monstre avait violé et assassiné une petite fille de sept ans, puis il l'avait jetée à la décharge. Comme si elle n'était rien.

» Or elle était tout. Elle était futée et malicieuse, elle racontait les blagues les plus nulles du monde. C'était sa dernière manie, elle n'arrêtait pas, elle me rendait dingue. (Ma voix s'étrangle.) Elle remplaçait les lacets de ses chaussures par des rubans, toujours assortis aux nœuds qu'elle portait dans les cheveux.

Je ne peux plus parler et, cette fois, Ophelia ne se contente pas de me frictionner le bras d'un geste réconfortant. Elle monte sur le lit et se blottit contre moi, du côté où je suis intact.

— Je l'aurais bien aimée, je crois.

Je lui caresse les cheveux, je hume son parfum de pêche.

— Tu l'aurais adorée. C'était une chipie, comme toi.

— Tu me trouves chipie ?

— Pire que ça. J'essayais juste d'être poli.

Elle rit.

— Je ne sais pas si je dois me sentir insultée.

— Jamais.

J'ai envie de l'embrasser mais avec mon épaule, j'ai du mal à bouger, alors je la serre juste plus fort contre moi.

— Je te trouve fascinante.

Elle me rend mon étreinte.

— Toi aussi, tu me fascines.

Une ou deux minutes s'écoulent, puis elle demande :

— Et ta mère ?

— Merde. Tu rouvres toutes mes blessures.

— Je suis désolée. Il n'y avait aucune info sur Internet...

— Ma mère s'est suicidée un an jour pour jour après la disparition d'April. Elle s'est ouvert les veines. Mon père était en déplacement. C'est moi qui l'ai trouvée, dans la baignoire, en rentrant de l'école.

— Oh, mon Dieu !

Je ne dis rien d'autre. Elle non plus. Il ne semble rien y avoir à ajouter.

Mais le silence devient pesant et je finis par le rompre.

— Je suis désolé pour la compétition. J'ai été nul.

Elle hoche la tête, ne fait même pas semblant de me contredire. Elle garde le silence, si longtemps que je me demande si elle ne s'est pas endormie. Je commence à somnoler, moi aussi, abruti par les antalgiques, quand enfin elle murmure :

— Ce n'était pas ta faute.

Soudain, je suis de nouveau complètement éveillé.

— Ne dis pas ça.

— Pourquoi ? Il faut bien que quelqu'un te le dise. Tu n'es pas responsable de ce qui est arrivé à April. Elle n'a pas eu de chance, c'est tout. Elle s'est trouvée au mauvais endroit au mauvais moment. Il y a toutes sortes de psychopathes sur la terre. Tu n'y peux rien.

— Ma mère…

— Ta mère était désespérée. Je n'étais pas là mais je suppose qu'elle était dévastée d'avoir perdu sa fille. Elle souffrait trop, alors elle a commis un acte égoïste. C'est le chagrin qui l'a emportée. Tu n'y es pour rien.

— Si je n'étais pas allé aux toilettes…

— Tu te serais peut-être fait enlever, toi aussi, et tu serais mort, comme April. C'est ce que tu voudrais ?

— J'aurais préféré que ce soit moi.

Je n'avais encore jamais osé le dire à voix haute, mais je me répète ces mots tel un mantra, depuis tant de temps qu'ils sont devenus ma seule raison d'être. De tout mon cœur, j'aurais voulu être à la place d'April, ce jour de novembre.

— Je comprends, chuchote Ophelia en se lovant tout contre moi et en m'embrassant dans le cou.

Mais le destin en avait décidé autrement et je ne le remercierai jamais assez. Je t'aime, Z, j'aime tout de toi, et je ne peux même pas envisager que tu pourrais ne pas exister.

C'est elle qui pleure, à présent, et moi qui la console, bien que je pleure aussi. Onze ans que je n'avais pas versé une larme et maintenant que j'ai cette fille merveilleuse entre les bras, je ne peux plus m'arrêter.

Elle ne semble pas s'en soucier et promène ses lèvres sur mes joues, mon menton, mon nez, mon front.

— Promets-moi, souffle-t-elle entre deux baisers.

— Tout ce que tu voudras.

Elle s'immobilise, me regarde dans les yeux.

— Tu ne sais même pas ce que je vais te demander.

— Peu importe. Je ferai n'importe quoi pour toi.

— Promets-moi de m'en parler, la prochaine fois que tu auras des idées noires, et nous essaierons de les chasser ensemble.

— C'est pas facile pour moi de parler.

— J'avais remarqué, rétorque-t-elle en feignant de me fusiller du regard. Mais je veux bien t'accorder le bénéfice du doute si tu me promets de ne plus jamais rien me cacher. Quoi qu'il se passe dans ta tête, quoi qui te pourrisse l'existence, je l'affronterai avec toi, je te le jure. Mais il faudra m'en parler. Tu dois me faire confiance : je serai là pour toi de la même manière que toi tu l'es pour moi.

Je ne veux pas lui faire une promesse à la légère, mais je crois que c'est OK. Je crois qu'elle veut que je réfléchisse à ce qu'elle me demande. Car nous savons tous les deux qu'elle m'en demande beaucoup. Et je ne sais pas si je suis assez fort pour répondre à ses attentes. Je n'en suis vraiment pas certain. Mais je suis prêt à essayer. Elle est tout ce que j'ai. Si en me faisant du mal, je lui en fais, alors il faut que je trouve un autre moyen de gérer ma vie.

— Tu devras sûrement me tirer les vers du nez, parfois.

— Je m'en doute.

— Et ça me mettra probablement en rogne. Je n'aime pas être vulnérable, au cas où tu ne l'aurais pas remarqué.

— Oh, si !

— Et je ne serai sans doute jamais complètement normal.

Elle rit.

— Mon chou, il n'en a jamais été question.

— Pourtant, tu es quand même là.

— C'est ce que tu ne comprends pas, Z. Tant que tu fais des efforts, tant que tu as conscience que tu peux compter sur moi, je serai toujours là. Pour le meilleur et pour le pire, je te soutiendrai toujours.

C'est une grande promesse, immense, mais pour la première fois depuis plus de dix ans, j'ai trouvé quelqu'un en qui avoir confiance. Quelqu'un qui me fait confiance. C'est plus que je n'ai jamais espéré, et pour le moment… pour le moment, je suis comblé.

Épilogue

Z

— TU VAS GAGNER, MON AMOUR.

— Je sais.

Je souris à Ophelia et je me penche vers elle afin qu'elle puisse me donner un baiser porte-bonheur. C'est le dernier jour du Dew Tour, la première des trois épreuves de qualification pour les jeux Olympiques. J'ai décroché la première place pour la finale. Ash s'est classé troisième, Luc dixième.

Cam vient de terminer la finale féminine en troisième position. Autant dire que nous sommes tous excités, et Ophelia l'est peut-être encore plus que nous. Plus nerveuse, certainement, je le sens. Et je ne l'en blâme pas. Je sais qu'une part d'elle redoutera toujours le pire. Cela dit, peut-être que je me projette sur elle.

Cette pensée me ferait presque rire. Après avoir consciencieusement évité pendant des années de me regarder en face, je passe maintenant mon temps à me sonder, grâce à Ophelia et au psy qu'elle m'a convaincu d'aller voir une fois par semaine. Ce n'est pas facile, j'ai toujours du mal à exprimer mes sentiments, mais je fais des efforts. Pour Ophelia, et peut-être aussi un peu pour moi.

Je l'embrasse encore une fois, plus parce que je ne peux pas m'empêcher de la toucher que parce que j'estime avoir besoin de chance. Sur le coup, je crois qu'elle va esquiver. Un million et quelques de personnes nous regardent. Mais non, elle m'enlace et colle sa bouche à la mienne, sa poitrine pressée contre mon torse. J'en oublie complètement l'épreuve à laquelle je dois participer dans quelques minutes.

— Z, il faut qu'on y aille.

La voix d'Ash me parvient à peine. J'enfouis les mains dans les cheveux d'Ophelia et lui renverse la tête en arrière afin de lui donner un baiser plus profond. Elle est plus délicieuse que jamais : toujours ce parfum de pêche, mêlé à l'arôme du café au caramel qu'elle vient de terminer.

Je glisse ma langue le long de la sienne et elle gémit, ses bras noués autour de mon cou, son corps se fondant dans le mien. Derrière moi, Ash toussote.

— Allez, c'est bon, il faut qu'on monte.

Je ne l'écoute pas mais Ophelia soupire et s'écarte de moi.

— Vas-y, dit-elle en me poussant vers le tapis roulant. Fais de belles pirouettes.

— Cesse de dire ça, c'est nul.

Je secoue désespérément la tête. C'est une honte, franchement, qu'elle en sache toujours aussi peu sur le snowboard. Il faudra que j'y remédie.

— Qu'est-ce que je dois dire, alors ? demande-t-elle, mais elle ne me laisse pas le temps de répondre. Ah, oui… Déchire tout ! Et je veux voir au moins un *yolo flip* et un triple *cork* 1260, OK ?

J'en reste bouche bée.

— D'où…

— Je sors avec le meilleur rider du monde. Je me dois de connaître un minimum de vocabulaire.

— Ouais, mais un *yolo flip* ? Tu sais au moins ce que c'est ?

— Un double *flip* désaxé et attaqué en *cab*, combiné avec un 1440.

Là-dessus, elle me plaque un baiser sur les lèvres et tourne les talons en direction des gradins.

— Tu me laisses comme ça ?

Elle s'arrête et se retourne.

— Tu as une compétition à gagner, non ? Et je dois retrouver les parents d'Ash.

— Ils ne sont pas encore là ? s'étonne Ash en scrutant la foule.

— Si, sûrement, mais je ne sais pas où.

Luc me pousse vers la remontée.

— Allez, les gars, on y va.

Avec un dernier signe à Ophelia – *oui, je suis gaga et, oui, je m'en fiche* –, je monte sur le tapis roulant et attends avec impatience qu'il démarre. Cette fois, je ne déconnerai pas. Je dois prouver que j'en suis capable, autant à moi qu'à Ophelia et mes amis.

Comme je suis classé premier, je passe en dernier, ce qui implique que je dois regarder tous les autres. Jake, du Colorado, obtient un score honorable. Gage, de Taos, jusque-là un illustre inconnu, se distingue par un triple *cork* 1440 remarquable qui lui vaut pour l'instant la première place. Luc plaque un bon *run* mais, comme je l'ai dit, ce n'est pas sa discipline de prédilection et il est content de se placer sixième.

Puis c'est au tour d'Ash, qui assure une descente impeccable, sans faute. Il ne fait pas de 1440 mais ses 1260 sont parfaits et il passe devant Gage en première place.

C'est à moi, maintenant. La pression est au max. J'ai droit à un autre passage si je loupe celui-ci – ça arrive à tout le monde – mais j'ai tellement envie de gagner que je sens le goût de la victoire sur mon palais. Je balaie du regard les tribunes, repère le bonnet rose et violet d'Ophelia.

Il m'apporte le petit plus d'assurance qui calme le trac. Je m'élance et saute sur la benne qui tient lieu de tremplin. Un double rodéo arrière me propulse sur la première rampe, où j'atterris tout en souplesse, pour me laisser glisser en arrière le long des rails, avec un joli petit *flip* au bout du deuxième module, juste pour la frime.

J'entends le public m'acclamer, malgré le bourdonnement de l'adrénaline. Je vais gagner, je le sens jusque dans mes boots. *Je vais gagner.*

Sur la deuxième rampe, je pose un triple *cork* 1260 pour ma chérie, et j'accélère en prévision du dernier module, où j'envoie le *yolo flip*. Une fraction de seconde, je crois que je dévie et que je vais me planter. Tout ça n'était qu'un rêve et je vais une fois de plus finir par une chute lamentable.

Mais le visage d'Ophelia surgit devant moi, ses yeux étincelant d'un sublime vert émeraude, et je sais que je suis dans la réalité et que tout va bien se passer.

Je me réceptionne comme un dieu et me laisse glisser jusqu'au bas de la piste, sous les applaudissements.

Ash et Luc m'attendent derrière les barrières et se jettent sur moi à la seconde où je les franchis.

— Super, mec ! crie Ash. Super !

— Tu as gagné ! hurle Luc. Tu as gagné !

— Attends, le score n'est pas encore affiché.

Mais nous savons tous que c'est dans la poche.

Instinctivement, je me tourne vers les tribunes, à la recherche d'Ophelia. Cam sur ses talons, elle se faufile dans les gradins. Les commentateurs parlent de moi mais je n'entends que mon amour crier mon nom.

Elle me rejoint juste au moment où on annonce le score. *Un score de dingue !*

J'ai gagné.

Putain de bordel de merde, j'ai gagné !

La foule est en délire, et nous aussi, Luc et Ash, Cam et Ophelia. Je tente de cacher ma joie, juste pour l'attitude, mais je ne peux pas m'empêcher de sourire béatement. Personne n'est dupe et vous savez quoi ? Pour la première fois, je m'en fiche. Je n'ai jamais été aussi heureux.

Mon amour dans mes bras.

Mes amis autour de moi.

Et un putain de score là-haut sur le tableau d'affichage.

Si je ne connais plus jamais de moment pareil, tant pis, car j'aurai vécu celui-ci. *Géant !*

J'ignore mon téléphone qui sonne. Rien ni personne n'a plus d'importance que l'instant présent.

— Il faut qu'on y aille, dit Luc au bout de quelques minutes, alors que mon portable se remet à sonner. Il faut qu'on remonte avant d'être disqualifiés.

— Je sais, je sais. (J'embrasse Ophelia encore une fois.) Merci, chuchoté-je contre ses lèvres. Merci pour ce cadeau.

Elle secoue la tête et m'encadre le visage de ses mains. Des larmes roulent sur ses joues. Mais avant qu'elle ait pu dire quoi que ce soit, Ash m'empoigne par le col et m'entraîne vers la remontée.

— À plus tard, articulé-je en silence à l'intention d'Ophelia.

Elle hoche la tête, avec un sourire si radieux que j'en suis presque aveuglé.

Nous nous apprêtons à monter sur le tapis roulant lorsque le téléphone d'Ash sonne.

— T'aurais pu répondre tout à l'heure, grommelle-t-il. Ça doit être Mitch qui veut te féliciter.

Il paraît toutefois intrigué par le numéro.

— C'est qui ? demandé-je.

Sans raison, je me sens tout à coup mal à l'aise.

— J'en sais rien.

— Ne décroche pas. Si c'est important, on te rappellera.

Trop tard. Il a déjà pris l'appel.

— Allô ?

Il ne dit rien pendant plusieurs longues secondes, et devient soudain blême.

— Ash ? Qu'est-ce qu'il y a ?

Luc a l'air aussi inquiet que moi. Ash ne répond pas. Le téléphone lui échappe et s'écrase au sol. Puis Ash s'écroule.

Je me tourne vers Luc, puis je m'accroupis auprès d'Ash.

— Ash ? Qu'est-ce qui t'arrive ?

— Ma famille, bredouille-t-il.

— Eh bien ?

— Ils ont eu un accident. Logan est à l'hôpital. Mon père et ma mère… Mon père et ma mère sont morts.

Remerciements

Comme d'habitude, j'ai beaucoup de monde à remercier ! Merci d'abord à Sue Grimshaw, une éditrice formidable ; tout simplement, je l'adore ! Merci d'avoir supporté toutes mes tergiversations concernant Z ; j'espère que le jeu en valait la chandelle.

Merci à Gina Wachtel et à toute l'équipe de Random House, notamment au département artistique – j'ai conscience d'avoir été difficile pour l'illustration de couverture ; mille mercis ! Votre soutien et votre enthousiasme me sont précieux.

Merci à Emily Sylvan Kim, mon agent, intrépide et extraordinaire partenaire de brainstorming. Tu es géniale !

Merci à Shellee Roberts, Emily McKay, Sherry Thomas et Julie Kenner pour toutes les idées que vous m'avez soufflées. Vous êtes des amies en or !

Merci à ma mère, qui ne manque jamais de m'aider à gérer ma vie de dingue. Je t'aime, maman. Tu es fantastique !

Et enfin, merci à vous, mes garçons. Je vous aime plus que je ne saurais le dire, et je vous suis infiniment reconnaissante d'avoir la chance d'être votre mère.

Aubin
IMPRIMEUR

Achevé d'imprimer en septembre 2017
N° d'impression 1706.0504
Dépôt légal, octobre 2017
Imprimé en France
81121925-1